梁实秋 著

百年梦忆

梁实秋
人生自述

国际文化出版公司
·北京·

图书在版编目（CIP）数据

百年梦忆：梁实秋人生自述 ／ 梁实秋著 . —北京：国际文化出版公司，2014.2

ISBN 978-7-5125-0653-4

I. ①百… II. ①梁… III. ①散文集—中国—现代
IV. ① I266

中国版本图书馆 CIP 数据核字（2014）第 024808 号

百年梦忆：梁实秋人生自述

作　　者	梁实秋
责任编辑	戴　婕
统筹监制	葛宏峰
策划编辑	郝春英　福茂茂
美术编辑	秦　宇
出版发行	国际文化出版公司
经　　销	国文润华文化传媒（北京）有限责任公司
印　　刷	三河市同力彩印有限公司
开　　本	880 毫米 ×1230 毫米　　32 开
	9 印张　　　　　　　　188 千字
版　　次	2014 年 3 月第 1 版
	2018 年 12 月第 2 次印刷
书　　号	ISBN 978-7-5125-0653-4
定　　价	28.00 元

国际文化出版公司
北京朝阳区东土城路乙 9 号　　邮编：100013
总编室：（010）64271551　　传真：（010）64271578
销售热线：（010）64271187
传真：（010）64271187-800
E-mail：icpc@95777.sina.net
http://www.sinoread.com

有人说，

人在开始喜欢回忆的时候

便是开始老的时候。

我现在开始回忆了。

出版说明

　　为了保持梁实秋著作的原貌，又能给现代读者提供方便的梁实秋文本，编者参考了多个版本，对照原文，重新做了校订，主要校对原则如下：

　　一、旧时的习惯用法，如"它"之作"他"、"地""得"之作"的"、"的"之作"底"、"工夫"之作"功夫"等，根据现行语言文字规范加以改正。

　　二、对外国地名、人名等，如"波士顿"之作"波斯顿"，"匹兹堡"之作"匹次堡"、"卓别林"之作"贾波林"等，一般不作任何改动，保持原貌。

　　三、对民国时期的一些用语、地名，如"作面子""澎大海""海甸"等，予以保留。

　　四、编者根据编选需要，对文章进行增删的部分，在原文中予以了说明。

序——我眼中的父亲梁实秋

文 / 梁文茜

我讲的虽然是梁家的一些家庭琐事，也反映了一个时代的过程。很多人就说你们家的这些悲欢离合，风风雨雨，反映的就是中国五十年的时代变迁，有很多知识分子都大同小异，有类似的遭遇。

梁家家事

梁实秋故居在北京东城内务部街20号，现在门牌是39号、40号、41号。我曾祖父是满族，在清朝是四品官儿，八旗，生下来就有皇粮。四品官儿也不算小，收入比较多，此外还在北京和南方经商，他就买了内务部街这套房子。这处故居起码有二百年以上的历史。

我曾祖父叫梁之山，他不能生育，后来就抱了一个孩子，我爷爷实际上是一个汉族，好像是从沙河那儿一个农民家里抱来的，刚出生就抱我们家来了，我爷爷的亲生父亲、母亲不是满族，是汉人。

我爷爷和我奶奶一共生了十三个孩子，除一个夭折外，其他都长大了，六个男的、六个女的，我父亲排行第二，那时候叫梁治华。我大爷去世早，死于肺病，他儿子也死了。在清朝的时候都讲究妇女殉节，如果丈夫和儿子都死了，女子就要殉节。我大妈殉节以后，慈禧太后知道了认为这是贞节烈女，所以就赐了一个牌坊"贞烈可封"，大石头牌坊，树立在双榆树。当时那个地方有个双榆树村，给了十三亩地立了一个祠堂，表彰这些在丈夫七天没有出殡时自杀，跟丈夫一起出殡的贞节烈女。后来那个地方拆迁了，变成双榆树商场。

我母亲的娘家在安徽会馆附近。他们是一个大家庭，小叔子、姑姑、婆婆都在一起住，后来我妈妈为什么也没上大学，因为经济比较困难，她父亲死了，我外婆是一个小脚妇女，连文化都没有，也不能挣钱。所以后来我妈妈很早就上香山慈幼院那儿工作了，日后学习画画。她跟我姑姑是同学，这样介绍就和我父亲认识了。以后他们在四宜轩约好，我爸爸上美国留学，我妈妈等他三年。我爸爸本来应该念四年回来，可是三年就回来了，因为说好了三年，不回来怕我妈妈跟别人结婚。那时候妇女只要家庭一给说好了，包办了，你愿意也得愿意，不愿意也得愿意。所以他三年以后就回来了，回来以后就跟我妈结婚。

我妈妈做饭，他在小屋里写莎士比亚，我妈妈就给他做点小吃送去。他喜欢吃虾，有点糖味的烤虾，我妈妈给他做好一小盘，给他送屋去，他也不出来，在屋里拿手捏着就吃了。我妈妈也不是学做饭的，但是她自己钻研，所以她做饭我们大家都爱吃。我们吃打卤面，我妈做得特别好。我妈包的饺子，我也觉得特别好吃。我父亲经常在外面吃饭，有时候回来告诉我妈今天吃了什么好吃的，我妈就模仿给他做。反正他的衣食住行离不开我妈。关于他跟我妈的历史，有一本书叫《槐园梦忆》，他写得很动情，就是一辈子跟我妈在一起生活的琐事。我妈死了以后，他简直觉得痛不欲生了。现在我妈埋在美国了，为什么叫《槐园梦忆》，我妈埋的美国墓地叫"槐园"，我妹妹把我父亲的那些纸笔也和我妈埋在一块儿。

一生翻译莎士比亚

我父亲一生所从事的，如果说最多的话就是教育。他从二十几岁就当大学教授，一直到六十五岁退休，没干过别的事儿，别的都是副业，写作都是副业，正经的职业就是教书，他说我是个教书匠。他的学生真的是桃李满天下，到处都是他的学生。因为他教了一辈子书，他写的那些教科书的讲稿现在都在台湾，大学的、中学的、小学的都有。

如果说他业余的就是写作了。他一生比较大的成就就是翻译莎士比亚。莎士比亚怎么开始翻译的呢？因为他在学校教西洋文学，当然莎士比亚在西洋文学里是代表性的，他讲课就讲这些东西。当时胡适当校长，胡适就委托我父亲、闻一多等四个人翻译莎士比亚，可是后来，因为这个部头太大了，莎士比亚有四十个剧本还有十四行诗，如果说都翻译了，这个工作量不用毕生的精力都是翻译不完的，而且莎士比亚的文字有很多都是一些古英语，很难翻，不是有很深英语造诣的就很难理解，不能把它的原意翻出来。另外还要中文文字上的秀美，要有这个修养，没有这个也弄不了，所以那三个人就干别的去了，不干这个事儿了，结果把这个任务就都放在我父亲一个人身上了。我父亲接了这个以后，他就决定这一辈子一定要把这个事情完成。所以，从那时候开始，他就翻译莎士比亚，一直翻译了好几十年。到他七十岁的时候，在台湾开了一个盛大的庆祝会，庆祝完成了全部的莎士比亚作品，但是这个中间是历经了很多风风雨雨了。二十岁开始翻，翻到七十岁，一年翻一本的话，不能间断，而且要找很多参考资料。我记得他那个牛津大字典都特别厚，都是从英国买来的，英国书店跟他长期都有联系，有什么新书和参考书都给他送；他一看目录要什么书，英国剑桥大学、牛津大学都给他送书，这样他就整天在书房里。除了教书以外，翻莎士比亚，那时候他还编一些杂志什么的，整天就蹲在书房里。他为什么感激我妈妈，他家事不管的，都是我妈妈管，他成天就待在那里面，就是书呆子。家务事、带孩子都是我妈妈管。他说，没有我妈妈的话，翻译莎士比亚全集都完不成。他有痔疮，痔疮有时候流血他也不知道，他就一直写，后来我妈发现他椅子上有一大滩血。当他专心致志写作的时候一切疼痛，一切其他的事情全忘了。后来我妈妈给他做一个大棉垫，以后他就坐在上面工作。

另外他编了一套字典——《远东英汉大辞典》，属于工具书，收录了八万多条字汇，当时中国字典只有三万多条字汇，这个他是用了三年的时间，发动了两百多人，全世界各图书馆都跑遍了，收集资料，编了一套英汉字典，然后分类出版，有医学的、科学的、历史的、文化的等等，有三十多个版本。当初联合国用的英汉字典就是梁实秋主编的这本字典，我原来也不知道。为了去美国探亲，我到美国领事馆签证。办签证的人问我："你是梁实秋的女儿？梁实秋是我老师。"我说："怎么会是你的老师呢？"他就从他抽屉里拿出一个黄本的英汉字典，他说："我天天都在看他的字典，所以他是我的老师。我给你办移民到美国去吧。"我说："不行，我在中国当律师，我这儿有工作，我去探亲一个礼拜就要回来的。"他说："那好。"赶快就给我办了手续。另外，他还翻译了十多种其他英语文学名著，比如现在热销的《沉思录》就是其中之一。

除了翻译之外，住在重庆北碚的雅舍期间，他写作了大量随笔散文，后来结集为《雅舍小品》、《雅舍散文》等，出了三十多个版本，被译成多国文字，风靡全世界。

当然他也有一些嗜好了，那会儿在北京他喜欢放风筝。好像老北京人都爱放风筝，我父亲放风筝可是挺讲究的，现在的风筝可能不那么普及了。那时候我们家放风筝，各种大沙燕，有瘦长的叫瘦沙燕，一般的叫普通沙燕，黑色的叫黑锅底，还有龙顶鱼，那个眼睛能翻的，还有孙悟空。我们风筝上面都带着那个小鼓，还有上面带琴，一拉风一兜，琴就响，放上去以后就跟有乐器的声音似的。我们使用的线都不是普通的棉线，那个线不结实，放远了就会断了，都使用的是老弦，就跟拉胡琴的弦一样，特别的结实。有一个放风筝的线车，拿手一拨就转。那个轴都是硬木的轴。放远了以后，要是风平浪静的时候，把它拴在我们前院的柱子上一夜，第二天早上还在上头。可是这里面有时候也会有麻烦，因为好多人家都放，天上多了，会打架的，有时候把线缠在一起了，一看线缠在一起赶快往回倒，你不往回倒，人家把风筝拉人家里去了。我父亲喜欢玩这些东西。

平常他是逛书摊，上琉璃厂、荣宝斋、海王村这些地方逛书摊，那儿的老板都认得他。每到逢年过节的时候，逛厂甸。在北京过年好像习惯都去逛厂甸，就是一种庙会的性质，在新华街上搭上棚。很多摊贩都集中到那儿去，吃的东西、用的东西，甚至金银珠宝翡翠，现在都差很多了，那会儿卖羊头肉、奶酪、炸糕，反正都是北京的这些东西。我小时候特别喜欢上厂甸，又吃又喝，又买玩意儿。他带着我们去，那会儿厂甸，喝豆汁，吃灌肠、驴打滚、艾窝窝，大糖葫芦特别长，有好几尺长。他喜欢玩儿什么呢？爱抖空竹。有的是两头都有圆的，中间像个葫芦似的。还有一种是单头的，这边有圆的，那边没有，这样的不好抖。大空竹、小空竹，家里有很多。他认为那个是一种运动，一到厂甸就买空竹。

老　友

闻一多和我父亲在青岛大学的时候在一个学校教书，他们两人关系非常好，闻一多差不多每个礼拜都上我们家。在青岛的时候我还小，但是我记得闻一多经常来我们家（今青岛市鱼山路 33 号），他常抱着我玩。后来闻一多到昆明了，我父亲在重庆，两个人就不在一起了。但是那个时代，文人只有一支笔，他没有枪，别人要迫害他的时候，他只能用笔来反抗。那时候我父亲就说闻一多受抗战的影响很激进的。当时就有很多特务都跟踪他们，我爸爸也是被跟踪的对象，有一个小黑汽车老跟着他，他特别害怕。因为我爸爸说话嘴上没有遮拦，看什么不对不管三七二十一就说，得罪很多人。他就对闻一多说：闻一多，你自己留个心眼，你不要在公共场合这样，会受到迫害。可是当时闻一多热血沸腾，所以遭到人家的迫害。后来我父亲知道以后特别伤心，因为他们俩是很好的朋友。他喜欢下围棋，当时摆的有围棋盘，有围棋子。他一拍桌子，说：一多怎么会遇到这样的事情呢。那棋子都滚到地上去了。因为北碚的房子是木板地，很粗糙的木板地，有很多缝，他一拍那个棋子顺缝都掉下去了，抠不出来了。后来到台湾去，闻一多给他的信一直带在身边。还有闻一多当时遇害的报纸，都黄了，跟手纸似的，他一直带在箱子里。

　　他和冰心感情也很好。因为他们都到美国留学，是在船上认识的。聊天时冰心问他：你是学什么的？他问冰心：你学什么？她说：我学文学的。他说：我学文学批评的。他和吴文藻（冰心的丈夫）是清华的同学。在美国我父亲和冰心他们都一块儿演戏，有很多活动。后来他到台湾去以后，不知道谁传说，说冰心死了，他非常伤心，写了一篇《忆冰心》的文章在台湾报纸上发表了。后来得知冰心没有死，他觉得很不好意思，就表示道歉，说我听说你死了，没有死我就这样写你，很不应该。冰心说：不对，我非常高兴，因为一个人很难知道他死了以后，别人是怎么样纪念他。她说：我现在知道，我死了实秋会写文章纪念我，我很高兴。

在北碚的时候，梁实秋和老舍都在编译馆，老舍就住在我们家东边。现在都开辟成立梁实秋纪念馆和老舍纪念馆。我爸爸担任翻译英文的编辑委员会的主任，老舍晚上经常上我们家去，闲着没事儿有时候打麻将、聊天。后来开文艺晚会的时候，他们俩说相声，两人都一口北京话。说相声有一个习惯，一人拿一把扇子，作为一个道具，有时候说到哪儿，敲一下，引得大家都笑。我爸说咱俩拿这个扇子可以当道具，他说：你不要敲我脑袋，你不要打我。老舍说我不打你。但是说到兴高采烈的时候，老舍可能忘了就敲他，一敲他，他就躲，我爸爸戴一个大眼镜，正好扇子就把眼镜给打下来。我爸爸穿着长袍马褂说相声，赶紧拿衣裳一兜，就把眼镜兜住了，眼镜没有掉地上，省得摔碎。但是底下就哄堂大笑，人家以为就是导演给他们做的滑稽的动作呢，实际上不是，实际上临时发生了这么一件事儿，所以很多记者都拿这个作为一个趣闻。

后来台湾推荐诺贝尔奖获得者，人家推荐我父亲，我父亲说我不行，说这是中国代表就给一个名额，说台湾这么一个小地方代表不了中国，人家说那你推荐一个，谁行呢？他说我看就老舍行。可是那时候老舍已经死了，他还不知道呢。后来一问，老舍死了，人家说你推荐别人吧。他想了半天，那推荐不出来了。所以后来就没有了。据说把这个名额给了日本。老舍死了以后，我上美国探亲，老舍的夫人胡絜青给我写了"健康是福"四个大字。胡絜青是书法家也是画家，我给父亲拿过去，父亲心里特别有感触。

我父亲年轻的时候，与徐志摩、青岛大学的校长、《新月》杂志社的那些人都是很熟悉的。后来我父亲到台湾去了，跟这些人联系少了。像季羡林就和我父亲关系特别好。那时候季羡林在犹豫学什么好呢，学东方语文学系是少数，全中国人没有几个人学。我父亲说你就学这个吧，学这个好，越少数越好，全中国就你一个人会。季羡林就在东方语文学系学少数语种，后来他当然推广了，他学了很多国的文字，所以季羡林对我父亲是很尊重的。在学术上我父亲也非常器重他，那时候他还年轻，觉得他将来特别有出息。

中国人

我是学法律的，不太懂得文学，所以有时候人家采访我的时候，我就不怎么谈文学的事情，因为不懂，胡说八道让人笑话，但是耳闻目染也知道一些，我父亲对于文学，他不希望有什么束缚，他说我想到什么就可以写什么，不希望别人给他定一个条条框框，中国的文学上有很多流派，过去八股文就是条条框框，就得起承转合，作诗平平仄仄，就得押韵，写散文的可以超脱一些。这样就跟有些流派认识不一致，那也是可能的，但是这些事情不要去指责什么，将来从历史上自有定论，因为每一种科学也好、艺术也好、文学也好，都有流派，你说张大千的画好还是徐悲鸿的画好，那就不好比。文学上也有各种流派，当然也受各种政治思想的影响，那是不可避免的。因为生在这个时代里，不能脱离这个时代，当然那都是历史上的事情了。谈到鲁迅的事情，我知道鲁迅的后代在台湾跟我父亲关系很好的，经常上我们家吃饭去，照了相片给我。现在台湾和大陆和平相处亲如一家了，求同存异了，就别再揪住历史的问题，历史的问题就是历史。再过 500 年或者 5000 年以后，你再回过头来看现在的事情那就更客观了。

人不管流浪到多远，对于故乡的感情永远是割不断的。我父亲死的时候，穿着一身中式的长袍马褂，不要穿西装。他上美国去，人家让他入美国籍，他说我不入美国籍，我是中国人，我以是中国人为自豪。他说如果说中国和美国要发生冲突的话，我必然要站在中国这边，因为我是中国人。

我父亲虽然是搞文学的，但是爱国的思想贯穿在他思想里头。从我们家里来说，一直也都是教育子女要爱国。那时候抗日战争，后院有一个井，我奶奶常年设一个祭台，摆上水果，就是纪念抗日战争牺牲的这些将士，我们都去磕头。那时候行礼，不是鞠躬就是磕头。

我父亲他对于中国，以自己是一个中国人而自豪。我父亲是老知识分子，所以对于吃也好，北京一些玩儿的东西也好，过年的风俗习惯也好，好些都体现在他的文章里头，其实这么大岁数了，还想吃这口东西也不见得，一种感情上的寄托罢了。

目 录
CONTENTS

憔憧孩童，天真无邪　Part1

青葱少年，逐梦异国 Part2

志满中年，立业交游　Part3

故土难离，故人难忘　Part4

Part 1

懵懂孩童，天真无邪

　　我生在西厢房，长在西厢房，回忆儿时生活大半在西厢房的那个大炕上。炕上有个被窝垛，由被褥堆垛起来的，十床八床被褥可以堆得很高，我们爬上爬下以为戏，直到把被窝垛压到连人带被一齐滚落下来然后已。炕上有个炕桌，那是我们启蒙时写读的所在。

我的家 |

家　世

我没有什么辉煌的"家世"可谈。

我的远祖在河北（直隶）沙河一带务农。我的祖父到了北京谋生，后来得到机会宦游广东，于是家道小康。返棹北归，路过杭州小住，因家父入学应考，遂落籍钱塘。从此我的籍贯一直是浙江钱塘。事实上我是前清光绪二十八年（一九〇三年）夏历十二月初八生于北京。民国四年(一九一五年)我小学毕业，投考清华学校。清华是由各省摊派庚子赔款而设立的，所以学生由各省考送。为了籍贯的关系，我在直隶省京兆大兴县署（北京东城属大兴县）申请入籍，以便合法地就近在天津应考，从此我的籍贯就是北平了。我的母亲是杭州人。

老家在北京东城根老君堂。祖父自南方归来，才买下内务部街二十号的房子。那时不叫内务部街，叫勾栏胡同。不知道为什么取这样的一个地名（勾栏本是厅院的意思，元以后妓院亦称勾栏）。这是一栋不大不小的房子，有正院、前院、后院、左右跨院，共有房屋三十几间，算是北平的标准小康之家的住宅。"天棚鱼缸石榴树"应有尽有了。我曾写了一篇《疲马恋旧秣，羁禽思故栖》，是怀念我的这个旧居之作，这篇文字被喜乐先生看见了，他也是老北京，很感兴趣，根据我的描写以及他对北平式房屋构造的认识，画了一幅我的旧居图送给我。他花了好多天的工夫，用了七十多小时，才完成这一幅他所最擅长的界画，和我所想念的旧居实际情形可以说是八九不离十，只是画得太漂亮了一些。现在的内务部街二十号不是这个样了。

大陆开放后，我的女儿文蔷曾到北平探亲，想要顺便巡视我的旧居，经过若干周折，获准前去一视。大门犹在，面貌全非。里面住了十九家，家家檐下堆煤举火为炊，成为颇有规模的"大杂院"。鱼缸仍在，石榴海棠丁香则俱已无存，唯后跨院屋中一个"隔扇心"还有我题的几个字。她匆匆照了不少张相片，我看了觉得惨不忍睹。她带回了一样东西给我，我保存至今——从旧居院中一棵枣树上摘下来的一个枣子，还带着好几个叶子，长途携来仍是青绿，并未褪色，浸在水中数日之后才渐渐干萎。这个枣子现在虽然只是一个普通干皱的红枣的样子，却是我唯一的和我故居之物质上的联系。

我的家不是富有之家，只是略有恒产，衣食无缺。北平厚德福饭庄不是我家产业，在此不妨略加解释。我父亲是厚德福的老主顾，和厚德福的掌柜陈莲堂先生自然的有了友谊。陈莲堂开封人，不但手艺好，而且为人正直；只是旧式商人重于保守，不事扩张，厚德福乃长久局限在小巷中狭隘的局面。

家父力劝扩展，莲堂先生心为之动，适城南游艺园方在筹设，家父代为奔走接洽，厚德福分号乃在游艺园中成立，生意鼎盛。从此家父借箸代筹，陆续在沈阳、哈尔滨、青岛、西安、上海、香港等地设立连锁分店，家父与我亦分别小量投资几处成为股东。经过两次动乱，一切经营尽付流水，这就是我家和厚德福关系之始末。

本来我家属于中产阶级，民元袁世凯唆使曹锟部下兵变，大肆劫掠平津，我家亦遭荼毒，从此家道中落。我自留学归来，立即就教职于国立东南大学，我父亲不胜感慨，他以为我该闭户读书，然后再出而问世。知子莫若父，知己也莫若自己。父母的训导与身教，使我知道勤俭二字为立身处世之道，终身不敢逾。

"疲马恋旧秣，羁禽思故栖"

"疲马恋旧秣，羁禽思故栖"是孟郊的句子，人与疲马羁禽无异，高飞远走，疲于津梁，不免怀念自己的旧家园。

我的老家在北平，是距今一百几十年前由我祖父所置的一所房子，坐落在东城相当热闹的地区，出胡同东口往北是东四牌楼，出胡同西口是南小街子。东四牌楼是四条大街的交叉口，所以商店林立，市容要比西城的西四牌楼繁盛得多。牌楼根儿底下靠右边有一家干果子铺，是我家投资开设的，领东的掌柜姓任，山西人，父亲常在晚间带着我们几个孩子溜达着到那里小憩，掌柜的经常飨我们以汽水，用玻璃球做塞子的那种小瓶汽水，仰着脖子对着瓶口汩汩而饮之，还有从蜜饯缸里抓出来的蜜饯桃脯的一条条的皮子，当时我认为那是一大享受。南小街子可是又脏又臭又泥泞的一条路，我小时候每天必须走一段南小街去上学，时常在羊肉床子看宰羊，在切面铺买"乾蹦儿"或糖火烧吃。胡同东口外斜对面就是灯市口，是较宽敞的一条街，在那里有当时唯一可以买到英文教科书《汉英初阶》及墨水钢笔的汉英图书馆，以后又添了一家郭纪云，路南还有一家小有名气的专卖卤虾小菜臭豆腐的店。往南走约十五分钟进金鱼胡同便是东安市场了。

我的家是一所不大不小的房子。地基比街道高得多，门前有四层石台阶，情形很突出，人称"高台阶"。原来门前还有左右分列的上马石凳，因妨碍交通而拆除了。门不大，黑漆红心，浮刻黑字"忠厚传家久，诗书继世长"，门框旁边木牌刻着"积善堂梁"四个字，那时人家常有堂号，例如三槐堂王、百忍堂张等等，积善堂梁出自何典我不知道。积善之家必有余庆，语见《易经》，总是勉人为善的好话，作为我们的堂号亦颇不恶。打开大门，里面是一间门洞，左右分列两条懒凳，从前大门在白昼是永远敞着的，谁都可以进来歇歇腿。一九一一年兵变之后才把大门关上，进了大门迎面是两块金砖镂刻的"戬穀"两个大字，戬穀一语出自诗经"俾尔戬穀"，戬是福，穀是禄，取其吉祥之义。前面放着一大缸水葱（正名为莞，音冠），除了水冷成冰的时候，总是绿油油的，长得非常旺盛。

向左转进四扇屏门，是前院。坐北朝南三间正房，中间一间辟为过厅，左右两间一为书房一为佛堂。辛亥革命前两年，我的祖父去世，佛堂取消，因为我父亲一向不喜求神拜佛，这间房子成了我的卧室，那间书房属于我的父亲，他镇日价在里面摩挲他的那些有关金石小学的书籍。前院的南边是临街的一排房，作为佣人的居室。前院的西边又是四扇屏门，里面是西跨院，两间北房由塾师居住，两间南房堆置书籍，后来改成了我的书房，小跨院种了四棵紫丁香，高逾墙外，春暖花开时满院芬芳。

　　走进过厅，出去又是一个院子，迎面是一个垂花门，门旁有四大盆石榴树，花开似火，结实大而且多。院里又有几棵梨树，后来砍伐改种四棵西府海棠。院子东头是厨房，绕过去一个月亮门通往东院，有一棵高庄柿子树，一棵黑枣树，年年收获累累，此外还有紫荆、榆叶梅等等。我记得这个东院主要用途是摇煤球，年年秋后就要张罗摇煤球，要敷一冬天的使用。煤黑子把煤渣与黄土和在一起，加水，和成稀泥，平铺在地面，用铲子剁成小方粒，放在大簸箩里像滚元宵似的滚成圆球，然后摊在地上晒。这份手艺真不简单，我儿时常在一旁参观，十分欣赏。如遇天雨，还要急速动员抢救，否则化为一汪黑水全被冲走了。在那厨房里我是不受欢迎的，厨师嫌我们碍手碍脚，拉面的时候总是塞给我一团面教我走得远远的，我就玩那一团面，直玩到那团面像是一颗煤球为止。

　　进了垂花门便是内院，院当中是一个大鱼缸，一度养着金鱼，缸中还矗立着一座小型假山，山上有桥梁房舍之类，后来不知怎么水也涸了，假山也不见了，干脆作为堆置煤渣之处，一个鱼缸也有它的沧桑！东西厢房到夏天晒得厉害，虽有前廊也无济于事，幸有宽幅一丈以上的帐篷三块每天及时支起，略可遮抗骄阳。祖父逝后，内院建筑了固定的铅铁棚，棚中心设置了两扇活动的天窗，至是"天棚鱼缸石榴树……"乃粗具规模。民元之际，家里的环境突然维新，一日之内小辫子剪掉了好几根，而且装上了庞然巨物钉在墙上的"德律风"，号码是六八六，照明的工具原来都是油灯、猪蜡，只有我父亲看书时才能点白光熠熠的僧帽牌的洋蜡，煤油灯认为危险，一向抵制不用，至是里里外外装上了电灯，大放光明。还有两架电扇，西门子制造的，经常不准孩子们走近五尺距离以内，生怕削断了我们的手指。

　　内院上房三间，左右各有套间两间。祖父在的时候，他坐在炕上，隔着玻璃窗子外望，我们在院里跑都不敢跑。有一次我们几个孩子听见胡同里有"打糖锣儿"的声音，一时忘形，蜂拥而出，祖父大吼："跑什么？留神门牙！"打糖锣儿的乃是卖糖果的小贩，除了糖果之外兼卖廉价玩具。泥捏的小人、蜡烛台、小风筝、摔炮，花样很多，我母亲一律称之为"土筐货"。我们买了一些东西回来，祖父还坐在那里，唤我们进去。上房是我们非经呼唤不能进去的，而且是一经呼唤便非进去不可的。我们战战兢兢地鱼贯而入，他指着我问："你手里拿着什么？"我说："糖。""什么糖？"我递出了手指粗细的两根，一支黑的，一支白的。我解释说："这黑的，我们取名为狗屎橛；这白的为猫屎橛。"实则那黑的是杏干做的，白的是柿霜糖。祖父笑着接过去，一支咬一口尝尝，连说："不错，不错。"他要我们下次买的时候也给他买两支。我们奉了圣旨，下次听到糖锣儿一响，一涌而出，站在院子里大叫："爷爷，您吃猫屎橛，还是吃狗屎橛？"爷爷会立即答腔："我吃猫屎橛！"这是我所记得的与祖父建立密切关系的开始。

父母带着我们孩子住西厢房，我同胞一共十一个，我记事的时候已经有四个，姊妹兄弟四个孩子睡一个大炕，好热闹，尤其是到了冬天，白天玩不够，夜晚钻进被窝齐头睡在炕上还是吱吱喳喳笑语不休。母亲走过来巡视，把每个孩子脖颈子后面的棉被塞紧，使不透风，我感觉得异常的舒适温暖，便怡然入睡了。我活到如今，夜晚睡时脖颈子后面透凉气，便想到母亲当年那一份爱抚的可贵。母亲打发我们睡后还有她的工作，她需要去伺候公婆的茶水点心，直到午夜。她要黎明即起，张罗我们梳洗，她很少睡觉的时间，可是等到"多年的媳妇熬成婆"，这情形又周而复始，于是女性惨矣！

大家庭的膳食是有严格规律的，祖父母吃小锅饭，父母和孩子吃普通饭，男女仆人吃大锅饭，只有吃煮饽饽吃热汤面是例外。我们北方人，饭桌上没有鱼虾，烩虾仁、溜鱼片是馆子里的菜，只有春夏之交黄鱼、大头鱼相继进入旺季，全家才能大快朵颐，每人可以分到一整尾。秋风起，要吃一两回铛爆羊肉，牛肉是永远不进家门的，院子里升起一大红泥火炉的熊熊炭火，有时也用柴，噼噼啪啪地响，铛上肉香四溢，颇为别致。秋高蟹肥，当然也少不了几回持螯把酒。平时吃的饭是标准的家常饭，到了特别的吉庆之日，看祖父母的高兴，说不定就有整只烤猪或是烧鸭之类的犒劳。祖父母的小锅饭也没有什么了不起，也不过是爆羊肉、烧茄子、焖扁豆之类，不过是细切细做而已。我记得祖父母进膳时，有时看到我们在院里拍皮球，便喊我们进去，教我们张开嘴巴，用筷子夹起半肥半瘦的羊肉片往嘴里塞，我们实在不欣赏肥肉，闭着嘴跑到外面就吐出来。祖父有时候吃得高兴，便教"跑上房的"小厮把厨子唤来，隔着窗子对他说："你今天的爆羊肉做得好，赏钱两吊！"厨子在院中慌忙屈腿请安，连声谢谢，我觉得很好笑。我祖母天天要吃燕窝，夜晚由老张妈带上老花眼镜坐在门旮旯儿弓着腰驼着背摘燕窝上的细茸毛，好可怜，一清早放在一个薄铫儿里在小炉子上煨。官燕木盒子是我们的，黑漆金饰，很好玩。

　　我母亲从来不下厨房，可是经我父亲特烦，并且亲自买回鱼鲜笋蕈之类，母亲亲操刀砧，做出来的菜硬是不同。我十四岁进了清华学校，每星期只准回家一次，除去途中往返，在家只有一顿午饭从容的时间，母亲怜爱我，总是亲自给我特备一道菜，她知道我爱吃什么，时常是一大盘肉丝韭黄加冬笋木耳丝，临起锅加一大勺花雕酒，——菜的香，母的爱，现在回忆起来不禁涎欲滴而泪欲垂！

　　我生在西厢房，长在西厢房，回忆儿时生活大半在西厢房的那个大炕上。炕上有个被窝垛，由被褥堆垛起来的，十床八床被褥可以堆得很高，我们爬上爬下以为戏，直到把被窝垛压到连人带被一齐滚落下来然后已。炕上有个炕桌，那是我们启蒙时写读的所在。我同哥姐四个人，盘腿落脚地坐在炕上，或是把腿伸到桌底下。夜晚靠一盏油灯，三根灯草，描红模子，写大字，或是朗诵"一老人，入市中，买鱼两尾，步行回家"。我会满怀疑虑问父亲："为什么他买鱼两尾就不许他回家？"惹得一家大笑。有一回我们围着炕桌夜读，我两腿清酸，一时忘形把膝头一拱，哗喇喇一声炕桌滑落地上，油灯墨盒泼洒得一塌糊涂。母亲有时督促我们用功，不准我们淘气，手里握着苕帚疙瘩或是掸子把儿，做威吓状，可是从来没有实行过体罚。这西厢房就是我的窝，夙兴夜寐，没有一个地方比这个窝更为舒适。虽然前面有廊檐而后面无窗，上支下摘的旧式房屋就是这样的通风欠佳。我从小就是喜欢早起早睡。祖父生日有时叫一台"托偶戏"在院中上演，有时候是滦州影戏，唱的无非是什么盘丝洞、走鼓沾棉、三娘教子、武家坡之类，大锣大鼓，尖声细嗓，我吃不消，我依然是按时回房睡觉，大家目我为落落寡合的怪物。可是影戏里有一个角色我至今不忘，那就是每出戏完毕之后上来叩谢赏钱的那个小丑，满身袍褂靴帽而脑后翘着一根小辫，跪下来磕三个响头，有人用惊堂木配合着用力敲三下，砰砰砰，清脆可听，我所以对这个角色发生兴趣，是因为他滑稽，同时代表那种只为贪图一吊两吊的小利就不惜卑躬屈节向人磕头的奴才相。这种奴才相在人间世里到处皆是。

小时过年固然热闹，快意之事也不太多。除夕满院子撒上芝麻秸，踩上去喀吱喀吱响，一乐也；宫灯、纱灯、牛角灯全部出笼，而孩子们也奉准每人提一只纸糊的"气死风"，二乐也；大开赌戒，可以掷状元红，呼卢喝雉，难得放肆，三乐也。但是在另一方面，年菜年年如是，大量制造，等于是天天吃剩菜，几顿煮饽饽吃得人倒尽胃口。杂拌儿么，不管粗细，都少不了尘埃细沙杂拌其间，吃到嘴里牙碜。撤供下来的蜜供也是罩上了薄薄一层香灰。压岁钱则一律塞进"扑满"，永远没满过，也永远没扑过，后来不知到哪里去了。天寒地冻，无处可玩，街上店铺家家闭户，里面不成腔调的锣鼓点儿此起彼落。厂甸儿能挤死人，为了"喝豆汁儿，就咸菜儿，琉璃喇叭大沙雁儿"，真犯不着。过年最使人窝心的事莫过于挨门去给长辈拜年，其中颇有些位只是年齿比我长些，最可恼的是有时候主人并不挡驾而教你进入厅堂朝上磕头，从门帘后面蓦地钻出一个不三不四的老妈妈，"哟，瞧这家的哥儿长得可出息啦！"辛亥革命以后我们家里不再有这些繁文缛节。

　　还有一个后院，四四方方的，相当宽绰。正中央有一棵两人合抱的大榆树。后边有榆（余）取其吉利。凡事要留有余，不可尽，是我们民族特性之一。这棵榆树不但高大而且枝干繁茂；其圆如盖，遮满了整个院子。但是不可以坐在下面乘凉，因为上面有无数的红毛绿毛的毛虫，不时地落下来，咕咕囔囔的惹人嫌。榆树下面有一个葡萄架，近根处埋一两只死猫，年年葡萄丰收，长长的马乳葡萄。此外靠边还有香椿一、花椒一、嘎嘎儿枣一。每逢春暮，榆树开花结荚，名为榆钱。榆荚纷纷落下时，谓之"榆荚雨"（见《荆楚岁时记》）。施肩吾咏榆荚诗："风吹榆钱落如雨，绕林绕屋来不住。"我们北方人生活清苦，遇到榆荚成雨时就要吃一顿榆钱糕。名为糕，实则捡榆钱洗净，和以小米面或棒子面，上锅蒸熟，舀取碗内，加酱油醋麻油及切成段的葱白葱叶而食。我家每做榆钱糕成，全家上下聚在院里，站在阶前分而食之，比《帝京景物略》所说"四月榆初钱，面和糖蒸食之"，还要简省。仆人吃过一碗两碗之后，照例要请安道谢而退。我的大哥有一次不知怎的心血来潮，吃完之后也走到祖母跟前，屈下一条腿深深请了个安，并且说了一声："谢谢您！"祖母勃然大怒："好哇！你把我当做什么人？……"气得几乎晕厥过去。父亲迫于形势，只好使用家法了，从墙上取下一根藤马鞭，高高举起，轻轻落下，一五一十地打在我哥哥的屁股上。我本想跟进请安道谢，幸而免，吓得半死，从此我见了榆钱就恶心，对于无理的专制与压迫在幼小时就有了认识。后院东边有个小院，北房三间，南房一间，其间有一口井，井水是苦的，只可汲来洗衣洗菜，但是另有妙用，夏季把西瓜系下去，隔夜取出，透心凉。

想起这栋旧家宅，顺便想起若干儿时事。如今隔了半个多世纪，房子一定是面目全非了，其实人也不复是当年的模样，纵使我能回去探视旧居，恐怕我将认不得房子，而房子恐怕也认不得我了。

童年生活

我的童年生活，只模糊地记得一些事。

北平有一童谣：

> 小小子儿，
>
> 坐门墩儿，
>
> 哭哭啼啼地想媳妇儿。
>
> 娶了媳妇儿干什么呀？
>
> 点灯，说话儿；
>
> 吹灯，作伴儿；
>
> 早晨起来梳小辫儿。

梳小辫儿是一天中第一件大事。我是在民国元年（一九一一年）才把小辫儿剪了去。那时候我的辫子已有一尺多长，睡一夜觉，辫子往往就松散了，辫子不梳好是不准出屋门的。所以早起急于梳辫子，而母亲忙，匆匆地给我梳，梳得紧，揪得头皮痛。我非常厌恶这根猪尾巴。父亲读《扬州十日记》、《大义觉迷录》之类的书，常把满军入关之后的"留头不留发，留发不留头"讲给我们听，我们对于辫子益发没有好感。革命后把辫子一刀两断，十分快意。那时候北平的新式理发馆只有东总布胡同西口路北一处，座椅两张。我第一次到那里剪发，连揪带剪，相当痛，而且头发渣顺着脖子掉下去。

民国以前，我的家是纯粹旧式的，孩子不是一家之主，是受气包儿。家规很严，门房、下房，根本不许涉足其间，爷爷奶奶住的上房，无事也不准进去，父亲的书房也是禁地，佛堂更不用说。所以孩子们活动的空间有限。室内游戏以在炕上攀登被窝垛为主，再不就是用窗帘布挂在几张桌前做成小屋状，钻进去坐着，彼此做客互访为乐。玩具是有的，不外乎从"打糖锣儿的"担子上买来的泥巴制的小蜡签儿之类，从隆福寺买来的小"空竹"算是上品了。

我记得儿时的服装，最简单不过。夏天似乎永远是竹布一身裤褂，白布是禁忌。冬天自然是大棉袄小棉袄，穿得滚圆臃肿。鞋子袜子都是自家做的，自古以来不就是以"青鞋布袜"作为高人雅士的标准么？我们在童时就有了那样的打扮。进了清华之后，才斗胆自主写信到天津邮购了一双白帆布鞋，才买了洋袜子穿。暑假把一双双的布袜子原样带回家，被母亲发现，才停止了布袜的供应。布鞋、毛窝，一直在脚上穿着，皮鞋是很久以后的事了。

小孩子哪有不馋的？早晨烧饼油条或是三角馒头，然后一顿面一顿饭，三餐无缺，要想吃零食不大容易。门口零食小贩是不许照顾的，有时候偷着吃"果子干""玻璃粉"或是买串糖葫芦，被发现便不免要挨骂。所以我出去到大鹁鸽市进陶氏学堂的时候，看见卖浆米藕的小贩，驻足而观，几乎馋死，豁出两天不吃烧饼油条积了两个铜板才得买了一小碟吃。我的一个弟弟想吃肉，有一天情不自已地问出一句使母亲心酸的话："妈，小炸丸子卖多少钱一碟？"

革命以后，情况不同了。我的家庭也起了革命。我们可以穿白布衫裤，可以随时在院子里拍皮球、放风筝、耍金箍棒，可以逛隆福寺吃"驴打滚儿""艾窝窝"。父亲也带我们挤厂甸。

念字号儿，描红模子，读商务出版的"人手足刀尺，一人二手，开门见山，山高月小，水落石出……"，这一套启蒙教育，都是在炕桌上，在母亲的苦苣疙瘩的威吓下，顺利进行的。我们没受过体罚。我比较顽皮淘气，可是也没挨过打。我爱发问，我读过："一老人，入市中，买鱼两尾，步行回家"之后，曾经发问："为什么买鱼两尾就不许他回家？"

父亲给我们订了一份商务的《儿童画报》，卷末有一栏绘一空白轮廓，要小读者运用想象力在其中填画一件彩色的实物，寄了去如果中选有奖。我得了好几次奖，大概我是属于"小时了了"那一类型。上房后炕的炕案上有一箱装订成册的《吴友如画宝》，虽然说明文字未必能看得懂，画中大意往往能体会到一大部分，帮助我了解社会人生不浅。性的知识，我便是在八九岁时从吴友如几期画报中领悟到的。

这就是我童年生活的大概。

我在小学

　　我在六七岁的时候开始描红模子，念字号儿。所谓"红模子"就是红色的单张字帖，小孩子用毛笔蘸墨把红字涂黑即可。帖上的字不外是"上大人孔乙己化三千……""一去二三里烟村四五家……"以及"王子去求仙丹成上九天……"之类。描红模子很容易描成墨猪，要练得一笔下去就横平竖直才算得功夫。所谓"字号儿"就是小方纸片，我父亲在每张纸片上写一个字，每天要我认几个字，逐日复习。后来书局印售成盒"看图识字"，一面是字，一面是画，就更有趣了，我们弟兄姊妹一大群，围坐在一张炕上的矮桌周边写字认字，有说有笑。有一次我一拱腿，把炕桌翻到地上去。母亲经常坐在炕沿上，一面做活计，一面看着我们，身边少不了一把炕笤帚，那笤帚若是倒握着在小小的脑袋上敲一记是很痛的。在那时体罚是最简截了当的教学法。

　　不久，我们住的内政部街西口内路北开了一个学堂，离我家只有四五个门。校门横楣有砖刻的五个福字，故称之为五福门。后院有一棵合欢树，俗称马缨花，落花满地，孩子们抢着拾起来玩，每天早晨谁先到校谁就可以捡到最好的花，我有早起的习惯，所以我总是拾得最多。有一天我一觉醒来，窗棂上有一格已经有了阳光，急得直哭，母亲匆忙给我梳小辫，打发我上学，不大工夫我就回转了，学堂尚未开门。在这学堂我学得了什么已不记得，只记得开学那一天，学生们都穿戴一色的缨帽呢靴站在院里，只见穿戴整齐的翎顶袍褂的提调学监们摇摇摆摆地走到前面，对着至圣先师孔子的牌位领导全体行三跪九叩礼。

在这个学堂里浑浑噩噩地过了一阵。不知怎么，这学校关门大吉。于是家里请了一位教师，贾文斌先生，字宪章，密云县人，口音有一点怯，是一名拔贡。我的二姐、大哥和我三个人在西院书房受教于这位老师。所用课本已经是新编的国文教科书，从"人、手、足、刀、尺"起，到"一人二手，开门见山"，以至于"司马光幼时……"，《三字经》、《百家姓》、《千字文》这一段就没有经历过。贾老师的教学法是传统的"念背打"三部曲，但是第三部"打"从未实行过。不过有一次我们惹得他生了大气，那是我背书时背不出来，二姐偷偷举起书本给我看，老师本来是背对着我们的，陡然回头撞见，气得满面通红，但是没有动用桌上放着的精工雕刻的一把戒尺。还有一次也是二姐惹出来的，书房有一座大钟，每天下午钟鸣四下就放学，我们时常暗自把时针向前拨快十来分钟。老师渐渐觉得座钟不大可靠，便利用太阳光照在窗纸上的阴影用朱笔画一道线，阴影没移到线上是不放学的。日久季节变换，阴影的位置也跟着移动，朱笔线也就一条条地加多。二姐想到了一个方法，趁老师不在屋里替他加上一条线，果然我们提早放学了，试行几次之后又被老师发现，我们都受了一顿训斥。

辛亥革命前二年，我和大哥进了大鹁鸽市的陶氏学堂。陶是陶端方，在当时是满清政府里的一位比较有知识的人，对于金石颇有研究，而且收藏甚富，历任要职，声势煊赫，还知道开办洋学堂，很难为他了。学堂之设主要的是为教育他的家族子弟，因为他家人口众多，不过也附带着招收外面的学生，收费甚昂，故有贵族学堂之称。父亲要我们受新式教育，所以不惜学费负担投入当时公认最好的学校，事实上却大失所望。所谓新式的洋学堂，只是徒有其表。我在这学堂读了一年可以说什么也没有学到，除非是让我认识了一些丑恶腐败的现象。

陶氏学堂是私立贵族学堂，陶氏子弟自成特殊阶级原无足异。但是有些现象却是令人难以置信的。陶氏子弟上课时随身携带老妈子，听讲之间可以唤老妈子外出买来一壶酸梅汤送到桌下慢慢饮用。听先生讲书，随时可以写个纸条，搓成一个纸团，丢到老师讲台上去，代替口头发问，老师不以为忤。陶氏子弟个个恣肆骄纵，横冲直撞，记得其中有一位名陶栻者，尤其飞扬跋扈。他们在课堂内外，成群地呼啸出入，动辄动手打人，大家为之侧目。

国文老师是一位南方人，已不记得他的姓名，教我们读《诗经》。他根据他的祖传秘方，教我们读，教我们背诵，就是不讲解，当然即使讲解也不是儿童所能领略的。他领头扯着嗓子喊"击鼓其镗"，我们全班跟着喊"击鼓其镗"，然后我们一句句地循声朗诵"踊跃用兵，土国城漕，我独南行"。他老先生喉咙哑了，便唤一位班长之类的学生代他吼叫。一首诗朗诵过几十遍，深深地记入在我们的脑子里，迄今有些首诗我仍记得清清楚楚。脑子里记若干首诗当然是好事，但是付了多大的代价！一部分童时宝贵的光阴是这样耗去的！

有趣的是体操一课。所谓体操，就是兵操。夏季制服是白帆布制的，草帽，白线袜，黑皂鞋。裤腿旁边各有一条红带，衣服上有黄铜纽扣。辫子则需盘起来扣在草帽底下。我的父母瞒着祖父母给我们做了制服，因为祖父母的见解是属于更老一代的，他们无法理解在家里没有丧事的时候孩子们可以穿白衣白裤。因此我们受到严重的警告，穿好操衣之后要罩上一件竹布大褂，白色裤脚管要高高地卷起来，才可以从屋里走到院里，下学回家时依然要偷偷摸摸溜到屋里赶快换装。在民元以前我平时没有穿过白布衣裤。

武昌起义，鼙鼓之声动地而来，随后端方遇害，陶氏学堂当然立即瓦解，陶氏子弟之在课堂内喝酸梅汤的那几位以后也不知下落如何了。这时节，祖父母相继逝世，父亲做了一件大事，全家剪小辫子。在剪辫子那一天，父亲对我们讲了一大套话，平素看的《大义觉迷录》、《扬州十日记》供给他不少愤慨的资料，我们对于这污脏麻烦的辫子本来就十分厌恶，巴不得把它齐根剪去，但是在发动并快剪之际，我们的二舅爹爹还忍不住泫然流涕。民国成立，薄海腾欢，第一任正式大总统项城袁世凯先生不愿到南京去就职，嗾使第三镇曹锟驻禄米仓部队于阴历正月十二日夜晚兵变，大烧大抢，平津人民遭殃者不计其数。我亦躬逢其盛。兵变过后很久，家里情形逐渐稳定，我才有机会进入公立第三小学。

公立第三小学在东城根新鲜胡同，是当时办理比较良好的学校，离我家又近，所以父亲决定要我和大哥投入该校。校长赫杏村先生，旗人，精明强干，声若洪钟。我和大哥都编入高小一年级，主任教师是周士棻先生，号香如，山西人，年纪不大，约三十几岁，但是蓄了小胡子，道貌岸然。周先生是我真正的启蒙业师。他教我们国文、历史、地理、习字。他的教学方法非常认真负责。在史地方面于课本之外另编补充教材，每次上课之前密密杂杂地写满了两块大黑板，要我们抄写，月终呈缴核阅。例如历史一科，鸿门之宴、垓下之围、淝水之战、安史之乱、黄袍加身、明末三案，诸如此类的史料都有比较详细的补充。材料很平常，可是他肯费心讲授，而且不占用上课时间去写黑板。对于习字一项，他特别注意。他用黑板槽里积存的粉笔屑，和水作泥，用笔蘸着写字在黑板上作为示范，灰泥干了之后显得特别地黑白分明，而且粗细停匀，笔意毕现，周老师的字属于柳公权一派，瘦劲方正。他要我们写得横平竖直，规规矩矩。同时他也没有忽略行草的书法，我们每人都备有一本草书千字文拓本，与楷书对照。我从此学得初步的草书写法，其中一部分终身未曾忘。大字之外还要写"白折子"，折子里面夹上一张乌丝格，作为练习小楷之用。他知道我们小学毕业之后能升学的不多，所以在此三年之内基础必须打好，而习字是基本技能之一。

周老师也还负起训育的责任，那时候训育叫作修身。我记得他特别注意生活上的小节，例如纽扣是否扣好，头发是否梳齐，以及说话的腔调，走路的姿势，无一不加指点。他要求于我们的很多，谁的笔记本子折角卷角就要受申斥。我的课业本子永远不敢不保持整洁。老师本人即是一个榜样。他布衣布履，纤尘不染，走起路来目不斜视，迈大步昂首前进，几乎两步一丈。讲起话来和颜悦色，但是永无戏言。在我们心目中他几乎是一个完人。我父亲很敬重周老师的为人，在我们毕业之后特别请他到家里为我的弟弟妹妹补课多年，后来还请他租用我们的邻院作为我们的邻居。我的弟弟妹妹都受业于周老师，至少我们写的字都像是周老师的笔法。

小学有英文一课，事实上我未进小学之前就已开始从父亲学习英文了。我父亲是同文馆第一期学生，所以懂些英文，庚子年乱起辍学的。小学的英文老师是王德先生，字仰臣。我们用的课本是《华英初阶》，教授的方法是由拼音开始，ba，be，bi，bo，bu，然后就是死背字句，记得第三课就有一句 Is he of us？"彼乃我辈中人否？"这一句我背得滚瓜烂熟。老师一提 Is he of us？我马上就回答出："彼乃我辈中人否？"老师大为惊异，其实我在家里早已学过了。这样教学的方法使初学英文的人费时很多，但未养成初步的语言习惯，实在是精力的浪费。后来老师换了一位程朴洵先生，是一位日本留学生，有时穿着半身西装，英语发音也比较流利正确一些。我因为预先学过一些英文，所以在班上特感轻松，老师也特别嘉勉。临毕业时程老师送我一本原版的马考莱《英国史》，这本书当时还不能看懂，后来却也变成对我有用的一本参考书。

体操老师锡福先生，字辅臣，旗人。他有一副苍老而沙哑的喉咙，喊起立正、稍息、枪上肩、枪放下的时候很是威风。排起队来我是末尾，排头的一位有我两个高。老师特别喜欢我们这一班，因为我们平常把枪擦得亮，服装整齐一些，而且开正步的时候特别用力踏地作响，给老师作面子。学校在新鲜胡同东口路南，操场在西口路北，我们排队到操场去的时候精神抖擞，有时遇到操场上还有别班同学上操未散，我们便更着力操演，逼得其他各班只有木然呆立瞠目赞叹的份儿。半小时操后，时常是踢足球，操场不画线，竖起竹竿便是球门，一半人臂缠红布，笛声一响便踢起球来，高头大马横冲直撞，像我这样的只能退避三舍以免受伤。结果是鸣笛收队皆大欢喜。

我的算术，像"鸡兔同笼"一类的题目我认为是专门用来折磨孩子的，因为我当时想鸡兔是不会同笼的，即使同笼亦无须又数头又数脚，一眼看上去就会知道是几只鸡几只兔。现在我当然明白，是我自己笨，怨不得谁。手工课也不容易应付，不是抟泥，就是削竹，最可怕的是编纸，用修脚刀把彩色纸画出线条，然后再用别种彩色纸条编织上去，真需要鬼斧神工，在这方面常常由我的大姐帮忙。教手工的老师患严重口吃，结结巴巴的惹人笑。教理化的李秉衡老师，保定府人，曾经表演氢二氧一变成水，水没有变出来，玻璃瓶炸得粉碎，但是有一次却变成功了。有一次表演冷缩热胀，一只烧得滚烫的铜珠，被一位多事的同学伸手抓了起来，烫得满手掌溜浆大泡。教唱歌的是一位时老师，他没有歌喉，但是会按风琴，他教我们唱的《春之花》我至今不能忘。

有一次远足是三年中一件大事。事先筹划了很久，决定目的地为东直门外的自来水厂。这一天特别起了个大早，晨曦未上就赶到了学校，大家啜柳叶汤果腹，柳叶汤就是细长菱形薄面片加菜煮成的一种平民食品，但这是学校里难得一遇的旷典，免费供应，大家都很高兴，有人连罄数碗。不知是谁出的主意，向步军统领衙门借了六位喇叭手，改着我们学校的制服，排在我们队伍前面开道，六只亮晶晶的喇叭上挂着红绸彩，嘀嘀嗒嗒地吹起来，招摇过市，好不威风！由新鲜胡同走到东直门外，约有四五里之遥，往返将近十里。自来水厂没有什么可看的，虽然那庞大的水池水塔以前都没有见过。这是我第一次徒步走出北京城墙，有久困出枷之感。午间归来，两腿清酸。下次作文的题目是《远足记》，文章交卷，此一盛举才算是功德圆满。

我们一班二十几个人，如今音容笑貌尚存脑海者不及半数，姓名未忘者更是寥寥可数了。年龄最大身体最高的是一位名叫连祥的同学，约在二十开外，浓眉大眼，膀大腰圆，吹喇叭踢足球都是好手，脑袋后面留着一根三寸多长的小辫，用红绳扎紧，挺然翘然地立在后脑勺子上，像是一根小红萝卜。听说他以后当步兵去了。一位功课好而态度又最安详的是常禧，后来冠姓栾，他是我们的班长，周老师很器重他，后来听周老师说他在江西某处任商务印书馆分馆经理。还有岳廉识君，后来进了交通部。我们同学绝大部分都是贫寒子弟，毕业之后各自东西，以我所知道的有人投军，有人担筐卖杏，能升学的极少。我们在校的时候都相处得很好，有两种风气使我感到困惑。一个是喜欢打斗，动辄挥拳使绊，闹得桌翻椅倒。有一位同学长相不讨人喜欢，满脸疙瘩噜苏，绰号"小炸丸子"，他经常是几个好闹事的同学欺弄的对象，有多少次被抬到讲台桌上，手脚被人按住，有人扯下他的裤子，大家轮流在他的裤裆里吐一口痰！还有一位同学名叫马玉岐，因为宗教的关系饮食习惯与别人不同，几个不讲理的同学便使用武力强迫他吃下他们不吃的东西，经常要酿出事端。在这样尚武的环境之中我小心翼翼，有时还不能免于受人欺凌。自卫的能力之养成，无论是斗智还是斗力，都需要实际体验，我相信我们的小学是很好的训练场所。另一件使我困惑的事是大家之口出秽言的习惯。有些人各自秉承家教，不止是"三字经"常挂在嘴边，高谈阔论起来其内容往往涉及"素女经"，而且有几位特别大胆的还不惜把他在家中所见所闻的实例不厌其详地描写出来。讲的人眉飞色舞，听的人津津有味。学校好几百人共用一个厕所，其环境之脏可想，但是有些同学们如厕之后其嘴巴比那环境还脏。所以我视如厕为畏途。性教育在一群孩子们中间自由传播，这种情形当时在公立小学尤甚，我是深深拜受其赐了。

我在第三小学读了三年，每天早晨和我哥哥步行到校，无间风雪。天气不好的时候要穿家中自制的带钉的油鞋，手中举着雨伞，途中经常要遇到一只恶犬，多少要受到骚扰，最好的时候是适值它在安睡，我们就悄悄地溜过去了，那时我不明白为什么有人要养狗并且纵容它与人为难。内政部门口站岗的巡捕半醒半睡地挂着上刺刀的步枪靠在墙垛上，时常对我们颔首微笑，我们觉得受宠若惊，久之也搭讪着说两句话。出内政部街东口往北转，进入南小街子，无分晴雨永远有泥泞车辙，其深常在尺许。街边有羊肉床子，时常遇到宰羊，我们就驻足而视，看着绵羊一声不响在引颈就戮。羊肉包子的味道热腾腾地四溢。卖螺丝转儿油炸鬼的，卖甜浆粥的，卖烤白薯的，卖糖耳朵的，一路上左右皆是。再向东一转就进入新鲜胡同了，一眼可以望得见城墙根，常常看见有人提笼架鸟从那边溜达着走过来。这一段路给我的印象很深，二十多年后我再经过这条街则已变为坦平大道面目全非，但是我还是怀念那久已不复存在的湫隘的陋巷。我是在这些陋巷中生长大的，这是我的故乡。

　　民国四年我毕业的时候，主管教育的京师学务局（局长为德彦）令饬举行会考，把所有各小学应届毕业的学生三数百人聚集在我们第三小学，考国文习字图画数科，名之曰观摩会，事关学校荣誉，大家都兴奋。国文试题记得是"诸生试各言尔志"，事有凑巧这个题目我们以前做过，而且以前做的时候，好多同学都是说将来要"效命疆场，马革裹尸"。我其实并无意步武马援，但是我也撷拾了这两句豪语。事后听主考的人说：第三小学的一班学生有一半要"马革裹尸"，是佳话还是笑谈也就很难分辨了。我在打草稿的时候，一时兴起，使出了周老师所传授的草书千字文的笔法，写得虽然说不上龙飞蛇舞，却也自觉得应手得心，正赶上局长大人监考经过我的桌旁，看见我写得好大个的草书，留下了特别的印象。图画考的是自由画，我们一班最近画过一张松鹤图，记忆犹新，大家不约而同地都依样葫芦，斜着一根松枝，上面立着一只振翅欲飞的仙鹤，章法不错。我本来喜欢图画，父亲给我的《芥子园画谱》也发生了作用，我所画的松鹤图总算是尽力为了。榜发之后，我和哥哥以及栾常禧君都高居榜首，荣誉属于第三小学。我得到的奖品最多，是一张褒奖状，一部成亲王的巾箱帖，一个墨盒，一副笔架以及笔墨之类。

　　"小时了了，大未必佳"，如今想想这话颇有道理。

过　年

　　我小时候并不特别喜欢过年，除夕要守岁，不过十二点不能睡觉，这对于一个习于早睡的孩子是一种煎熬。前庭后院挂满了灯笼，又是宫灯，又是纱灯，烛光辉煌，地上铺了芝麻秸儿，踩上去咯咯吱吱响，这一切当然有趣，可是寒风凛冽，吹得小脸儿通红，也就很不舒服。炕桌上呼卢喝雉，没有孩子的份。压岁钱不是白拿，要叩头如捣蒜。大厅上供着祖先的影像，长辈指点曰："这是你的曾祖父，曾祖母，高祖父，高祖母……"虽然都是岸然道貌微露慈祥，我尚不能领略慎终追远的意义。"姑娘爱花小子要炮……"我却怕那大麻雷子、二踢脚子。别人放鞭炮，我躲在屋里捂着耳朵。每人分一包杂拌儿，哼，看那桃脯、蜜枣沾上的一层灰尘，怎好往嘴里送？年夜饭照例是特别丰盛的。大年初一不动刀，大家歇工，所以年菜事实上即是大锅菜。大锅的炖肉，加上粉丝是一味，加上蘑菇又是一味；大锅的炖鸡，加上冬笋是一味，加上番薯又是一味，都放在特大号的锅、罐子、盆子里，此后随取随吃，历十余日不得罄，事实上是天天打扫剩菜。满缸的馒头，满缸的腌白菜，满缸的咸疙瘩，不知道什么时候才可以见底。芥末堆儿、素面筋、十香菜比较地受欢迎。除夕夜，一交子时，煮饽饽端上来了。我困得低枝倒挂，哪有胃口去吃？胡乱吃两个，倒头便睡，不知东方之既白。

初一特别起得早，梳小辫儿，换新衣裳，大棉袄加上一件新蓝布罩袍、黑马褂、灰鼠绒绿鼻脸儿的靴子。见人就得请安，口说："新禧。"日上三竿，骡子轿车已经套好，跟班的捧着拜匣，奉命到几家最亲近的人家拜年去也。如果运气好，人家"挡驾"，最好不过，递进一张帖子，掉头就走，否则一声"请"，便得升堂入室，至少要朝上磕三个头，才算礼成。这个差事我当过好几次，从心坎儿觉得窝囊。

民国前一两年，我的祖父母相继去世，由我父亲领导在家庭生活方式上做维新运动，革除了许多旧习，包括过年的仪式在内。我不再奉派出去挨门磕头拜年。我从此不再是磕头虫儿。过年不再做年菜，而向致美斋定做八道大菜及若干小菜，分装四个圆笼，除日挑到家中，自己家里也购备一些新鲜菜蔬以为辅佐。一连若干天顿顿吃煮饽饽的怪事，也不再在我家出现。我父亲说："我愿在哪一天过年就在哪一天过年，何必跟着大家起哄？"逛厂甸，我们是一定要去的，不是为了喝豆汁儿，吃煮豌豆，或是那大糖葫芦，是为了要到海王村和火神庙去买旧书。白云观我们也去过一次，一路上吃尘土，庙里面人挤人，哪里有神仙可会，我再也不做第二次想。过年时，我最难忘的娱乐之一是放风筝，风和日丽的时候，独自在院子里挑起一根长竹竿，一手扶竿，一手持线桄子，看着风筝冉冉上升，御风而起，霎时遇到罡风，稳稳地停在半天空，这时候虽然冻得涕泗横流，而我心滋乐。

民国元年初，大总统袁世凯嗾曹锟驻禄米仓部队兵变，大掠平津，那一天正是阴历正月十二，给万民欢腾的新年假期做了一个悲惨而荒谬的结束，从此每个新年我心里就有一个驱不散的阴影。大家都说恭贺新禧，我不知喜从何来。

正月十二

一九一二年二月，正是阴历辛亥年的年下，那时我十岁，刚剪下小辫不久。北平风俗过年，通常是从十二月二十三日祭灶起，一直到正月十五灯节为止，足足要热闹半个多月。那一年的阴历新春正月十二日是阳历二月几日，我已记不清楚，不过那个阴历的正月十二日却是所有北平人都不会忘记的一个日子。这个日子距今六十年了，那一天发生的事想起来如在目前。

每逢过年，自除夕起，我家里开赌戒。我家里根本没有麻将牌，听说过，没见过。我到二十多岁才初次看到别人做方城戏。所谓开赌戒，不过是从父亲锁着的抽屉里取出一个小包包，打开包包取出一个象牙盒，打开盒子取出六颗骨头做的骰子，然后把骰子放在一只大海碗里，全家大小十口围着上屋后炕上的桌子哗喇哗喇地掷状元筹，如是而已。可是每个人下三十二个铜板的赌注，堆在大碗周围，然后轮流抓起骰子一掷，呼卢喝雉，也能领略到一点赌徒们所特有的紧张与兴奋。正月十二那天晚上，大家饭后不期而集，围着后炕桌子，赌兴正酣，忽然听到一阵噼噼啪啪的响，大家一愣。爆竹一声除旧，快吃元宵了，还放什么鞭炮？父亲沉下了脸，皱起眉头说："不对，这声音太尖太脆，怕不是爆竹。"正惊讶间，乒乒乓乓的声音更紧凑更响亮了。当然比爆炒豆的声音大得多，而且偶然听到划破天空的呼啸而过的嘶响。

我父亲推开赌碗，跑到西厢房去打德律风。德律风者，那时的电话之称，安装在墙上，庞然大物，呜呜地摇半天才能叫号通话。德律风打到京师警察厅，那边的朋友说，兵变了，拱卫京师的曹锟部下陆军第三镇驻扎在东城城根儿禄米仓的士兵哗变了！未得其详，电线中断，随后电灯也灭了，一片黑暗。禄米仓离我家不远，怪不得枪声那么清脆可闻。

枪声越来越密，比除夕热闹多了。东南方火光冲天，把半边天照得通亮，火星飞舞，像是有人在放特大号太平花。后来知道这是变兵劫掠东安市场，顺手放一把火示威。这时候天上疏疏落落地掉下了一些雨点，有人说是天哭了！胡同里出奇地寂静，没有人声。

我父亲要我们大家戒备，各自收拾东西。家里没有什么细软，但是重要契据文件打了两个小包袱。我们弟兄姊妹每人都有一点体己。我有一个绒制小口袋，原是装巧克力的，是祁罗福洋行老板送给我的，我二姊说那种黑不溜秋的糖像猴屎不会好吃，我就把糖果抛弃留下那只口袋装钱，全部积蓄有三十几块。我把口袋放在桌上，若有个风吹草动，预备抓起口袋就跑。

胡同里有了呼唤声脚步声，由远而近，嘈嘈杂杂，像潮水涌来。家门口响起两声枪，子弹打在门上，门皮比较厚，没有打穿，随后又有砸门声。看门的南二慌慌张张地跑进里院，大喊："来了，来了！"我们立刻集中到后院，搬梯子，翻墙，躲在墙外邻家的天沟上。打杂的佣人辛二仓皇中躲进了跨院的煤堆后面，幸亏有他留在地面，发生了很大的作用。变兵打不开大门，就爬电线杆翻入临街的后窗，然后开启大门放进大批的弟兄。据估量，进来的大兵至少有十个八个，因为他们搜劫东西之后抛下的子弹一排排的不在少数。算是洗劫，不过洗得不干净，一来没有电灯照明，二来缺乏经验不大知道挑拣，三来每人只有两只手拿不了许多，抢劫历时约二三十分钟，呼啸而出，临去还放几枪留念。煤堆后面的辛二听得没有响动，蹑手蹑脚地出来先关上大门，然后喊我们下地。比兵劫更可怕的是地痞流氓趁机接着抢掠，他们抢起来是穷凶极恶细大不捐，真能把一家的东西搬光，北平语谓之"扫营儿"。辛二把大门一关，扫营一幕幸而得免。

事后我们检查，损失当然很重，不过也有很多东西该拿而没有拿，不该拿而拿了的。我的那一小袋储蓄，我临时忘携带，平白地奉献了。北平住家的人，家里没有多少贵重物品，箱柜桌椅之类死沉死沉的，抬也抬不动，所以大兵进宅顶多打开钱柜（北平家家都有的木箱上面开盖的那种钱柜）拿去几十包放在钱板子上的铜板，运气好些的再拿去几只五十两一个的银元宝，再不就是从墙上表盒里拿去十个二十个形形色色的怀表。古玩陈设，他们不识货，只知道拣大个的拿。所以变兵真正地大发利市，另有两种去处，一个是当铺，一个是票庄。前者有物资，后者有现款。大票庄大当铺都集中在东城，几乎无一幸免，而且比较黑心的掌柜于劫掠之后自己放一把火，混水摸鱼。

从此票庄完全消灭，大当铺也无复昔日的繁荣，多少和票庄当铺保有密切关系的中产阶级家庭，也从此一蹶不振而中落了。

变兵在东城闹了一夜，黎明波及西城。东城只剩下一般宵小纷纷做扫营的工作。我从大门缝往外看，看见一位苦哈哈抱着一只很大很大的白鹿敦，踽踽而行，路面冰冻一不小心跌了一跤，敦破，撒在地上的是一堆白米！变兵少数在城内逗留，大部分出西直门而去。这时候驻扎在张家口的姜桂题部下的军队（号称"毅军"）奉命开来平乱。正遇见大队变兵，于是大举歼灭。可怜的人，辛苦了一夜，命在须臾。城里面的地痞流氓正在得意忘形自由行动，想不到突然间有人来执法以绳，于是又有不少的人头挂在高竿之上了。我和哥哥商量，想出去看看人头，父母不准我们去，后来看到了照片，那样子很难看。

戏剧性的一场灾祸在新年演出，幕启幕落都十分突兀。那些放枪的、扫营的，不过是跑龙套的而已。演重头戏的是曹锟，而发纵指使的是民国第一任总统袁世凯。他当选总统而不欲南下就职，为寻求借口，于是导演了这样的一出独幕闹剧，为几十万北平居民做新春点缀！尔后又有一出新华春梦，一出贿买大选，丑戏连台，实在不足为怪，我们应该早看出一点头绪。

放风筝 ▍

　　偶见街上小儿放风筝，拖着一根棉线满街跑，嬉戏为欢，状乃至乐。那所谓风筝，不过是竹篾架上糊一点纸，一尺见方，顶多底下缀着一些纸穗，其结果往往是绕挂在街旁的电线上。

　　常因此想起我小时候在北平放风筝的情形。我对放风筝有特殊的癖好，从孩提时起直到三四十岁，遇有机会从没有放弃过这一有趣的游戏。在北平，放风筝有一定的季节，大约总是在新年过后开春的时候为宜。这时节，风劲而稳。严冬时风很大，过于凶猛，春季过后则风又嫌微弱了。开春的时候，蔚蓝的天，风不断地吹，最好放风筝。

　　北平的风筝最考究。这是因为北平的有闲阶级的人多，如八旗子弟，凡属耳目声色之娱的事物都特别发展。我家住在东城，东四南大街，在内务部街与史家胡同之间有一个二郎庙，庙旁边有一爿风筝铺，铺主姓于，人称"风筝于"。他做的风筝在城里颇有小名。我家离他近，买风筝特别方便。他做的风筝，种类繁多，如肥沙雁、瘦沙雁、龙井鱼、蝴蝶、蜻蜓、鲇鱼、灯笼、白菜、蜈蚣、美人儿、八卦、蛤蟆以及其他形形色色的。鱼的眼睛是活动的，放起来滴溜溜地转，尾巴拖得很长，临风波动。蝴蝶蜻蜓的翅膀也有软的，波动起来也很好看。风筝的架子是竹制的，上面绷起高丽纸面，讲究的要用绢绸，绘制很是精致，彩色缤纷。风筝于的出品，最精彩是"提线"拴得角度准确，放起来不"折筋斗"，平平稳稳。风筝小者三尺，大者一丈以上，通常在家里玩玩有三尺到七尺就很够。新年厂甸开放，风筝摊贩也很多，品质也还可以。

放风筝的线，小风筝用棉线即可，三尺以上就要用棉线数绺捻成的"小线"，小线也有粗细之分，视需要而定。考究的要用"老弦"：取其坚牢，而且分量较轻，放起来可以扭成直线，不似小线之动辄出一圆兜。线通常绕在竹制的可旋转的"线桃子"上。讲究的是硬木制的线桃子，旋转起来特别灵活迅速。用食指打一下，桃子即转十几转，自然地把线绕上去了。

有人放风筝，尤其是较大的风筝，常到城根或其他空旷的地方去，因为那里风大，一抖就起来了。尤其是那一种特制的巨型风筝，名为"拍子"，长方形的，方方正正没有一点花样，最大的没有超过九尺。北平的住宅都有个院子，放风筝时先测定风向，要有人带起一根大竹竿，竿顶置有铁叉头或铜叉头（即挂画所用的那种叉子），把风筝挑起，高高举起到房檐之上，等着风一来，一抖，风筝就飞上天去，竹竿就可以撤了，有时候风不够大，举竹竿的人还要爬上房去踞坐在房脊上面。有时候，费了不少手脚，而风姨不至，只好废然作罢，不过这种扫兴的机会并不太多。

风筝和飞机一样，在起飞的时候和着陆的时候最易失事。电线和树都是最碍事的，须善为躲避。风筝一上天，就没有事，有时候进入罡风境界，直不需用手牵着，大可以把线拴在屋柱上面，自己进屋休息，甚至拴一夜，明天再去收回。春寒料峭，在院子里久了会冻得涕泗交流，线弦有时也会把手指勒得青疼，甚至出血，是需要到屋里去休息取暖的。

　　风筝之"筝"字，原是一种乐器，似瑟而十三弦。所以顾名思义，风筝也是要有声响的，《询刍录》云："五代李邺于宫中作纸鸢，引线乘风为戏，后于鸢首，以竹为笛，使风入竹，声如筝鸣。"这记载是对的。不过我们在北平所放的风筝，倒不是"以竹为笛"，带响的风筝是两种，一种是带锣鼓的，一种是带弦弓的，二者兼备的当然也不是没有。所谓锣鼓，即是利用风车的原理捶打纸制的小鼓，清脆可听。弦弓的声音比较更为悦耳。有高骈风筝诗为证：

　　　　夜静弦声响碧空，宫商信任往来风，
　　　　依稀似曲才堪听，又被风吹别调中。

　　我以为放风筝是一件颇有情趣的事。人生在世上，局促在一个小圈圈里，大概没有不想偶然远走高飞一下的。出门旅行，游山逛水，是一个办法，然亦不可常得。放风筝时，手牵着一根线，看风筝冉冉上升，然后停在高空，这时节仿佛自己也跟着风筝飞起了，俯瞰尘寰，怡然自得。我想这也许是自己想飞而不可得，一种变相的自我满足罢。春天的午后，看着天空飘着别人家放起的风筝，虽然也觉得很好玩，究不若自己手里牵着线的较为亲切，那风筝就好像是载着自己的一片心情上了天。真是的，在把风筝收回来的时候，心里泛起一种异样的感觉，好像是游罢归来，虽然不是扫兴，至少也是尽兴之后的那种疲惫状态，懒洋洋的，无话可说，从天上又回到了人间，从天上翱翔又回到匍匐地上。

放风筝还可以"送幡"（俗呼为"送饭儿"）。用铁丝圈套在风筝线上，圈上附一长纸条，在放线的时候铁丝圈和长纸条便被风吹着慢慢地滑上天去，纸幡在天空飞荡，直到抵达风筝脚下为止。在夜间还可以把一盏一盏的小红灯笼送上去，黑暗中不见风筝，只见红灯朵朵在天上游来游去。

放风筝有时也需要一点点技巧。最重要的是在放线松弛之间要控制得宜。风太劲，风筝陡然向高处跃起，左右摇晃，把线拉得绷紧，这时节一不小心风筝便会倒栽下去。栽下去不要慌，赶快把线一松，它立刻又会浮起，有时候风筝已落到视线所不能及的地方，依然可以把它挽救起来，凡事不宜操之过急，放松一步，往往可以化险为夷，放风筝亦一例也。技术差的人，看见风筝要栽筋斗，便急忙往回收，适足以加强其危险性，以至于不可收拾。风筝落在树梢上也不要紧，这时节也要把线放松，乘风势轻轻一扯便会升起，性急的人用力拉，便愈纠缠不清，直到把风筝扯碎为止。在风力弱的时候，风筝自然要下降，线成兜形，便要频频扯抖，尽量放线，然后再及时收回，一松一紧，风筝可以维持于不坠。

好斗是人的一种本能。放风筝时也可表现出战斗精神。发现邻近有风筝飘起，如果位置方向适宜，便可向它斗争。法子是设法把自己的风筝放在对方的线兜之下，然后猛然收线，风筝陡地直线上升，势必与对方的线兜交缠在一起，两只风筝都摇摇欲坠，双方都急于向回扯线，这时候就要看谁的线粗，谁的手快，谁的地势优了。优胜的一方面可以扯回自己的风筝，外加一只俘虏，可能还有一段线。我在一季之中，时常可以俘获四五只风筝。把俘获的风筝放起，心里特别高兴，好像是在炫耀自己的战利品，可是有时候战斗失利，自己的风筝被俘，过一两天看着自己的风筝在天空飘荡，那便又是一种滋味了。这种斗争并无伤于睦邻之道，这是一种游戏，不发生侵犯领空的问题。并且风筝也只好玩一季，没有人肯玩隔年的风筝。迷信说隔年的风筝不吉利，这也许是卖风筝的人造的谣言。

听 戏

　　听戏，不是看戏。从前在北平，大家都说听戏，不大说看戏。这一字之差，关系甚大。我们的旧戏究竟是以歌唱为主，所谓载歌载舞，那舞实在是比较的没有什么可看的。我从小就喜欢听戏，常看见有人坐在戏园子的边厢下面，靠着柱子，闭着眼睛，凝神危坐，微微地摇晃着脑袋，手在轻轻地敲着板眼，聚精会神地欣赏那台上的歌唱，遇到一声韵味十足的唱，便像是搔着了痒处一般，从丹田里吼出一声"好"！若是发现唱出了错，便毫不容情地来一声倒好。这是真正的听众，是他来维系戏剧的水准于不坠。当然，他的眼睛也不是老闭着，有时也要睁开的。

　　生长在北平的人几乎没有不爱听戏的。我自然亦非例外。我起初是很怕进戏园子的，里面人太多太挤，座位太不舒服。记得清清楚楚，文明茶园是我常去的地方，全是窄窄的条凳，窄窄的条桌，而并不面对舞台，要看台上的动作便要扭转脖子扭转腰。尤其是在夏天，大家都打赤膊，而我从小就没有光脊

038

梁的习惯，觉得大庭广众之中赤身露体怪难为情，而你一经落座就有热心招待的茶房前来接衣服，给一个半劈的木牌子。这时节，你环顾四周，全是一扇一扇的肉屏风，不由你不随着大家而肉袒。前后左右都是肉，白皙皙的，黄澄澄的，黑黝黝的，置身其间如入肉林。（那时候戏园里的客人全是男性，没有女性。）这虽颇富肉感，但决不能给人以愉快。戏一演便是四五个钟头，中间如果想要如厕，需要在肉林中挤出一条出路，挤出之后那条路便翕然而阖，回来时需要重新另挤出一条进路。所以常视如厕如畏途，其实不是畏途，只有畏，没有途。

对戏园的环境并无需作太多的抱怨。任何样的环境，在当时当地，必有其存在的理由。戏园本称茶园，原是喝茶聊天的地方，台上的戏原是附带着的娱乐节目。乱烘烘的高谈阔论是未可厚非的。那原是三教九流呼朋唤友消遣娱乐之所在。孩子们到了戏园可以足吃，花生瓜子不必论，冰糖葫芦、酸梅汤、油糕、奶酪、豌豆黄……应有尽有。成年人的嘴也不闲着，条桌上摆着干鲜水果蒸食点心之类。卖吃食的小贩大声吆喝，穿梭似的挤来挤去，又受欢迎又讨厌。打热毛巾把的茶房从一个角落把一卷手巾掷到另一角落，我还没有看见过失手打了人家的头。特别爱好戏的一位朋友曾经表示，这是戏外之戏，那洒了花露水的手巾尽管是传染病的最有效的媒介，也还是不可或缺。

在这样的环境里听戏，岂不太苦？苦自管苦，却也乐在其中。放肆是我们中国固有的品德之一。在戏园里人人可以自由行动，吃，喝，谈话，吼叫，吸烟，吐痰，小儿哭啼，打喷嚏，打呵欠，揩脸，打赤膊，小规模的拌嘴吵架争座位，一概没有人干涉。在哪里可以找到这样安全的放肆的机会？看外国戏院观众之穿起大礼服肃静无哗，那简直是活受罪！我小时候进戏园，深感那是另一个世界，对于戏当然听不懂，只能欣赏丑戏武戏，打出手，递家伙，尤觉有趣。记得我最喜欢的是九阵风的戏，如百草山泗州城之类，于是我也买了刀枪之类在家里和我哥哥大打出手，有一两招也练得不错。从三四张桌子上硬往下摔壳子的把戏，倒是没敢尝试。有一次模拟《打棍出箱》范仲禹把鞋一甩落在头上的情景，我哥哥一时不慎把一只大毛窝斜刺踢在上房的玻璃上，哗啦一声，除了招致家里应有的责罚之外，惊醒了我的萌芽中的戏瘾戏迷。后来年纪稍长，又复常常涉足戏园，正赶上一批优秀的演员在台上献技，如陈德琳、刘鸿升、龚云甫、德珺如、裘桂仙、梅兰芳、杨小楼、王长林、王凤卿、王瑶卿、余叔岩等等，我渐渐能欣赏唱戏的韵味了，觉得在那乱糟糟的环境之中熬上几个小时还是值得一付的代价，只要能听到一两段韵味十足的歌唱，便觉得那抑扬顿挫使人如醉如迷，使全身血液的流行都为之舒畅匀称。研究西洋音乐的朋友也许要说这是低级趣味。我没有话可以抗辩，我只能承认这就是我们人民的趣味，而且大家都很安于这种趣味。这样乱糟糟的环境，必须有相当良好的表演艺术才能控制住听众的注意力。前几出戏都照例的是无足观，等到好戏上场，名角一露面，场里立刻鸦雀无声，不知趣的"酪来酪"声会被嘘的。受半天罪，能听到一段回肠荡气的唱儿，就很值得，"余音绕梁三日不绝"，确是真有那种感觉。

后来，不知怎么，老伶工一个个地凋谢了，换上来的是一批较年轻的角色，这时候有人喊要改良戏剧，好像艺术是可以改良似的。我只知道一种艺术形式过了若干年便老了，衰了，死了，另外滋生一个新芽，却没料到一种艺术于成熟衰老之后还可以改良。首先改良的是开放女禁，这并没有可反对的，可是一有女客之后，戏里面的涉有猥亵的地方便大大删除了，在某种意义上有人认为这好像是个损失。台面改变了，由凸出的三面的立体式的台变成了画框式的台了，新剧本出现了，新腔也编出来了，新的服装道具一齐来了。有一次看尚小云演《天河配》，这位高头大马的演员穿着紧贴身的粉红色的内衣裤作裸体沐浴状，观众乐得直拍手，我说："完了，完了，观众也变了！"有什么样的观众就有什么样的戏。听戏的少了，看热闹的多了。

我很早就离开北平，与戏也就疏远了，但小时候还听过好戏，一提起老生心里就泛起余叔岩的影子，武生是杨小楼，老旦是龚云甫，青衣是王瑶卿、梅兰芳，小生是德珺如，刀马旦是九阵风，丑是王长林……有这种标准横亘在心里，便容易兴起"除却巫山不是云"之感。我常想，我们中国的戏剧就像毛笔字一样，提倡者自提倡，大势所趋，怕很难挽回昔日的光荣。时势异也！

Part 2

青葱少年，逐梦异国

　　我自民国四年进清华学校读书，民国十二年毕业，整整八年的工夫在清华园里度过。人的一生没有几个八年，何况是正在宝贵的青春。四十多年前的事，现在回想已经有些模糊，如梦如烟，但是较为突出的印象则尚未磨灭。有人说，人在开始喜欢回忆的时候便是开始老的时候。我现在开始回忆了。

清华八年

一

　　我自民国四年进清华学校读书，民国十二年毕业，整整八年的工夫在清华园里度过。人的一生没有几个八年，何况是正在宝贵的青春。四十多年前的事，现在回想已经有些模糊，如梦如烟，但是较为突出的印象则尚未磨灭。有人说，人在开始喜欢回忆的时候便是开始老的时候。我现在开始回忆了。

　　民国四年，我十四岁，在北京新鲜胡同京师公立第三小学毕业，我的父亲接受朋友的劝告要我投考清华学校。这是一个重大的决定，因为这个学校远在郊外，我是一个古老的家庭中长大的孩子，从来没有独自在街头闯荡过，这时候要捆起铺盖到一个陌生的地方去住，不是一件平常的事，而且在这个学校经过八年之后便要漂洋过海离乡背井到新大陆去负笈求学，更是难以设想的事。所以父亲这一决定下来，母亲急得直哭。

清华学校在那时候尚不大引人注意。学校的创立乃是由于民国纪元前四年，美国老罗斯福总统决定退还庚子赔款半数指定用于教育用途，意思是好的，但是带着深刻的国耻的意味。所以这学校的学制特殊，事实上是留美预备学校，不由教育部管理，校长由外交部派。每年招考学生的名额，按照各省分担的庚子赔款的比例分配。我原籍浙江杭县，本应到杭州去应试，往返太费事，而且我家寄居北京很久，也可算是北京的人家，为了取得法定的根据起见，我父亲特赴京兆大兴县署办理入籍手续，得到准许备案，我才到天津（当时直隶省会）省长公署报名。我的籍贯从此确定为京兆大兴县，即北京。北京东城属大兴，西城属宛平。

那一年直隶省分配名额为五名，报名应试的大概是三十几个人，初试结果取十名，复试再遴选五名。复试由省长朱家宝亲自主持，此公素来喜欢事必躬亲，不愿假手他人，居恒有一颗闲章，文曰"官要自作"。我获得初试入选的通知以后就到天津去谒见省长。十四岁的孩子几曾到过官署？大门口的站班的衙役一声吆喝，吓我一大跳，只见门内左右站着几个穿宽袍大褂的衙役垂手肃立，我逡巡走进二门，又是一声吆喝，然后进入大厅。十个孩子都到齐，有人出来点名。静静地等了一刻钟，一位面团团的老者微笑着踱了出来，从容不迫地抽起水烟袋，逐个地盘问我们几句话，无非是姓甚、名谁、几岁、什么属性之类的谈话。然后我们围桌而坐，各有毛笔纸张放在面前，写一篇作文，题目是"孝悌为人之本"。这个题目我好像从前做过，于是不假思索援笔立就，总之是一些陈词滥调。

过后不久榜发，榜上有名的除我之外有吴卓、安绍芸、梅贻宝及一位未及入学即行病逝的应某。考取学校总是幸运的事，虽然那时候我自己以及一般人并不怎样珍视这样的一个机会。

就是这样我和清华结下了八年的缘分。

二

八月末，北京已是初秋天气，我带着铺盖到清华去报到，出家门时母亲直哭，我心里也很难过。我以后读英诗人 Cowper 的传记时之特别同情他，即是因为我自己深切体验到一个幼小的心灵在离开父母出外读书时的那种滋味——说是"第二次断奶"实在不为过。第一次断奶，固然苦痛，但那是在孩提时代，尚不懂事，没有人能回忆自己断奶时的懊恼，第二次断奶就不然了，从父母身边把自己扯开，在心里需要一点气力，而且少不了一阵辛酸。

清华园在北京西郊外的海甸的西北。出西直门走上一条漫长的马路，沿途有几处步兵统领衙门的"堆子"，清道夫一铲一铲地在道上撒黄土，一勺一勺地在道上泼清水，路的两旁是铺石的路专给套马的大敞车走的。最不能忘的是路边的官柳，是真正的垂杨柳，好几丈高的丫杈古木，在春天一片鹅黄，真是柳眼挑金。更动人的时节是在秋后，柳丝飘拂到人的脸上，一阵阵的蝉噪，夕阳古道，情景幽绝。我初上这条大道，离开温暖的家，走向一个新的环境，心里不知是什么滋味。

海甸是一小乡镇，过仁和酒店微闻酒香，那一家的茵陈酒莲花白是有名的，再过去不远有一个小石桥，左转去颐和园，右转经圆明园遗址，再过去就是清华园了。清华园原是清室某亲贵的花园，大门上"清华园"三字是大学士那桐题的，门并不大，有两扇铁栅，门内左边有一棵状如华盖的老松，斜倚有态，门前小桥流水，桥头上经常系着几匹小毛驴。

园里谈不到什么景致，不过非常整洁，绿草如茵，校舍十分简朴但是一尘不染。原来的一点点中国式的园林点缀保存在"工字厅""古月堂"，尤其是工字厅后面的荷花池。徘徊池畔，有"风来荷气，人在木阴"之致。塘坳有亭翼然，旁有巨钟为报时之用。池畔松柏参天，厅后匾额上的"水木清华"四字确是当之无愧。又有长联一副："槛外山光，历春夏秋冬，万千变幻，都非凡境；窗中云影，任东西南北，去来澹荡，洵是仙居。"（祁寯藻书）我在这个地方不知道消磨了多少黄昏。

西园榛莽未除，一片芦蒿，但是登土山西望，圆明园的断垣残石历历可见，俯仰苍茫，别饶野趣。我记得有一次郁达夫特来访问，央我陪他到圆明园去凭吊遗迹，除了那一堆石头什么也看不见了，所谓"万园之园"的四十美景只好参考后人画图于想象中得之。

三

清华分高等科、中等科两部分。刚入校的便是中等科的一年级生。中等四年，高等四年，毕业后送到美国去，这两部分是隔离的，食宿教室均不在一起。

学生们是来自各省的，而且是很平均地代表着各省。因此各省的方言都可以听到，我不相信除了清华之外有任何一个学校其学生籍贯是如此的复杂。有些从广东、福建来的，方言特殊，起初与外人交谈不无困难，不过年轻的人学语迅速，稍后亦可适应。由于方言不同，同乡的观念容易加强，虽无同乡会的组织，事实上一省的同乡自成一个集团。我是北京人，我说国语，大家都学着说国语，所以我没有方言，因此我也就没有同乡观念。如果我可以算得是北京土著，像我这样的土著，清华一共没有几个（原籍满族的陶世杰，原籍蒙族的杨宗瀚都可以算是真正的北京人）。北京也有北京的土语，但是从这时候起我就和各个不同省籍的同学交往，我只好抛弃了我的土语的成分，养成使用较为普通的国语的习惯。我一向不参加同乡会之类的组织，同时我也没有浓厚的乡土观念，因为我在这样的环境有过八年的熏陶，凡是中国人都是我的同乡。

一天夜里下大雪，黎明时同屋的一位广东同学大惊小怪地叫了起来："下雪啦！下雪啦！"别的寝室的广东同学也出来奔走相告，一个个从箱里取出羊皮袍穿上，但是里面穿的是单布裤子！

有一位从厦门来的同学，因为言语不通没人可以交谈，孤独郁闷而精神失常，整天用英语喊叫："我要回家！我要回家！"高等科有一位是他的同乡，但是不能时常来陪伴他。结果这位可怜的孩子被遣送回家了。

我是比较幸运的，每逢星期日我缴上一封家长的信便可获准出校返家，骑驴抄小径，经过大钟寺，到西直门，或是坐一小时的人力车遵大道进城。在家里吃一顿午饭，不大工夫夕阳西下又该回学校去了。回家的手续是在星期六晚办妥的，领一个写着姓名的黑木牌，第二天交到看守大门的一位张姓老头儿的手里，才得出门。平常是不准越大门一步的。但是高等科的同学们，和张老头打个招呼，也可以出门走走，买点什么鸭梨、柿子、烤白薯之类的东西。

新生是一群孩子，我这一班里以项君为最矮小，有一回他掉在一只大尿桶里几乎淹死。二三十年后我在天津遇到他，他已经任一个银行的经理，还是那么高，想起往事不禁发出会心的微笑。

新生的管理是很严格的。斋务主任陈筱田先生是个了不起的人物，天津人，说话干脆而尖刻，精神饱满，认真负责。学生都编有学号，我在中等科时是五八一，在高等科时是一四九，我毕业后十几年在南京车站偶然遇到他，他还能随口说出我的学号。每天早晨七点打起床钟，赴盥洗室，每人的手巾、脸盆都写上号码，脏了要罚。七点二十分吃早饭，四碟咸菜如萝卜干、八宝菜之类，每人三个馒头，稀饭不限。饭桌上，也有各人的学号，缺席就要记下处罚。脸可以不洗，早饭不能不去吃。陈先生常常躲在门后，拿着纸笔把迟到的一一记下，专写学号，一个也漏不掉。我从小就有早起的习惯，永远在打钟以前很久就起床，所以从不误吃早饭。

学生有久久不写平安家信以致家长向学校查询者，因此学校规定每两星期必须写家信一封，交斋务室登记寄出。我每星期回家一次，应免此一举，但格子规定仍须照办。我父亲说这是很好的练习小楷的机会，特为我在荣宝斋印制了宣纸的信笺，要我恭楷写信，年终汇订成册，留作纪念。

学生身上不许带钱，钱要存在学校银行里，平常的零用钱可以存少许在身上，但一角钱一分钱都要记账，而且是新式簿记，有明细账，有资产负债对照表，月底结算完竣要呈送斋务室备核盖印然后发还。在学校用钱的机会很少，伙食本来是免费的，我入校的那一年才开始收半费，每月伙食是六元半，我交三元，在我以后就是交全费的了，洗衣服每月二元，这都是在开学时交清了的。理发每次一角，技术不高明，设备也简陋，有一样好处——快，十分钟连揪带拔一定完工（我的朋友张心一来自甘肃，认为一角钱太贵，总是自剃光头，青白油亮，只是偶带刀痕）。所以花钱只是买零食。校内有一个地方卖日用品及食物，起初名为嘉华公司，后改称为售品所，卖豆浆、点心、冰激凌、花生、栗子之类。只有在寝室里可以吃东西，在路上走的时候吃东西是被禁止的。

洗澡的设备很简单，用的是铅铁桶，由工友担冷热水。孩子们很多不喜欢亲近水和肥皂，于是洗澡便需要签名，以备查核。规定一星期洗澡至少两次，这要求并不过分，可是还是有人只签名而不洗澡。照规定一星期不洗澡予以警告，若仍不洗澡则在星期五下午四时周会（名为伦理演讲）时公布姓名，若仍不洗澡则强制执行派员监视。以我所知，这规则尚不曾实行过。

看小说也在禁止之列，小说是所谓"闲书"，据说是为成年人消遣之用，不是诲淫就是诲盗，年轻人血气未定，看了要出乱子的。可是像水浒、红楼之类我早就在家里看过，也是偷着看的，看到妙处心里确是怦怦然。

我到清华之后，经朋友指点，海甸有一家小书店可以买到石印小字的各种小说。我顺便去了一看，琳琅满目，如入宝山，于是买了一部《绿牡丹》。有一天晚上躺在床上偷看，字小、纸光，灯暗，倦极抛卷而眠，翌晨起来就忘记从枕下检起，斋务先生查寝室，伸手一摸就拿走了。当天就有条子送来，要我去回话，我还不知道是什么事。只见陈先生铁青着脸，把那本《绿牡丹》往我面前一丢，说："这是嘛？""嘛"者天津话"什么"也。我的热血涌到脸上，无话可说，准备接受打击。也许是因为我是初犯，而且并无其他前科，也许是因为我诚惶诚恐俯首认罪，使得惩罚者消了不少怒意，我居然除了受几声叱责及查获禁书没收之外没有受到惩罚。依法，这种罪过是要处分的，应于星期六下午大家自由活动之际被罚禁闭，地点在"思过室"，这种处分是最轻微的处分，在思过室里静坐几小时，屋里壁上满挂着格言，所谓"闭门思过"。凡是受过此等处分的，就算是有了纪录，休想再能获得品行优良奖的大铜墨盒。我没进过思过室，可是也从来没有得过大铜墨盒，可能是受了"绿牡丹事件"的影响。我们对于得过墨盒的同学们既不嫉妒亦不羡慕，因为人人心里明白那个墨盒的代价是什么，并且事后证明墨盒的得主将来都变成了什么样的角色。

　　思过是要牌示的，若干次思过等于记一小过，三小过为一大过，三大过则恶贯满盈实行开除。记过开除之事在清华随时有之，有时候一向品学兼优的学生亦不能免于记过。比我高一班的潘光旦曾告诉我他就被记小过一次，事由是他在严寒冬夜不敢外出如厕，就在寝室门外便宜行事，事有凑巧，陈斋务主任正好深夜巡查，迎面相值当场查获，当时未交一语，翌日挂牌记过。光旦认为这是很有趣的一件事，从不讳言。中等科的厕所（绰号九间楼）在夜晚是没有人敢去的，面临操场，一片寂寥，加上狂风怒吼，孩子们是有一点怕。最严重的罪过是偷窃，一经破获，立刻开除，有时候拿了人家的一本字典或是拿了人家一匹夏布，都要受最严重的处分，趁上课时扃闭寝室通路，翻箱倒箧实行突检，大概没有窃案不被破获的，虽然用重典，总还有人要蹈法网。有些学生被当作"线民"使用，负责打小报告，这种间谍制度后来大受外国教员指责，不久就废弃了，做线民的大概都是得过墨盒的。

清华对于年幼的学生还有过一阵的另一训导制度，三五个年幼的学生配给一个导师，导师由高等科的大学生担任之，每星期聚会一次，在生活上予以指导。指导我的是一位沈隽淇先生，比我大七八岁，道貌岸然，不苟言笑。这制度用意颇佳，但滞碍难行，因为硬性配给，不免扞格。此制行之不久即废，沈隽淇先生毕业后我也从来没听见过他的消息。

严格的生活管理只限于中等科，我们事后想想像陈筱田先生所执行的那一套管理方法，究竟是利多弊少，许多做人做事的道理，本来是应该在幼小的时候就要认识。许多自然主义的教育信仰者，以为儿童的个性应该任其自由发展，否则受了摧残以后，便不得伸展自如。至少我个人觉得我的个性没有受到压抑以至于以后不能充分发展。我从来不相信"树大自直"。等我们升入高等科，一切管理松弛多了，尤其是正值"五四运动"之后，学生的气焰万丈，谁还能管学生？

四

清华是预备留美的学校，所以课程的安排与众不同，上午的课如英文、作文、公民（美国的公民）、数学、地理、历史（西洋史）、生物、物理、化学、政治学、社会学、心理学……都一律用英语讲授，一律用美国出版的教科书；下午的课如国文、历史、地理、修身、哲学史、伦理学、修辞、中国文学史……都一律用国语，用中国的教科书。这样划分的目的，显然地要加强英语教学，使学生多得听说英语的机会。上午的教师一部分是美国人，一部分是能说英语的中国人。下午的教师是一些中国的老先生，好多都是在前清有过功名的。但是也有流弊，重点放在上午，下午的课就显得稀松。尤其是在毕业的时候，上午的成绩需要及格，下午的成绩则根本不在考虑之列。因此大部分学生轻视中文的课程。这是清华在教育上最大的缺点，不过鱼与熊掌不可兼得，顾了英文就不容易再顾中文，这困难的情形也是可以理解的。可惜的是学校没有想出更合理的办法，同时对待中文教师之差别待遇也令学生生出很奇异的感想，薪给特别低，集中住在比较简陋的古月堂，显然中文教师是不受尊重的。这在学生的心理上有不寻常的影响，一方面使学生蔑视本国的文化，崇拜外人；另一方面激起反感，对于洋人偏偏不肯低头。我个人的心理反应即属于后者，我下午上课从来不和先生捣乱，上午在课堂里就常不驯顺。而且我一想起母校，我就不能不联想起庚子赔款、义和团、吃教的洋人、昏聩的官吏……这一连串的联想使我惭愧愤怒。我爱我的母校，但这些联想如何能使我对我母校毫无保留地感觉骄傲呢？

　　清华特别注重英文一课，由于分配的钟点特多，再加上午其他各课亦用英语讲授，所以平均成绩可能较一般的学校略胜。使用的教本开始时是《鲍尔文读本》，以后就由浅而深地选读文学作品，如《阿丽斯异乡游记》、《陶姆伯朗就学记》、《柴斯菲德训子书》、《金银岛》、《欧文杂记》、阿迪生的《洛杰爵士杂记》、霍桑的《七山墙之屋》、《块肉余生述》、《朱立阿西撒》、《威尼斯商人》等等。前后八年教过我英文的老师有马国骥先生、林语堂先生、孟宪承先生、巢堃霖先生，美籍的有 Miss Baadeer，Miss Clemens，Mr. Smith 等。马、林、孟三位先生都是当时比较年轻的教师，不但学问好，教法好，而且热心教学，是难得的好教师。巢先生是在英国受教育的，英文根底极好，我很惭愧的是我曾在班上屡次无理捣乱反抗，使他很生气，但是我来台湾后他从香港寄信给我，要我到香港大学去教中文，我感谢这位老师尚未忘记几十年前的一个顽皮的学生。两位美籍的女教师使我特别受益的倒不在英文训练，而在她们教导我们练习使用“议会法”，这一套如何主持会议、如何进行讨论、如何交付表决等等的艺术，以后证明十分有用，这也就是孙中山先生所谓的“民权初步”。在民主社会里到处随时有集会，怎么可以不懂集会的艺术？我幸而从小就学会了这一套，以后受用不浅，以后每逢我来主持任何大小会议，我知道如何控制会场秩序，如何迅速地处理案件的讨论。她们还教了我们作文的方法，题目到手之后，怎样先作大纲，怎样写提纲挈领的句子，有时还要把别人的文章缩写成为大纲，有时从一个大纲扩展成为一篇文章，这一切其实就是思想训练，所以不仅对英文作文有用，对国文也一样地有用。我的文章写得不好，但如果层次不太紊乱，思路不太糊涂，其得力处在此。美国的高等学校大概就是注重此种教学方法，清华在此等处模仿美国，是有益的。

上午的所有课程有一特色，即是每次上课之前学生必须做充分准备，先生指定阅览的资料必须事先读过，否则上课即无从听讲或应付。上课时间用在练习讨论者多，用在讲解者少，同时鼓励学生发问。我们中国学生素来没有当众发问的习惯，美籍教师常常感觉困惑，有时指名发问令其回答，造成讨论的气氛。美国大学里的课外指定阅读的资料分量甚重，所以清华先有此种准备，免得到了美国顿觉不胜负荷。我记得到了高等科之后，先生指定要读许多参考书，某书某章必须阅读，我们在图书馆未开门之前就排了长龙，抢着阅读参考书架上的资料，迟到者就要等候。

我的国文老师中使我获益最多的是徐镜澄先生，我曾为文纪念过他。他在中等科教我作文一年，批改课业大勾大抹，有时全页都是大墨杠子，我几千字的文章往往被他删削得体无完肤，只剩下三二百字。我始而懊恼，继而觉得经他勾改之后确实是另有一副面貌，终乃接受了他的"割爱主义"，写文章少说废话，开门见山；拐弯抹角的地方求其挺拔，避免阘茸。

午后的课程大致不能令学生满意。学校聘请教员只知道注意其有无举人、进士的头衔，而不问其是否为优良教师。尤其是"五四"以后的几年，学生求知若渴，不但要求新知，对于中国旧学问也要求用新眼光来处理。比我低一班的朱湘先生就跑到北大旁听去了。清华午后上课情形简直是荒唐！先生点名，一个学生可以代替许多学生答到，或者答到之后就开溜，留在课室者可以写信、看小说甚至打瞌睡，而先生高踞讲坛视若无睹。我记得清清楚楚，有一位叶先生年老而无须，有一位学生发问了："先生，你为什么不生胡须？"先生急忙用手遮盖他的下巴，缩颈俯首而不答，全班哄笑。这一类不成体统的事不止一端。

于此我不能不提到梁任公先生。大概是我毕业前一年，我们几个学生集议想请他来演讲。他的大公子梁思成是我同班同学，梁思永、梁思忠也都在清华，所以我们经过思成的关系一约就成了。任公先生的学问、事业是大家敬仰的，尤其是他心胸开朗，思想赶得上潮流，在"五四"以后俨然是学术重镇。他身体不高，头秃，双目炯炯有光，走起路来昂首阔步，一口广东官话，声如洪钟。他讲演的题目是《中国韵文里表现的情感》，他情感丰富，记忆力强，用手一敲秃头便能背诵出一大段诗词，有时手之舞之足之蹈之，有时口沫四溅涕泗滂沱，频频地从口袋里掏出一块大毛巾来揩眼睛。这篇演讲分数次讲完，有异常的成功，我个人对中国文学的兴趣就是被这一篇演讲所鼓动起来的。以前读曾毅《中国文学史》，因为授课的先生只是照着书本读一遍，毫无发挥，所以我越读越不感兴趣。任公先生以后由学校聘请，住在工字厅主讲《中国历史研究法》，更以后清华大学成立，他被聘为研究所教授，那是后话了。

还有些位老师我也是不能忘记的。教音乐的 Miss Seeley 和教图画的 Miss Starr 和 Miss Lyggate 都启迪了我对艺术的爱好。我本来喉音不坏，被选为"少年歌咏团"的团员，一共十二个人，除了我之外有赵敏恒、梅畅春、项谔、吴去非、李先闻、熊式一、吴鲁强、胡光澄、杜钟珩、郭殿邦等，我的嗓音最高，曾到城里青年会表演过一次 Human Piano "人造钢琴"，我代表最高音。以后我倒了嗓子，同时 Seeley 女士离校后也没有人替其指导，我对音乐便失去了兴趣，没有继续修习，以至于如今对于音乐几乎完全是个聋子，中国音乐不懂，外国音乐也不通，变成了一个"内心没有音乐的人"，想起来实在可怕。讲到国画，我从小就喜欢，涂抹几笔是可以的，但无天才，清华的这两位教师给我的鼓励太多了，要我画炭画，描石膏像，记得最初是画院里的一棵松树，从基本上学习，但我没有能持续用功。我妄以为在小学时即已临摹王石谷、恽南田，如今还要回过头来画这些死东西？自以为这是委屈了我的才能，其实只是狂傲无知。到如今一点基本的功夫都没有，还谈得到什么用笔用墨？幼年时对艺术有一点点爱好，不值什么，没加上苦功，便毫无可观，我便是一例。

　　我不喜欢的课是数学。在小学时"鸡兔同笼"就已经把我搅昏了头，到清华习代数、几何、三角，更格格不入，从心里厌烦，开始时不用功，以后就很难跟上去，因此视数学课为畏途。我的一位同学孙筱孟比我更怕数学，每回遇到数学月考大考，他一看到题目就好像是"贾宝玉神游太虚幻境"一般，匆匆忙忙回寝室换裤子，历次不爽。我那时有一种奇异的想法，我将来不预备习理工，要这劳什子做什么？以"兴趣不合"四个字掩饰自己的懒惰愚蠢。数学是人人要学的，人人可以学的，那是一种纪律，无所谓兴趣之合与不合，后来我和赵敏恒两个人同在美国一个大学读书，清华的分数单上数学一项都是勉强及格六十分，需要补修三角与立体几何，我们一方面懊恼，一方面引为耻辱，于是我们两个拼命用功，结果我们两个在全班上占第一第二的位置，大考特准免予参加，以甲上成绩论。这证明什么？这证明没有人的兴趣是不近数学的，只要按部就班地用功，再加上良师诱导，就会发觉里面的趣味，万万不可任性，在学校里读书时万万不可相信什么"趣味主义"。

生物、物理、化学三门并非全是必修，预备习文法的只要修生物即可，这一规定也害我不浅，我选了比较轻松的生物，教我们生物的陈隽人先生，他对我们很宽，我在实验室里完全把时间浪费了，我怕触及蚯蚓、田鸡之类的活东西，闻到珂罗芳的味道就头痛，把蛤蟆四肢钉在木板上开刀取心脏是我最怵的事，所以总是请同学代为操刀，敷衍了事。物理、化学根本没有选修，至今引为憾事。

我的手很笨拙，小时候手工一向很坏，编纸插豆、泥工竹工的成绩向来羞于见人。清华亦有手工一课，教师是周永德，有一次他要我们每人做一个木质的方锥体，我实在做不好，就借用同学徐宗沛所做的成品去搪塞缴上。宗沛的手是灵巧的，他的方锥体做得方方正正有棱有角，周先生给他打了个九十分。我拿同一个作品交上去，他对我有偏见，仅打了七十分，我不答应，我自己把真相说穿。周先生大怒，说我不该借用别人的作品。我说："我情愿受罚，但是先生判分不公，怎么办呢？"先生也笑了。

五

清华对于体育特别注重。

每早晨第二堂与第三堂之间有十五分钟的柔软操，钟声一响大家涌到一个广场上，地上有写着号码的木桩，各按号码就位立定，由舒美科先生或马约翰先生领导活动，由助教过来点名。这十五分钟操，如果认真做，也能浑身冒汗。这是很好的调剂身心的办法。

下午四时至五时有一小时的强迫运动，届时所有的寝室课室房门一律上锁，非到户外运动不可，至少是在外面散步或看看别人运动。我是个懒人，处此情形之下，也穿破了一双球鞋，打烂了三五只网球拍，大腿上被棒球打黑了一大块。可惜到了高等科就不再强迫了。经常运动有助于健康，不，是健康之绝对的必需的条件，而且身体的健康，也必有助于心理的健康。年轻时所获致的健康也是后来求学做事的一笔资本。那时清华的一般的学生比较活泼一些，少老气横秋的态度，也许是运动比较多一点的缘故。

学生们之普遍的爱好运动的习惯之养成是一件事，选拔代表与别的学校竞赛则是又一件事。清华对于选手的选拔、培养与爱护也是做得很充分的。选手要勤练习，体力耗损多，食物需要较高的热量，于是在食堂旁边另设"训练桌"，大鱼大肉，四盘四碗，同学为之侧目。运动员之德智体三育均优者固然比比皆是，但在体育方面畸形发展的亦非绝无仅有。有一位玩球的健将就是功课不够理想，但还是设法留在校内以便为校立功，这种恶劣的作风是大家都知道的。

清华的运动员给清华带来不少的荣誉，在各种运动比赛中总是占在领导的位置。在最初的几次远东运动会中，清华的选手赢得不少锦标，为国家争取光荣。我记得最清楚的是一场足场赛和一场篮球赛。上海南洋大学的足球队在华中称雄，远征华北以清华为对象，大家都觉得胜败未可逆料，不无惴惴。清华的阵容是前锋徐仲良、姚醒黄、关颂韬、华秀升、邝××，后卫之一是李汝祺，守门是董大酉。这一战打得好精彩！徐仲良脚头有劲，射门准而急，关颂韬最会盘球，三两个人奈何不得他，冲锋陷阵如入无人之境，结果清华以逸待劳，侥幸大胜。这是在星期六下午举行的，星期一补放假一天以资庆祝，这是什么事！另一场篮球赛是对北师大。北师大在体育方面也是人才辈出，篮球队中一位魏先生尤负盛名。北师大和清华在篮球不相上下，可说势均力敌。清华的阵容是前锋有时昭涵、陈崇武，后卫有孙立人、王国华，以这一阵容为基本的篮球队曾打垮菲律宾、日本的代表队。鏖战的结果清华占地利因而险胜，孙立人、王国华的截球之稳练不能不令人叹为观止。附带提起，现在台湾的程树仁先生也是清华的运动健将，他继曹懋德为足球守门，举臂击球，比用脚踢还打得远些，他现在年近七十而强健犹昔，是清华的体育精神的代表。

清华毕业时照例要考体育，包括田径、爬绳、游泳等项。我平常不加练习，临考大为紧张，马约翰先生对于我的体育成绩只是摇头太息。我记得我跑四百码的成绩是九十六秒，人几乎晕过去；一百码是十九秒。其他如铁球、铁饼、标枪、跳高、跳远都还可以勉强及格。游泳一关最难过。清华有那样好的游泳池，按说有好几年的准备应该没有问题，可惜是这好几年的准备都是在陆地上，并未下过水里，临考只得舍命一试。我约了两位同学各持竹竿站在两边，以备万一。我脚踏池边猛然向池心一扑，这一下就浮出一丈开外，冲力停止之后，情形就不对了。原来水里也有地心吸力，全身直线下沉。喝了一大口水之后，人又浮到水面，尚未来得及喊救命，已经再度下沉。这时节两根竹竿把我挑了起来，成绩是不及格，一个月后补考。这一个月我可天天练习了，好在不止我一人，尚有几位陪伴我。补考的时候也许是太紧张，老毛病又发了，身体又往下沉。据同学告诉我，我当时在水里扑腾得好厉害，水珠四溅，翻江倒海一般，否则也不会往下沉。这一沉，沉到了池底，我摸到大理石的池底，滑腻腻的。我心里明白，这一回只许成功不许失败，便在池底连爬带游地前进，喝了几口水之后，头已露出水面，知道快游完全程了，于是从从容容来了几下子蛙式泳，安安全全地跃登彼岸，马约翰先生笑得弯了腰，挥手叫我走，说："好啦，算你及格了。"这是我毕业时极不光荣的一个插曲，我现在非常悔恨，年轻时太不知道重视体育了。

清华的体育活动也并不完全是洋式的，也有所谓国术，如打拳、击剑之类。教师是李剑秋先生，他的拳是外家一路，急而劲，据说很有功夫，有时也开会表演，邀来外面的各路英雄，刀枪剑戟陈列在篮球场上，主人先垫垫脚，然后一十八般武艺一样一样地表演上场，其中包括空手夺刀之类。对于这种玩艺，同学中也有乐此不疲者，分头在钻研太极八卦、少林石头的奥秘。

六

五四运动发生在民国八年，我在中等科四年级，十八岁，是当时学生群中比较年轻的一员。清华远在郊外，在五四过后第二三天才和城里的学生联络上。清华学生的领导者是陈长桐。

他的领导才能（charisma）是天生的，他严肃而又和蔼，冷静而又热情，如果他以后不走进银行而走进政治，他一定是第一流的政治家。他的卓越的领导能力使得清华学生在这次运动里尽了应尽的责任，虽然以后没有人以"五四健将"而闻名于世。自五月十九日以后，北京学生开始街道演讲。我随同大队进城，在前门外珠市口我们一小队人从店铺里搬来几条木凳横排在街道上，人越聚越多，讲演的情绪越来越激昂。这时有三两部汽车因不得通过而乱按喇叭，顿时激怒了群众，不知什么人一声喝打，七手八脚地捣毁了一部汽车。我当时感觉到大家只是一股愤怒不知向谁发泄，恨政府无能，恨官吏卖国，这股恨只能在街上如醉如狂地发泄了。在这股洪流中没有人能保持冷静，此之谓群众心理。那部被打的汽车是冤枉的，可是后来细想也许不冤枉，因为至少那个时候坐汽车而不该挨打的人究竟为数不多。

章宗祥的儿子和我同一寝室。五四运动勃发之后，他悄悄地走避了，但是许多人不依不饶地拥进了我的寝室，把他的床铺捣烂了，衣箱里的东西狼藉满地。我回来看到很反感，觉得不该这样做。过后不久他害猩红热死了。

六月三日、四日北京学生千余人在天安门被捕，清华的队伍最整齐，所以集体被捕，所占人数也最多。

清华因为继续参加学生运动而引起学校当局的不满，校长张煜全先生也许是用人不当，也许是他自己过分慌张，竟乘学生晚间开会之际切断了电线。他以为这一着可以迫使学生散去，想不到激怒了学生，当时点起蜡烛继续开会，这是对当局之公然反抗。事有凑巧，会场外忽然发现了三五个衣裳诡异、打着纸灯笼的乡巴佬，经盘问后，原来是由学校当局请来的乡间"小锣会"来弹压学生的。所谓小锣会，即是乡村农民组织的自卫团体，遇有盗警之类的事变就以敲锣为号，群起抵抗，是维持地方治安的一种组织。糊涂的学校当局竟把这种人请进学校来对付学生，真是自寻烦恼。学生们把小锣会团团围住，让他们具结之后便把他们驱逐出校。但是驱逐校长的风潮也因此而爆发了。

五四往好处一变而为新文化运动，往坏处一变而为闹风潮。清华的风潮是赶校长。张煜全、金邦正接连着被学生列队欢送迫出校外，其后是罗忠诒根本未能到差。这一段时期学生领导人之最杰出者为罗隆基，他私下里常说"九年清华，三赶校长"是实有其事。清华的传统的管理学生的方式崩溃了，学生会的坚强组织变成学生生活的中心。学生自治也未始不是一个好的现象，不过罢课次数太多，一快到暑假就要罢课，有人讥笑我们是怕考试，然乎否乎根本不值一辩，不过罢课这个武器用的次数太多反而失去同情则确是事实。

五四运动原是一个短暂的爱国运动，热烈的，自发的，纯洁的，"如击石火，似闪电光"，很快就过去了。可是年轻的学生们经此刺激震动而突然觉醒了，登时表现出一股蓬蓬勃勃的朝气，好像是蕴藏压抑多年的情绪与生活力，一旦获得了迸发奔放的机会，一发而不可收拾，沛然而莫之能御。当时以我个人所感到的而言，这一股力量在两点上有明显的表现：一是学生的组织，一是广泛的求知欲。

在这以前，学生们都是听话的乖孩子，对权威表示服从，对教师表示尊敬，对职员表示畏惧。我刚到清华的时候，见到校长周寄梅先生真觉得战战兢兢，他自有一种威仪使人慑服，至今我仍然觉得他有极好的风度，在我所知道的几任清华校长之中，他是最令大家翕服的一个。学校的组织与规程，尽管有不合理处，学生们不敢批评，更不敢有公然反抗的举动。除了对于国文教师常有轻慢的举动以外，学生对一般教师是恭顺的，无论教师多么不称职，从没有被学生驱逐的。在中等科时，一位国文先生酒醉，拿竹板打了学生的手心，教务长来抢走了竹板，事情也就平息了，这事情若发生在今天那还了得！清华管理严格，记过、开除是经常有的事，一纸开除的布告贴出，学生乖乖地卷铺盖，只有一次例外。我同班的一位万同学，因故被开除，他跑到海甸喝了一瓶莲花白，红头涨脸地跑回来，正值斋务主任李胡子在饭厅和学生们一起用膳，就在大庭广众之下，上去一拳把他打倒在地，这是绝无仅有的一次犯上作乱的精彩表演。

五四以后情形完全不同了。首先要说起学校当局之颟顸无能，当局糊涂到用关灭电灯的方法来防止学生开会，召进乡间的"小锣会"打着灯笼拿着棍棒到学校里来弹压学生，这如何能令学生心服？周校长以后的几任校长，都是外交部派来的闲散的外交官，在做官方面也许是内行的，但是平素学问道德未必能服人，遇到这动荡时代更不懂得青年心理，当然是治丝益棼，使事态恶化。数年之内，清华数易校长，每一位都是在极狼狈的情形之下离去的。学生的武器便是他们的组织——学生会。从前的班长级长都是些当局属意的"墨盒"持有人，现在的学生会的领导者是些有组织能力的有担当的分子。所谓"团结即是力量"，道理是不错的。原来为了遂行爱国运动而组织起来的学生会，性质逐渐扩大，目标也逐渐转移了。学生要求自治，学生也要过问学校的事。清华的学生会组织是相当健全的，分评议会与干事会两部分，评议会是决议机关，干事会是执行机关，评议员是选举的，我在清华最后几年一直是参加评议会的。我深深感觉"群众心理"是很可怕的，组织的力量如果滥用也是很可怕的。我们短短期间内驱逐的三位校长，其中有一位根本未曾到校，他的名字是罗忠诒，不知什么人传出了消息说他吸食鸦片烟，于是喧嚷开来，舆论哗然，吓得他未敢到任。人多势众的时候往往是不讲理的。学生会每逢到了五六月的时候，总要闹罢课的勾当，如果有人提出罢课的主张，不管理由是否充分，只要激昂慷慨一番，总会通过。罢课曾经是赢得伟大胜利的手段，到后来成了惹人厌恶的荒唐行为。不过清华的罢课当初也不是没有远大目标的。一九二二年三月间罗隆基写了一篇《彻底翻腾的清华革命》，发表在北京《晨报》，翌年三月间由学生会印成小册，并有梁任公先生及凌冰先生的序言，一致赞成清华应有一健全的董事会，可见清华革命之说确是合乎当时各方的要求。

嚣张是不须讳言的，但是求知的欲望也同时变得非常旺盛，对于一切的新知都急不暇择地吸收进去。我每次进城在东安市场、劝业场、青云阁等处书摊旁边不知消磨多少时光流连不肯去，几乎凡有新刊必定购置。不是我一人如此，多少敏感的青年学生都是如此。

我记得仔细阅读过的书刊包括有：胡适的《实验主义》、《尝试集》、《短篇小说集》、《中国哲学史》，周作人的《欧洲文学史》、《域外小说集》，王星拱的《科学方法论》，潘家洵译的《易卜生戏剧》，少年中国的丛书，共学社的丛书，晨报丛书等等。《新潮》、《新青年》等杂志更不待言的是每期必读的。当然，那时候学力未充，鉴别无力，自己并无坚定的见地，但是扩充眼界，充实腹笥，总是一件好事。所以我那时看的东西很杂，进化论与互助论、资本论与安那其主义、托尔斯泰与萧伯纳、罗素与柏格森、泰戈尔与王尔德，兼收并蓄，杂糅无章。没有人指导，没有人讲解，暗中摸索，有时自以为发掘到宝藏而沾沾自喜，有时全然失去比例与透视。幸而，由于我的天生的性格，由于我的家庭的管教，我尚能分辨出什么是稳健的康庄大道，什么是行险侥幸的邪恶小径。三十岁以后，自己知道发奋读书，从来不敢懈怠，但是求知的热狂在五四以后的那一段期间仍然是无可比拟的。

因为探求新知过于热心，对于学校的正常的功课反倒轻视疏忽了。基本的科学不感兴趣，敷敷衍衍地读完一年生物学之后，对于物理化学即不再问津，这一缺憾至今无法补偿。对于数学，我更没有耐心，自己给自己制造了一个借口曰："性情不近"。梁任公先生创"趣味说"，我认为正中下怀，我对数学不感兴趣，因此数学的成绩仅能勉强维持及格，而并不觉得惭怍。不但此也，在英文班上读些文学名著，也觉得枯燥无味，莎士比亚的戏剧亦不能充分赏识，他的文字虽非死文字，究竟嫌古老些，哪有时人翻译出来的现代作品那样轻松？于是有人谈高尔华绥、萧伯纳、王尔德、易卜生，亦从而附和之；有人谈莫泊桑、柴霍甫、屠格涅夫、法朗士，亦从而附和之。如响斯应，如影斯随，追逐时尚，惶惶然不知其所届。这是五四以后之一窝蜂的现象，表面上轰轰烈烈，如花团锦簇，实际上不能免于浅薄幼稚。

七

　　清华学生全体住校，自成一个社团，故课外活动也就比较多些。我初进清华，对音乐、图画都很热心。教音乐的教师Miss Seeley循循善诱，仪态万千，是颇受学生欢迎的一个人。她令学生唱校歌（清华的校歌是英文的）以测验学生歌唱的能力，我一试便引起她的注意，因为我声音特高，而且我能唱出校歌两阕的全部歌词，后来我就当选为清华幼年歌咏团的团员。不知为什么这位教师回国后就一直没有人替，同时我的嗓音倒了之后亦未能复原，于是从此我和音乐绝缘。教图画的教师先是一位Miss Starr，后是一位Miss Lyggate，教我们白描，教我们写生，炭画水彩画，可惜的是我所喜欢的是中国画，并且到了中等科三年级也就没有图画一课了。

　　我在图画音乐上都不得发展，兴趣转到了写字上面去。在小学的时候，教师周士棻（香如）先生教我们写草书千字文，这是白折子九宫格以外的最有趣的课外作业，我的父亲又鼓励我涂鸦，因此我一直把写字当作一种享受。我在清华八年所写的家信，都是写在特制的宣纸信笺上，每年装订为一册，全是墨笔恭楷，这习惯一直维持到留学回国为止。有一天我和同学吴卓（鹄飞）、张嘉铸（禹九）商量，想组织一个练习写字的团体，吴卓写得一笔好赵字，张嘉铸写得一笔酷似张廉卿的魏碑体，众谋佥同，于是我就着手组织，征求同好。我的父亲给我们起了一个名字，曰"清华戏墨社"。大字、小楷，同时并进。包世臣的《艺舟双楫》、康有为的《广艺舟双楫》成了我的手边常备的参考书。我本来有早起的习惯，七点打起床钟，我六

068

点就盥洗完毕，天蒙蒙亮，我和几位同学就走进自修室，正襟危坐，磨墨抻纸，如是者二年，不分寒暑，从未间断，举行过几次展览。我最初看吴卓临赵孟頫"天冠山图咏"，见猎心喜，但是我父亲不准我写，认为应先骨骼而后妩媚，要我写颜真卿的"争座位"和柳公权的"玄秘塔"，同时供给我大量的珂罗版的汉碑，主要的是张迁碑、白石神君碑、孔庙碑，而以曹全碑殿后。这样临摹了两年，孤芳自赏，但愧未能持久，本无才力，终鲜功夫，至今拿起笔杆不能运用自如，是一憾事。

清华不是教会学校，所以并没有什么宗教气氛，但是有些外国教师及一些热心的中国人仍然不忘传教，例如查经班、青年会之类均应有尽有，可是同时也有一批国粹派出面提倡孔教以为对抗。我对于宗教没有兴趣，不过于耶教、孔教二者若是必须做一选择，我宁取后者，所以我当时便参加了一些孔教会的活动，例如在孔教会附设的贫民补习班和工友补习班里授课之类。不过孔子的学说根本不能构成宗教，所谓国教运动尤其讨厌。

五四以后，心情丕变。任何人在青春时期都会"怨黄莺儿作对，怪粉蝶儿成双"，都会变成为一个诗人。我也在荷花池畔开始吟诗了。有一首诗就题为《荷花池畔》，后来发表在《创造季刊》第四期上。我从事文艺写作是在我进入高等科之初，起先是几个朋友（顾毓琇、张忠绂、翟桓等）在校庆日之前凑热闹翻译了一本《短篇小说作法》，这是一本没有什么价值的书，不知为何选中了它。我们的组织定名为"小说研究社"，向学校借占了一间空的寝室作为会所。后来我们认识了比我们高两级的闻一多，是他提议把小说研究社改为"清华文学社"，添了不少新会员，包括朱湘、孙大雨、闻一多、谢文炳、饶子离、杨子惠等。闻一多是个多才多艺的人，他不仅年纪比我们大两岁，在心理的成熟方面以及学识修养方面，都比我们不止大两岁，我们都把他当作老大哥看待。他长于图画，而国文根底也很坚实，作诗仿韩昌黎，硬语盘空，雄浑恣肆，而情感丰富，正直无私。这时候我和一多都大量地写白话诗，朝夕观摩，引为乐事。我们对于当时的几部诗集颇有一些意见，《冬夜》里有"被窝暖暖的，人儿远远的"之句，《草儿》里有"旗呀，旗呀，红黄蓝白黑的旗呀！"这样的一首，还有"如厕是早起后第一件大事"之句，我们都认为俗恶不堪，就诗论诗，倒是《女神》的评价最高，基于这一点意见，一多写了一篇长文《冬夜评论》，由我寄给北京《晨报副刊》（孙伏园编）。我们很天真，以为报纸是公开的园地，我们以为文艺是可以批评的，但事实不如此。稿寄走之后，如石沉大海，杳无音讯，几番函询亦不得复音，幸亏尚留底稿，我决定自行刊印，自己又写了一篇《草儿评论》，合为《冬夜草儿评论》，薄薄的一百多页，用去印刷费百余元，是我父亲供给我的。这一小册的出版引起两个反响，一个是《努力周报》署名"哈"的一段短评，当然是冷嘲热骂，一个是创造社《女神》作者的来信赞美。由于此一契机，我认识了创造社诸君。

我有一次暑中送母亲回杭州，路过上海，到了哈同路民厚南里，见到郭、郁、成几位，我惊讶的不是他们生活的清苦，而是他们生活的颓废，尤以郁为最。他们引我从四马路的一端，吃大碗的黄酒，一直吃到另一端，在大世界追野鸡，在堂子里打茶围，这一切对于一个清华学生是够恐怖的。后来郁达夫到清华来看我，要求我两件事，一是访圆明园遗址，一是逛北京的四等窑子。前者我欣然承诺，后者则清华学生夙无此等经验，未敢奉陪（后来他找到他的哥哥的洋车夫陪他去了一次，他表示甚为满意云）。

差不多同时我也由于通信而认识了南京高师的胡昭佐（梦华），由于他而认识了吴宓（雨僧），后来又认识了梅光迪（迪生）、胡先骕（步青）诸位。对于南京一派比较守旧的思潮，我也有一点同情，并不想把他们一笔抹煞。

我的父亲总是担心我的国文根底不够，所以每到暑假他就要我补习国文。我的教师是仪征陈止（孝起）先生，他的别号是大镫，是一位纯旧式的名士，诗词文章无所不能，尤好收集小品古董，家里满目琳琅。我隔几天送一篇文章请他批改，偶然也作一点旧诗。但是旧文学虽然有趣，我可以研究欣赏，却无模拟的兴致，受过五四洗礼的人是不能再回复到以前的那个境界里去了。

八

临毕业前一年是最舒适的一年，搬到向往已久的大楼里面去住，别是一番滋味。这一部分的宿舍有较好的设备，床是钢丝的，屋里有暖气炉，厕所里面有淋浴，有抽水马桶。不过也有人不能适应抽水马桶，以为做这种事而不采取蹲的姿势是无法完成任务的（我知道顾德铭即是其中之一，他一清早就要急急忙忙跑到中等科去"照顾"那九间楼），可见吸收西方文化也并不简单，虽然绝大多数的人是乐于接受的。

　　和我同寝室的是顾毓琇、吴景超、王化成，四个少年意气扬扬共居一室，曾经合照过一张相片，坐在一条长凳上，四副近视眼镜，四件大长袍，四双大皮鞋，四条跷起来的大腿，一派生楞的模样。过了二十年，我们四个在重庆偶然聚首，又重照了一张，当时大家就意识到这样的照片一生中怕照不了几张。当时约定再过二十年一定要再照一张，现在照第三张的时期已过，而顾毓琇定居在美国，王化成在葡萄牙任公使多年之后病殁在美国，吴景超在大陆上，四人天各一方，萍踪漂泊，再聚何年？今日我回忆四十年前的景况，恍如昨日：顾毓琇以"一樵"的笔名忙着写他的《芝兰与茉莉》，寄给文学研究会出版；我和景超每星期都要给《清华周刊》写社论和编稿。提起《清华周刊》，那也是值得回忆的事。我不知哪一个学校可以维持出版一种百八十页的周刊，历久而不停，里面有社论，有专文，有新闻，有通讯，有文艺。我们写社论常常批评校政，有一次我写了一段短评鼓吹男女同校，当然不是为私人谋，不过措辞激烈了一点，对校长之庸弱无能大肆抨击。那时的校长是曹云祥先生（好像是做过丹麦公使，娶了一位洋太太，学问道德如何则我不大清楚），大为不悦，召吴景超去谈话，表示要给我记大过一次。景超告诉他："你要处分是可以的，请同时处分我们两个，因为我们负共同责任。"结果是官僚作风，不了了之。我喜欢文学，清华文艺社的社员经常有作品产生，不知我们这些年轻人为什么有那样大的胆量，单凭一点点热情，就能振笔直书从事创作。这些作品经由我的安排，便大量地在周刊上发表了，每期有篇幅甚多的文艺一栏自不待言，每逢节日还有特刊、副刊之类，一时文风甚盛。这却激怒了一位同学（梅汝璈），他投来一篇文章《辟文风》，我当然给他登出来，然后再辟而辟之。我之喜欢和人辩驳问难，盖自此时始，我对于写稿和编辑刊物也都在此际得到初步练习的机会。周刊在经济方面是由学校支持的，这项支出有其教育的价值。

我以《清华周刊》编者的名义，到城里陟山门大街去访问胡适之先生。缘因是梁任公先生应《清华周刊》之请写了一个《国学必读书目》，胡先生不以为然，公开地批评了一番。于是我径去访问胡先生，请他也开一个书目。胡先生那一天病腿，躺在一张藤椅上见我，满屋里堆的是线装书。这是我第一次见到胡先生，清癯的面孔，和蔼而严肃，他很高兴地应了我们的请求。后来我们就把他开的书目发表在《清华周刊》上了。这个书目引出吴稚晖先生的一句名言："线装书应该丢到茅厕坑里去！"

我必须承认，在最后两年实在没有能好好地读书，主要的原因是心神不安。我在这时候经人介绍认识了程季淑女士，她是安徽绩溪人，刚从女子师范毕业，在女师附小教书。我初次和她会晤是在宣外珠巢街女子职业学校里。那时候男女社交尚未公开，双方家庭也是相当守旧的，我和季淑来往是秘密进行的，只能在中央公园、北海等地约期会晤。我的父亲知道我有女友，不时地给我接济，对我帮助不少。我的三妹亚紫在女师大，不久和季淑成了很好的朋友。青春初恋期间谁都会神魂颠倒，睡时，醒时，行时，坐时，无时不有一个情影盘踞在心头，无时不感觉热血在沸腾，坐卧不宁，寝馈难安，如何能沉下心读书？"一日不见，如三秋兮！"更何况要等到星期日才能进得城去谋片刻的欢会？清华的学生有异性朋友的很少，我是极少数特别幸运的一个。因为我们每星期日都风雨无阻地进城去会女友，李迪俊曾讥笑我们为"主日派"。

对于毕业出国，我一向视为畏途。在清华有读不完的书，有住不腻的环境，在国内有舍不得离开的人，那么又何必去父母之邦？所以和闻一多屡次商讨，到美国那样的汽车王国去，对于我们这样的人有无必要？会不会到了美国被汽车撞死为天下笑？一多先我一年到了美国，头一封来信劈头一句话便是："我尚未被汽车撞死！"随后劝我出国去开开眼界。事实上清华也还没有过毕业而拒绝出国的学生。我和季淑商量，她毫不犹豫地劝我就道，虽然我们知道那别离的滋味是很难熬的。这时候我和季淑已有成言，我答应她，三年为期，期满即行归来。于是我准备出国。季淑绣了一幅"平湖秋月图"给我，这幅绣图至今在我身边。

出国就要治装，我不明白为什么外国人到中国来不需治中装，而中国人到外国去就要治西装。清华学生平素没有穿西装的，都是布衣布褂，我有一阵还外加布袜布鞋。毕业期近，学校发一笔治装费，每人约三五百元之数，统筹办理，由上海恒康西服庄派人来承办。不匝月而新装成，大家纷纷试新装，有人缺领巾，有人缺衬衣，有的肥肥大大如稻草人，有的窄小如猴子穿戏衣，真可说得上是"沐猴而冠"。这时节我怀想红顶花翎靴袍褂出使外国的李鸿章，他有那一份胆量不穿西装，虽然翎顶袍褂也并非是我们原来的上国衣冠。我有一点厌恶西装，但是不能不跟着大家走。在治装之余我特制了一面长约一丈的绸质大国旗——红黄蓝白黑的五色旗，这在后来派了很大的用场，在美国好多次集会（包括孙中山先生逝世时纽约中国人的追悼会）都借用了我这一面特大号的国旗。

　　到了毕业那一天（六月十七日），每人都穿上白纺绸长袍黑纱马褂，在校园里穿梭般走来走去，像是一群花蝴蝶。我毕业还不是毫无问题的，我和赵敏恒二人因游泳不及格几乎不得毕业，我们临时苦练，豁出去喝两口水，连爬带泳，凑和着也补考及格了，体育教员马约翰先生望着我们两个人只是摇头。行毕业礼那天，我还是代表全班的三个登台致辞者之一，我的讲词规定是预言若干年后同学们的状况，现在我可以说，我当年的预言没有一句是应验了的！例如：谢奋程之被日军刺杀，齐学启之殉国，孔繁祁之被汽车撞死，盛斯民之疯狂以终，这些倒霉的事固然没有料到，比较体面的事如孙立人之于军事，李先闻之于农业，李方桂之于语言学，应尚能之于音乐，徐宗涑之于水泥工业，吴卓之于糖业，顾毓琇之于电机工程，施嘉炀之于土木工程，王化成、李迪俊之于外交……均有卓越之成就，而当时也并未窥见端倪。至于区区我自己，最多是小时了了，到如今一事无成，徒伤老大，更不在话下了。毕业那一天有晚会，演话剧助兴，剧本是顾一樵临时赶编的三幕剧《张约翰》。剧中人物有女性二人，谁也不愿担任，最后由我和吴文藻承乏。我的服装有季淑给我缝制的一条短裤和短裙，但是男人穿高跟鞋则尺寸不合无法穿着，最后向 Miss Lyggate 借来一试，还略嫌松一点点。演出时我特请季淑到校参观，当晚下榻学生会办公室，事后我问她我的表演如何，她笑着说："我不敢仰视。"事实上这不是我第一次演戏，前一年我已经演过陈大悲编的《良心》，导演人即是陈大悲先生。不过串演女角，这是生平仅有的一次。

拿了一纸文凭便离开了清华园，不知道是高兴还是哀伤。两辆人力车，一辆拉行李，一辆坐人，在骄阳下一步一步地踏向西直门，心里只觉得空虚怅惘。此后两个月中酒食征逐，意乱情迷，紧张过度，遂患甲状腺肿，眼珠突出，双手抖颤，积年始愈。

　　家父给了我同文书局石印大字本的前四史，共十四函，要我在美国课余之暇随便翻翻，因为他始终担心我的国文根底太差。这十四函线装书足足占我大铁箱的一半空间，这原是吴稚晖先生认为应该丢进茅厕坑里去的东西，我带过了太平洋，又带回了太平洋，差不多是原封未动缴还给家父，实在好生惭愧。老人家又怕在美膏火不继，又给了我一千元钱，半数买了美金硬币，半数我在上海用掉。我自己带了一具景泰蓝的香炉，一些檀香木和粉，因为我认为这是中国文化中最好的一项代表性的艺术品，我一向向往"焚香默坐"的那种境界。这一具香炉，顶上有一铜狮，形状瑰丽，闻一多甚为欣赏，后来我在科罗拉多和他分手时便举以相赠，我又带了一对景泰蓝花瓶，后来为了进哈佛大学的缘故在暑期中赶补拉丁文，就把这对花瓶卖了五十元美金充学费了。此外我还在家里搜寻了许多绣活和朝服上的"黻子"，后来都成了最受人欢迎的礼物。

　　一九二三年八月里，在凄风苦雨的一天早晨，我在院里走廊上和弟妹们吹了一阵胰子泡，随后就噙着泪拜别父母，起身到上海候船放洋。在上海停了一星期，住在旅馆里写了一篇纪实的短篇小说，题为《苦雨凄风》，刊在《创造周报》上。我这一班，在清华是最大的一班，入学时有九十多人，上船时淘汰剩下六十多人了。登"杰克逊总统号"的那一天，船靠在浦东，创造社的几位到码头上送我。住在嘉定的一位朋友派人送来一面旗子，上面亲自绣了"乘风破浪"四个字。其实我哪里有宗悫的志向？我愧对那位朋友的期望。

清华八年的生涯就这样的结束了。

点　名

　　我在小学读书的时候，先生根本不点名。全班二十几个学生，先生都记得他们的名字。谁缺席，谁迟到，先生举目一看，了如指掌，只须在点名簿上做个记号，节省不少时间。

　　我十四岁进了清华。清华的学生每个都编列号码（我在中等科是五八一号，高等科是一四九号）。早晨七点二十吃早点（馒头稀饭咸菜），不准缺席迟到。饭厅座位都贴上号码，有人巡视抄写空位的号码。有贪睡懒觉的，非到最后一分钟不肯起床，匆促间来不及盥洗，便迷迷糊糊蓬头散发地赶到餐厅就座，呆坐片刻，俟点名过后再回去洗脸，早饭是牺牲了。若是不幸遇到斋务主任陈筱田先生亲自点名，迟到五分钟的人就难逃法网了，因为这位陈先生记忆力过人，他不巡行点名，他隐身门后，他把迟到的人的号码一一录下。凡迟到若干次的便要在周末到"思过室"里去受罚静坐。他非记号码不可，因为姓名笔画太繁，来不及写，好几百人的号码，他居然一一记得，这一份功夫真是惊人。三十多年后我偶然在南京下关遇见他，他不假思索喊出我的号码一四九。

下午是中文讲的课程，学校不予重视，各课分数不列入成绩单，与毕业无关，学生也就不肯认真。但是点名的形式还是有的，记得有一位叶老先生，前清的一位榜眼，想来是颇有学问的，他上国文课，简直不像是上课。他夹着一个布包袱走上讲台，落坐之后打开包袱，取出眼镜戴上，打开点名簿，拿起一支铅笔（他拿铅笔的姿势和拿毛笔的姿势完全一样，挺直地握着笔管），然后慢条斯理地开始点名。出席的学生应声答"到"！缺席的也有人代他答"到"！有时候两个人同时替一个缺席的答"到"。全班哄笑。老先生茫然地问："到底哪一位是……"全班又哄然大笑。点名的结果是全班无一缺席，事实上是缺席占三分之一左右。大约十分钟过去，老先生用他的浓重的乡音开讲古文，我听了一年，无所得。

胡适之先生在北大上课，普通课堂容不下，要利用大礼堂，可容三五百人，但是经常客满，而且门口窗上都挤满了人。点名是不可能的。事实上其中还有许多"偷听生"，甚至是来自校外的。朱湘就是远从清华赶来偷听的一个。胡先生深知有教无类的道理，来者不拒，点名作甚？"桃李不言，下自成蹊。"

其实点名对于教师也有好处，往往可以借此多认识几个字。我们中国人的名字无奇不有。名从主人，他起什么样的名字自有他的权利。先生若是点名最好先看一遍名簿，其中可能真有不大寻常的字。若是当众读错了字，会造成很尴尬的局面。例如寻常的"展"，偏偏写成为"辗"，这是古文的展字，不是人人都认得的。猛然遇见这个字可能不知所措。又如"赟"就是古文的"琴"，由隶变而来，如今少写两笔就令人不免踌躇。诸如此类的情形不少，点名的老师要早防范一下。还有些常见的字，在名字里常见，在其他处不常用，例如"茜"字，读"倩"不读"西"，报纸上字幕上常有"南茜""露茜"出现，一般人遂跟着错下去。可是教师不许读错，读错了便要遭人耻笑了。也有些字是俗字，在字典里找不着，那就只好请教当地人士了。

我的一位国文老师

　　我在十八九岁的时候，遇见一位国文先生，他给我的印象最深，使我受益也最多，我至今不能忘记他。

　　先生姓徐，名镜澄，我们给他取的绰号是"徐老虎"，因为他凶。他的相貌很古怪，他的脑袋的轮廓是有棱有角的，很容易成为漫画的对象。头很尖，秃秃的，亮亮的，脸形却是方方的，扁扁的，有些像《聊斋志异》绘图中的夜叉的模样。他的鼻子眼睛嘴好像是过分地集中在脸上很小的一块区域里。他戴一副墨晶眼镜，银丝小镜框，这两块黑色便成了他脸上最显著的特征。我常给他漫画，勾一个轮廓，中间点上两块椭圆形的黑块，便惟妙惟肖。他的身材高大，但是两肩总是耸得高高，鼻尖有一些红，像酒糟的，鼻孔里常年地藏着两筒清水鼻涕，不时地吸溜着，说一两句话就要用力地吸溜一声，有板有眼有节奏，也有时忘了吸溜，走了板眼，上唇上便亮晶晶地吊出两根玉箸，他就用手背一抹。他常穿的是一件灰布长袍，好像是在给谁穿孝，袍子在整洁的阶段时我没有赶得上看见，余生也晚，我看见那袍子的时候即已油渍斑斓。他经常是仰着头，迈着八字步，两眼望青天，嘴撇得瓢儿似的。我很难得看见他笑，如果笑起来，是狞笑，样子更凶。

我的学校是很特殊的。上午的课全是用英语讲授，下午的课全是国语讲授。上午的课很严，三日一问，五日一考，不用功便要被淘汰，下午的课稀松，成绩与毕业无关。所以每到下午上国文之类的课程，学生们便不踊跃，课堂上常是稀稀拉拉的不大上座，但教员用拿毛笔的姿势举着铅笔点名的时候，学生却个个都到了，因为一个学生不止答一声"到"。真到了的学生，一部分从事午睡，微发鼾声，一部分看小说如《官场现形记》、《玉梨魂》之类，一部分写"父母亲大人膝下"式的家书，一部分干脆瞪着大眼发呆，神游八表。有时候逗先生开玩笑。国文先生呢，大部分都是年高有德的，不是榜眼，就是探花，再不就是举人。他们授课也不过是奉行故事，乐得敷敷衍衍。在这种糟糕的情形之下，徐老先生之所以凶，老是绷着脸，老是开口就骂人，我想大概是由于正当防卫吧。

有一天，先生大概是多喝了两盅，摇摇摆摆地进了课堂。这一堂是作文，他老先生拿起粉笔在黑板上写了两个字，题目尚未写完，当然照例要吸溜一下鼻涕，就在这吸溜之际，一位性急的同学发问了："这题目怎样讲呀？"老先生转过身来，冷笑两声，勃然大怒："题目还没有写完，写完了当然还要讲，没写完你为什么就要问？……"滔滔不绝地吼叫起来，大家都为之愕然。这时候我可按捺不住了。我一向是个上午捣乱下午安分的学生，我觉得现在受了无理的侮辱，我便挺身分辩了几句。这一下我可惹了祸，老先生把他的怒火都泼在我的头上了。他在讲台上来回踱着，吸溜一下鼻涕，骂我一句，足足骂了我一个钟头，其中警句甚多，我至今还记得这样的一句："×××！你是什么东西？我一眼把你望到底！"

这一句颇为同学们所传诵。谁和我有点争论遇到纠缠不清的时候，都会引用这一句"你是什么东西？我一眼把你望到底！"当时我看形势不妙，也就没有再多说，让下课铃结束了先生的怒骂。

但是从这一次起，徐先生算是认识我了。酒醒之后，他给我批改作文特别详尽。批改之不足，还特别地当面加以解释，我这一个"一眼望到底"的学生，居然成为一个受益最多的学生了。

徐先生自己选辑教材，有古文，有白话，油印分发给大家。《林琴南致蔡孑民书》是他讲得最为眉飞色舞的一篇。此外如吴敬恒的《上下古今谈》，梁启超的《欧游心影录》，以及张东荪的时事新报社论，他也选了不少。这样新旧兼收的教材，在当时还是很难得的开通的榜样。我对于国文的兴趣因此而提高了不少。徐先生讲国文之前，先要介绍作者，而且介绍得很亲切，例如他讲张东荪的文字时，便说："张东荪这个人，我倒和他一桌吃过饭……"这样的话是相当地可以使学生们吃惊的，吃惊的是，我们的国文先生也许不是一个平凡的人吧，否则怎样会能够和张东荪一桌吃过饭！

徐先生于介绍作者之后，朗诵全文一遍。这一遍朗诵可很有意思。他打着江北的官腔，咬牙切齿地大声读一遍，不论是古文或白话，一字不苟地吟咏一番，好像是演员在背台词，他把文字里的蕴藏着的意义好像都给宣泄出来了。他念得有腔有调，有板有眼，有情感，有气势，有抑扬顿挫。我们听了之后，好像是已经理会到原文的意义的一半了。好文章掷地作金石声，那也许是过分夸张，但必须可以琅琅上口，那却是真的。

徐先生之最独到的地方是改作文。普通的批语"清通""尚可""气盛言宜"，他是不用的。他最擅长的是用大墨杠子大勾大抹：一行一行地抹，整页整页地勾；洋洋千余言的文章，经他勾抹之后，所余无几了。我初次经此打击，很灰心，很觉得气短，我掏心挖肝地好容易诌出来的句子，轻轻地被他几杠子就给抹了。但是他郑重地给我解释一会儿，他说："你拿了去细细地体味，你的原文是软趴趴的，冗长，懈啦咣唧的，我给你勾掉了一大半，你再读读看，原来的意思并没有失，但是笔笔都立起来了，虎虎有生气了。"我仔细一揣摩，果然。他的大墨杠子打得是地方，把虚泡囊肿的地方全削去了，剩下的全是筋骨。在这删削之间见出他的功夫。如果我以后写文章还能不多说废话，还能有一点点硬朗挺拔之气，还知道一点"割爱"的道理，就不能不归功于我这位老师的教诲。

徐先生教我许多作文的技巧。他告诉我："作文忌用过多的虚字。"该转的地方，硬转；该接的地方，硬接。文章便显着朴拙而有力。他告诉我，文章的起笔最难，要突兀矫健，要开门见山，要一针见血，才能引人入胜，不必兜圈子，不必说套语。他又告诉我，说理说至难解难分处，来一个譬喻，则一切纠缠不清的论难都迎刃而解了，何等经济，何等手腕！诸如此类的心得，他传授我不少，我至今受用。

我离开先生已将近五十年了，未曾与先生一通音讯，不知他云游何处，听说他已早归道山了。同学们偶尔还谈起"徐老虎"，我于回忆他的音容之余，不禁地还怀着怅惘敬慕之意。

记梁任公先生的一次演讲

　　梁任公先生晚年不谈政治，专心学术。大约在民国十年左右，清华学校请他做第一次的演讲，题目是《中国韵文里表现的情感》。我很幸运地有机会听到这一篇动人的演讲。那时候的青年学子，对梁任公先生怀着无限的景仰，倒不是因为他是戊戌政变的主角，也不是因为他是云南起义的策划者，实在是因为他的学术文章对于青年确有启迪领导的作用。过去也有不少显宦，以及叱咤风云的人物，莅校讲话，但是他们没有能留下深刻的印象。

　　任公先生的这一篇讲演稿，后来收在《饮冰室文集》里。他的讲演是预先写好的，整整齐齐地写在宽大的宣纸制的稿纸上面，他的书法很是秀丽，用浓墨写在宣纸上，十分美观。但是读他这篇文章和听他这篇讲演，那趣味相差很多，犹之乎读剧本与看戏之迥乎不同。

　　我记得清清楚楚，在一个风和日丽的下午，高等科楼上大教堂里坐满了听众，随后走进了一位短小精悍秃头顶宽下巴的人物，穿着肥大的长袍，步履稳健，风神潇洒，左右顾盼，光芒四射，这就是梁任公先生。

他走上讲台，打开他的讲稿，眼光向下面一扫，然后是他的极简短的开场白，一共只有两句，头一句是："启超没有什么学问——"眼睛向上一翻，轻轻点一下头："可是也有一点喽！"这样谦逊同时又这样自负的话是很难得听到的。他的广东官话是很够标准的，距离国语甚远，但是他的声音沉着而有力，有时又是宏亮而激亢，所以我们还是能听懂他的每一字，我们甚至想如果他说标准国语其效果可能反要差一些。

我记得他开头讲一首古诗《箜篌引》：

公无渡河。公竟渡河！
渡河而死；其奈公何！

这四句十六字，经他一朗诵，再经他一解释，活画出一出悲剧，其中有起承转合，有情节，有背景，有人物，有情感。我在听先生这篇讲演后约二十余年，偶然获得机缘在茅津渡候船渡河。但见黄沙弥漫，黄流滚滚，景象苍茫，不禁哀从中来，顿时忆起先生讲的这首古诗。

先生博闻强记，在笔写的讲稿之外，随时引证许多作品，大部分他都能背诵得出。有时候，他背诵到酣畅处，忽然记不起下文，他便用手指敲打他的秃头，敲几下之后，记忆力便又畅通，成本大套地背诵下去了。他敲头的时候，我们屏息以待，他记起来的时候，我们也跟着他欢喜。

先生的讲演，到紧张处，便成为表演。他真是手之舞之足之蹈之，有时掩面，有时顿足，有时狂笑，有时叹息。听他讲到他最喜爱的《桃花扇》，讲到"高皇帝，在九天，不管……"那一段，他悲从中来，竟痛哭流涕而不能自已。他掏出手巾拭泪，听讲的人不知有几多也泪下沾巾了！又听他讲杜氏讲到"剑外忽传收蓟北，初闻涕泪满衣裳……"，先生又真是于涕泗交流之中张口大笑了。

这一篇讲演分三次讲完，每次讲过，先生大汗淋漓，状极愉快。听过这讲演的人，除了当时所受的感动之外，不少人从此对于中国文学发生了强烈的爱好。先生尝自谓"笔锋常带情感"，其实先生在言谈讲演之中所带的情感不知要更强烈多少倍！

有学问，有文采，有热心肠的学者，求之当世能有几人？于是我想起了从前的一段经历，笔而记之。

海　啸

一九二三年八月清华癸亥级学生六十余人在上海浦东登上
"杰克逊总统号"放洋。有好多同学有亲友送行，其中有些只
眼睛是红肿的，船上五个人组成的小乐队奏起了凄伤的曲调，
愈发增加了黯然销魂的情趣。给我送行的只有创造社的几位，
下船之后也就走了。我抚着船栏，看行人把千万纸条抛向码头，
送行的人拉着纸条的另一端，好像是牵着这一万二千吨的船不
肯放行的样子。等到船离开了码头，纸条断了，送行的人群渐
渐模糊，我们人人脸上都露出了木然的神情。

天连水，水连天，不住的波声渊清。好多只海鸥绕着船尾
飞，倦了就浮在水上。一群群的文鳐偶然飞近船舷，一闪而没。
我们一天天地看日出日落，看月升月沉。

船上除了我们清华一批人外，有三位燕京大学毕业的学生，
一个是许地山（落华生），一个是谢婉莹（冰心），一个是一
位"陶大姐"。许地山是福建龙溪人，生于一八九三年，出国

这一年该是三十岁，比我们长几岁。他是生长在台湾的彰化，随后到大陆求学的。说来惭愧，我那时候对台湾一无所知，倒是在读英文绥夫特《一个小小建议》中的时候看到萨曼那泽的记述，据说台湾有吃活人的习惯，虽明知那是杜撰胡说，总觉得海陬荒岛是个可怖的地方。所以我看见许地山就有奇异的联想。而许先生的仪表又颇不平凡，蓬松着头发，凸出的大眼睛，一小撮山羊胡子，八字脚，未开言先格格地笑。和他接近之后，发觉他为人敦厚，富热情与想象，是极有风趣的，许多小动作特别令人发噱。他对于印度宗教，后来对于我国道教，都有深入研究。他的文学作品，如《无法投递的邮件》、《缀网劳蛛》、《空山灵雨》，无不具有特殊的格调与感人的力量。谢冰心，福建闽侯人，一九〇一年生，受过良好的家庭与教会学校的教育，待人温和而有分寸，谈吐不俗。她的《超人》、《繁星》、《春水》，当时早已脍炙人口。

　　除了一上船就一头栽倒床上尝天旋地转晕船滋味的人以外，能在颠簸之中言笑自若的人总要想一些营生。于是爱好文学的人就自然聚集在一起，三五个人在客厅里围绕着壁炉中那堆人工制造的熊熊炉火，海阔天空地闲聊起来。不知是谁提议，要出一份壁报，张贴在客厅入口处的旁边，三天一换，内容是创作与翻译并蓄，篇幅以十张稿纸为限，密密麻麻地用小字誊录。报名定为《海啸》，刊头是我仿张海若的"手摹拓片体"涂成隶书"海啸"二字，下面剪贴"杰克逊总统号"专用信笺角上的轮船图形。出力最多的是一樵，他负起大部分抄写的责任。出了若干期之后，我们挑拣了十四篇，作为一个专栏，目录如下：

海啸	梁实秋	
乡愁	冰心女士	
海世间	落华生	
海鸟	梁实秋	
别泪	一樵	
梦	梁实秋	
海角底孤星	落华生	
惆怅	冰心女士	
醍醐天女	落华生	
纸船	冰心女士	
女人我很爱你	落华生	
约翰我对不起你	C. Rossetti	梁实秋译
你说你爱	Keats	CHL 译
什么是爱	K. Hamsun	一樵译

在船上张贴壁报，还要寄回国内发表，是青年的创作欲还是发表欲，我也不很清楚。我只觉得在海中漂泊，心里有说不出的滋味，一吐为快。《海啸》一诗中最后六行是这样的：

对月出神的骚士！你想些什么？
可是眷念着锦绣河山的祖国？
若是怀想着远道相思的情侣，——
明月有圆有缺，海潮有涨有落。
请在这海上的月夜，把你的诗心捧出来，
投入这水晶般的通彻玲珑的无边天海！

使用"海啸"两个字的时候，至少当时的我是不求甚解的。"海啸"用英文讲是 tidal wave 或 tidal bore，是由地震而引起的汹涌的大浪。与"龙吟虎啸"的"啸"迥异其趣，与"琴酒啸咏"之"啸"更大相径庭。风平浪静地在大海上航行，根本没有地震，哪里来的海啸？但是，不，就在我们抵达彼岸的那一天，九月一日，早餐桌上摆着一张电讯新闻，赫然写着日本东京大地震，并且警告海上船只注意提防海啸！东京这次地震很剧烈，死亡有十四万三千人之多，我们路过东京参观过的地方大部分夷为平地了。船驶近西雅图的时候，果然有相当强烈的风浪，像是海啸。

唐人自何处来 |

　　我二十二岁清华学校毕业，是年夏，全班数十同学搭"杰克逊总统"号由沪出发，于九月一日抵达美国西雅图。登陆后，暂息于青年会宿舍，一大部分立即乘火车东行，只有极少数的同学留下另行候车：预备到科罗拉多泉的有王国华、赵敏恒、陈肇彰、盛斯民和我几个人。赵敏恒和我被派在一间寝室里休息。寝室里有一张大床，但是光溜溜的没有被褥，我们二人就在床上闷坐，离乡背井，心里很是酸楚。时已夜晚，寒气袭人。突然间孙清波冲入室内，大声地说："我方才到街上走了一趟，我发现满街上全是黄发碧眼的人，没有一个黄脸的中国人了！"

　　赵敏恒听了之后，哀从中来，哇的一声大哭，趴在床上抽噎。孙清波回头就走。我看了赵敏恒哭的样子，也觉得有一股凄凉之感。二十几岁的人，不算是小孩子，但是初到异乡异地，那份感受是够刺激的。午夜过后，有人喊我们出发去搭火车，在车站看见黑人车侍提着煤油灯摇摇晃晃地喊着："全都上车啊！

全都上车啊！"

车过夏安，那是怀俄明州的都会，四通八达，算是一大站。从此换车南下便直达丹佛和科罗拉多泉了。我们在国内受到过警告，在美国火车上不可到餐车上用膳，因为价钱很贵，动辄数元，最好是沿站购买零食或下车小吃。在夏安要停留很久，我们就相偕下车，遥见小馆便去推门而入。我们选了一个桌子坐下，侍者送过菜单，我们拣价廉的菜色各自点了一份。在等饭的时候，偷眼看过去，见柜台后面坐着一位老者，黄脸黑发，像是中国人，又像是日本人。他不理我们，我们也不理他。

我们刚吃过了饭，那位老者踱过来了。他从耳朵上取下半截长的一支铅笔，在一张报纸的边上写道："唐人自何处来？"

果然，他是中国人，而且他也看出我们是中国人。他一定是广东台山来的老华侨。显然他不会说国语，大概是也不肯说英语，所以开始和我们笔谈。

我接过了铅笔，写道："自中国来。"

他的眼睛瞪大了，而且脸上泛起一丝笑容。他继续写道："来此何为？"

我写道："读书。"

这下子，他眼睛瞪得更大了，他收敛起笑容，严肃地向我们翘起了他的大拇指，然后他又踱回到柜台后面他的座位上。

我们到柜台边去付账。他摇摇头、摆摆手，好像是不肯收费，他说了一句话好像是："统统是唐人呀！"

我们称谢之后刚要出门，他又喂喂地把我们喊住，从柜台下面拿出一把雪茄烟，送我们每人一支。

我回到车上，点燃了那支雪茄。在吞烟吐雾之中，我心里纳闷，这位老者为什么不收餐费？为什么奉送雪茄？大概他在夏安开个小餐馆，很久没看到中国人，很久没看到一群中国青年，更很久没看到来读书的中国青年人。我们的出现点燃了他的同胞之爱。事隔数十年，我不能忘记和我们做简短笔谈的那位唐人。

闻一多在珂泉

闻一多在一九二二年出国，往芝加哥美术学院学习绘画。对于到外国去，闻一多并不怎样热心。那时候，他是以诗人和艺术家自居的，而且他崇拜的是唯美主义。他觉得美国的物质文明尽管发达，那里的生活未必能适合他的要求。对于本国的文学艺术他一向有极浓厚的兴趣。他对我说过，他根本不想到美国去，不过既有这么一个机会，走一趟也好。

一多在船上写了一封信来，他说：

> 我在这海上飘浮的六国饭店里笼着，物质的供奉奢华极了，但是我的精神乃在莫大的压迫之下。我初以为渡海的生涯定是很沉寂幽雅辽阔的；我在未上船以前，又时时在想着在汉口某客栈看见的一幅八仙渡海的画，又时时想着郭沫若君的这节诗——

> 无边天海呀！

一个水银的浮沤！

上有星汉湛波，

下有融晶泛流，

正是有生之伦睡眠时候。

我独披着件白孔雀的羽衣，

遥遥的，遥遥的，

在一只象牙舟上翘首。

但是既上船后，大失所望。城市生活不但是陆地
的，水上也有城市生活。我在烦闷时愈加渴念我在清
华的朋友。这里竟连一个能与谈话的人都找不着。他
们不但不能同你讲话，并且闹得你起坐不宁。走到这
里是"麻雀"，走到那里又是"五百"；散步他拦着
你的道路，静坐扰乱你的思想。我的诗被他们戕害到
几底于零，到了日本海峡及神户之布引泷等胜地，我
竟没有半句诗的赞叹歌讴。不是到了胜地一定得作诗，
但是胜地若不能引起诗兴，商店工厂还能么？……

他到了美国之后八月十四日自芝加哥写的一封信，首尾是
这样的：

在清华时，实秋同我谈话，常愁到了美国有一天
被碾死在汽车轮下。我现在很欢喜地告诉他，我还能
写信证明现在我还没有碾死。但是将来死不死我可不
敢担保。……

……

啊！我到芝加哥才一个星期，我已厌恶这生活了！

他虽厌恶芝加哥的烦嚣，但他对美国的文化却很震惊，他在这第一封信里就说："美国人审美的程度是比我们高多了。讲到这里令我起疑问了。何以机械与艺术两个绝不相容的东西能够同时发展到这种地步呢？"

一多在芝加哥的生活相当无聊，学画画是些石膏素描，顶多画个人体，油画还谈不上。图画最要紧的是这一段苦功，但是这与一多的个性不能适合。他在九月十九日来信说：

实秋：

　　阴雨终朝，清愁如织；忽忆放翁"欲知白日飞升法，尽在焚香听雨中"之句，即起焚香，冀以"雅"化此闷雨。不料雨听无声，香焚不燃，未免大扫兴会也。灵感久渴，昨晚忽于枕上有得，难穷落月之思，倘荷骊珠之报？近复细读昌黎，得笔记累楮盈寸，以为异日归国躬耕砚田之资本耳。草此藉候文安。

可见他对于中国文学未能忘情。他于翌年二月十五来信说：

　　我不应该做一个西方的画家，无论我有多少的天才！我现在学西方的绘画是为将来做一个美术批评家。我若有所创作，定不在纯粹的西画里。但是我最希望的是做一个艺术的宣道者，不是艺术的创造者。

可见他对于绘画之终于不能专心，是早已有了预感，又因为青春时期只身远游，感触亦多，他不能安心在芝加哥再住下去。他于五月二十九日来信说：

芝加哥我也不想久居。本想到波斯顿，今日接到你的信，忽又想起陪你上 Colorado 住个一年半载，也不错。你不反对罢？

我想他既要学画，当然应该在芝加哥熬下去。虽然我也很希望他能来珂泉和我一起读书，但是我并不愿妨碍他的图画的学习。所以我并不鼓励他到珂泉来。

我在一九二三年秋到了珂泉（Colorado Springs），这是一座西部的小城，有一个大学在此地，在一些西部小规模的大学里，这算是比较好的一个。这里的风景可太好了，因为这城市就在落矶山下，紧靠在那终年积雪的派克峰的脚下，到处是风景区。我到了这里之后，买了十二张风景片寄给一多，未署一字，我的意思只是报告他我已到了此地，并且用这里的风景片挠他一下。没想到，没过一个星期的工夫，一多提着一只小箱子来了。

一多来到珂泉，是他抛弃绘画专攻文学的一个关键。

科罗拉多大学有美术系，一多是这系里唯一的中国人。系主任利明斯女士，姐妹两个都是老处女，一个教画，一个教理论。美国西部人士对于中国学生常有好感，一多的天才和性格都使他立刻得到了利明斯女士的赏识。我记得利明斯有一次对我说："密斯脱闻，真是少有的艺术家，他的作品先不论，他这个人就是一件艺术品，你看他脸上的纹路，嘴角上的笑，有极完美的节奏！"一多的脸是有些线条，显然节奏我不大懂。一多在这里开始画，不再画素描，却画油彩了。他的头发养得很长，披散在头后，黑领结，那一件画室披衣，东一块红，西一块绿，水渍油痕到处皆是，揩鼻涕，抹桌子，擦手，御雨，全是它。一个十足的画家！

我们起先在一个人家里各租一间房。房东是报馆排字工人，昼伏夜出，我们过了好几个月才知道他的存在。房东太太和三个女儿天天和我们一桌上吃饭。这一家人待我们很好，但都是庸俗的人。更庸俗的是楼上另外两个女房客，其中一个是来此养病的纽约电话接线生，异性的朋友很多，里面有一位还是我们中国学生，几乎每晚拿着一只吹奏喇叭来奏乐高歌，有时候还要跳舞。于是我们搬家。为了省钱，搬到学校宿舍海格门楼。这是一座红石建的破败不堪的楼房，像是一座堡垒。吃饭却成了问题。有时候烧火酒炉子煮点咖啡或清茶，买些面包，便可充饥。后来胆子渐渐大了，居然也可炒木樨肉之类。有一次一多把火酒炉打翻，几乎烧着了窗帘，他慌忙中燃了头发眉毛烫了手。又有一次自己煮饺子，被人发现，管理员来干涉了，但见我们请他吃了一个之后，他不说话了，直说好吃。他准许我们烧东西吃，但规模不可太大。

一多和我的数学根底原来很坏，大学一定要我们补修，否则不能毕业。我补修了，一多却坚持不可。他说不毕业没有关系，却不能学自己所不愿学的课程。我所选的课程有一门是"近代诗"，一共讲二十几个诗人的代表作品。还有一门是"丁尼生与白朗宁"。一多和我一同上课。他在这两门课程里得到很大的益处。教授戴勒耳先生是很称职的，他的讲解很精湛。一多的《死水》，在技术方面很得力于这时候的学习。在节奏方面，一多很欣赏吉伯林，受他的影响不小。在情趣方面，他又沾染了哈代与霍斯曼的风味。我和一多在这两门功课上感到极大兴趣，上课听讲，下课自己阅读讨论。一多对于西洋文学的造诣，当然不止于此，但正式的有系统的学习是在此时打下一些根基。

我们在学校里是被人注意的，至少我们的黄色的脸便令人觉得奇怪。有一天，学生赠的周刊发现了一首诗，题目是 Sphinx，作者说我们中国人的脸沉默而神秘，像埃及人首狮身的怪物，他要我们回答他，我们是在想些什么。这诗并无恶意，但是我们要回答，我和一多各写了一首小诗登在周刊上。这虽是学生时代的作品，但是一多这一首写得不坏，全校师生以后都对我们另眼看待了。一多的诗如下：

ANOTHER "CHINESE" ANSWERING

My face is Sphinx–like,

It puzzles you, you say,

You wish that my lips were articulate,

You demand my answer.

But what if my words are riddles to you？

You who would not sit down

To empty a cup of tea with me,

With slow, graceful, intermittent sips,

who would not set your thoughts afloat

on the reeling vapors

Of a brimming tea–cup, placid and clear—

You who are so busy and impatient

Will not discover my moaning.

Even my words might be riddles to you,

so I choose to be silent.

But you hailed to me,

I love your child–like voice,

Innocent and half–bashful.

We shall be friends.

Still I choose to be silent before you.

In silence I shall bear you

The best of presents.

I shall bear you a jade tea–cup ,

Translucent and thin ,

Green as the dim light in a bamboo grove;

I shall bear you an embroidered gown

Charged with strange, sumptuous designs—

Harlequin in lozenges,

Bats and butterflies,

Golden–bearded, saintly dragons

Braided into iridescent threads of dream;

I shall bear you sprays

Of peach–blossoms, plum–blossoms, pear–blossoms;

I shall bear you silk–bound books

In square, grotesque characters.

Silently and with awe

I shall bear you the best of presents.

Through the companion with my presents

You will know me——

You will know cunning,

Vice,

Or wisdom only.

But my words might be riddles to you,

So I choose to be silent.

一多画画一直没有停，有一天利明斯教授告诉他纽约就要举行一年一度的画展，选择是很严的，劝他参加。一多和我商量，我也怂恿他加入竞赛。一多无论做什么事，不做便罢，一做便忘寝废食。足足有一个多月，他锁起房门，埋头苦干，就是吃饭也是一个人抽空溜出去，如中疯魔一般地画。大致画完了才准我到他屋里去品评。有一幅人物，画的是一个美国侦探，非常有神。还缺少一张风景画。我建议由我开车送他到山上去写生。他同意了。

一清早，我赁到一辆车，带着画具食品，兴高采烈地上山了。这是我学会开车后的第三天，第一次上山，结果如何是可以想见的。先到了"仙园"，高大的红石笋矗立着，那风景不是秀丽，也不是雄伟，是诡怪。我们向着曼尼图公园驶去，越走越高，忽然走错了路，走进了一条死路，尽头处是巉岩的绝崖，路是土路，有很深的辙，只好向后退。两旁是幽深的山涧，我退车的时候手有些发抖。噗的一声，车出了辙，斜叉着往山涧里溜下去了，只听得耳边风忽忽地响，我已经无法控制，一多大叫。忽然咯喳一声车停了，原来是车被两棵松树给夹住了。我们往下看，乱石飞泉，令人心悸。车无法脱险，因为坡太陡。于是我们爬上山，老远看见一缕炊烟，跑过去一看果然有人，但是，他说西班牙语，戴着宽边大帽，腰上挂一圈绳。勉强做手势达意之后，这西班牙人随着我们去查看，他笑了。他解下腰间的绳子一端系在车上，一端系在山上一棵大树上。我上车开足马力，向上走一尺，他和一多就掣着绳子拉一尺，一尺一尺的车上了大路。西班牙人和我们点点头就走了，但是我再不敢放胆开车，一多的画兴也没有了，我们无精打采地回去了。

风景何必远处求？学校宿舍旁边就很好，正值雪后，一多就临窗画了一幅雪景，他新学了印象派画法，用碎点，用各种颜色代替阴影。这一幅画很精彩。

一共画了十几幅，都配了框，装箱，寄往纽约。在这时候，一多给我画了一张像，他立意要画出我的个性，也要表示他手底的腕力，他不用传统的画法，他用粗壮的笔调大勾大抹，嘴角撇得像瓢似的，表示愤世嫉俗的意味，头发是葱绿色，像公鸡尾巴似的竖立着，这不知是表现什么。这幅像使他很快意。我带回国，家里孩子们看着害怕，后来就不知怎样丢掉了。

纽约的回信来了，只有美国侦探那幅画像得了一颗银星，算是"荣誉的提名"，其他均未入选。这打击对于一多是很严重的。以我所知，一多本不想做画家，但抛弃绘画的决心是自此时始。他对我讲过，中国人画西洋画，很难得与西方人争一日之短长。因为我们的修养背景性格全受了限制。实在是的，我们中国人习西洋画的，成功者极少，比较成功的往往后来都改画中国画了。其实这不仅于绘画为然，即以文学而论，学习西洋文学的人不也是很多人终于感到彷徨而改走中国文学的道路么？所以一多之完全抛弃西画，虽然是由于这一次的挫折，其实以他那样的性格与兴趣，即使不受挫折，我相信他也会改弦易辙的，不过是时间的早晚而已。

我和一多在珂泉整整住了一年。暑假过后，我到波斯顿去，他到纽约去。临别时我送了他一只珐琅的香炉，他送了我一部霍斯曼的诗集。

《琵琶记》的演出

　　一九二四年秋我到了麻州剑桥进哈佛大学研究院，先是和顾一樵先生赁居奥斯丁园五号，半年后我们约同时昭涵、徐宗涑几位同学迁入汉考克街一五九号之五，那是一所公寓。这公寓房子相当寒伧，号称有家具设备，除了床铺和几具破烂桌椅之外别无长物，但是租价低廉，几个学生合住不但负担较轻，而且轮流负责炊事，或担任采购，或在灶前掌勺，或专管洗碗洗盘，吵吵闹闹，颇不寂寞。最妙的是地点适中，往东去是麻省理工学院，往西去是哈佛大学，所以大家都感到满意。在剑桥的中国学生，不是在哈佛，就是在麻省理工。中国学生在外国喜欢麇居在一起，一部分是由于生活习惯的关系，一部分是因为和有优越感的白种人攀交，通常不是容易事，也不是愉快事。中国人走到哪里都有强烈的团体精神，实在是形势使然。我们的公寓，事实上是剑桥中国学生活动的中心之一。来往过客也常在我们这里下榻，帆布床随时供应。有一天我正在厨房做炸酱面，锅里的酱正扑哧扑哧地冒泡，潘光旦带着另外三个人闯了进来，他一进门就闻到炸酱的香味，死乞白赖地要讨一顿面吃，我慨然应允，我在小碗炸酱里加进四勺盐，吃得大家拧眉皱眼，饭后拼命喝水。

平时大家读书都很忙，课外活动还是有的。剑桥中国学生会那一年主持人是沈宗濂，一九二五年春天不知怎的心血来潮，要演一出英语的中国戏，招待外国师友，筹划的责任落到一樵和我身上。讲到演戏我们是有兴趣的。我和一樵平素省吃俭用，时常舍得用钱去看戏，波斯顿的 Copley Theater 是由一个剧团驻院经常演出的，我们是长期的座上客，细心观摩他们的湛深的演技。我悟得一点诀窍，也就是哈姆雷特奉劝演员的那些意见，演出时要轻松自然，不要过于剑拔弩张，不要张牙舞爪，到了紧要关头方可用出全副力量，把真情灌注进去。我们有一次看了谢立敦的《情敌》，又有一次看了晶奈罗的《谭克雷续弦夫人》，看到表演精彩之处真如醍醐灌顶。我们对于戏剧如此热心，所以学生会筹划演戏之议我们就没有推辞。

一樵真是多才多艺，他学的是电机工程，念念不忘文学。诗词小说戏剧无一不插上一手。他负起编剧责任，选定了《琵琶记》。蔡伯喈的故事，流传已久，各地地方剧常常把它搬上舞台，把蔡伯喈形容成一个典型的不孝不义的人物。南宋诗人刘后村的"斜阳古道柳家庄，负鼓盲翁正作场。死后是非谁管得，满村听唱蔡中郎"是大家都熟知的一首诗。明初高则诚写《琵琶记》，就是根据这个古老的民间故事编的，不过在高则诚的笔下蔡中郎好像是一个比较可以令人同情的读书人了。全剧共二十四出，词藻丰瞻。一樵只是撷取其故事骨干，就中郎一生，由高堂称庆到南浦嘱别，由奉旨招婿到再报佳期，由强就鸾凰到书馆悲逢，这三大段正好编成三幕，用语体写出，编成之后由我译成英文。《琵琶记》的原文，非常精彩，号称为南曲之祖，其中唱词尤为典丽，我怎能翻译？但是改成语体，编成话剧，便容易措手了。于是很快地译好，送到哈佛合作社代为复印多份，脚本告成。波斯顿音乐院里一位先生（英籍）帮我们制作布景，看到剧本，问我："这是谁译的？"我佯为不知，他说译文中有些美国人惯用的俗语羼杂在内，例如："Go ahead"一语就不宜由一位文士对一位淑女来讲。我觉得他说得对，就悄悄地改了。

演员问题，大费周章。女主角赵五娘，大家一致认为在波斯顿附近的威尔斯莱女子学院的谢文秋女士最适宜于担任。谢小姐是上海人，风度好，活泼，而且口齿伶俐。她的性格未必适于这一角色，但是当时没有其他的选择。她慷慨地答应了。男主角蔡伯喈成了问题，不是找不到人，是跃跃欲试的大有人在。某一男生才高志大，又一位男士风流倜傥，都觉得扮演蔡伯喈胜任愉快。在争来争去的情形之下，一樵和我商量，要我出马。我提出一项要求，那就是先去征询谢小姐的意见，看她要不要这样的一个搭档。她没有异议。

我们的演员表大致是这样：

蔡中郎	梁实秋
赵五娘	谢文秋
丞相之女	谢冰心
牛丞相	顾一樵

丞相夫人	王国秀
邻人	徐宗涑
疯子	沈宗濂

此外还有曾昭抡、高长庚，波斯顿大学的两位华侨女生，都记不得担任的是什么角色了。我们是一群乌合之众，谁也没有多少经验，也没有专人导演，就凭一股热心，课余之暇自动地排演起来。

服装布景怎么办？事有凑巧，前此不久纽约的中国同学会很成功地演出了一出古装话剧《杨贵妃》，事实上我们的《琵琶记》也是受了《杨贵妃》的影响。主持《杨贵妃》上演的都是我们的朋友，如余上沅、闻一多、赵太侔等，所以我们就驰函求助。杨剧服装大部分是缝制之后由闻一多用水彩画不透明颜料画上图案，在灯光照耀之下华丽无比，其中一部分借给我们了。杨贵妃是唐朝人，蔡伯喈是汉朝人，服装式样有无差别，我们也顾不了许多。关于布景，一多有信给一樵：

一樵：

舞台用品……布景也许用不着我亲身来波城。只要把剧本同舞台的尺寸寄来，我便可以画出一套图案，注明用什么材料怎样的制造。反正舞台上不宜用平面的绘画，例如一个窗子最好用木头或厚纸制一个能开能阖的窗子，不当在墙上画一个窗子的模样，因为这样会引起错误的幻觉。总之，我把图案制就了，看它的构造是简单或复杂。如果不能不复杂，一定要我来，

我是乐于从命的。再者也请你告诉我你们在布景和服
饰上能花多少钱。

一多问好

事实上一多在布景的绘图上尽了力，但是他没有到波斯顿
来。来的是余上沅和赵太侔。余上沅是熟人，他是我们同船到
美国来的，他的身份是教务处职员奉派随船照料我们的，他来
到美国进入匹次堡戏院艺术学院，翌年到了纽约。赵太侔则闻
其名而尚未谋面，一多特函介绍他给我们，特别强调一点，太
侔这个人是真正的 a man of few words 一个不大讲话的人，千万
别起误会，以为他心有所愠。果然，太侔一到，不声不响，揎
袖攘臂，抓起一把短锯，就锯木头制造门窗。经过他们二位几
天努力，灯光布景道具完全就绪。

我们为了慎重起见，上演之前作一次预演，特请波斯顿音
乐学院专任导演的一位教授前来指点。他很认真负责，遇到他
认为不对的地方就大声喊停予以解说。对演员的部位尤其注意，
改正我们很多的缺点。演到蔡伯喈和赵五娘团圆的时候，这位
导演先生大叫："走过去，和她亲吻，和她亲吻！"谢文秋站
在那里微笑，我无论如何鼓不起这一点勇气，我告诉他我们中
国自古以来没有这个规矩，他摇头不已。预演完毕，他把我拉
到一边，正经地劝我说："你下次演戏最好选一出喜剧，因为
据我看你不适于演悲剧。"话是很委婉，意思是很明显的。我
心里想，《琵琶记》不就是喜剧么？我又在想，这一次真是逢
场作戏，难道还有下次？

上演的那天早晨，麻省理工学院的一位丁绪宝先生红头涨

110

脸地跑来说："你们今晚要演出《琵琶记》，你们知道你们做的是什么事么？蔡伯喈家有贤妻，而负义糟糠，停妻再娶，是一位道地的多妻主义者。你们把他的故事搬上舞台，岂不要遭外人耻笑，误以为我们中国人都是多妻主义者？此事有关国家名誉，我不能坐视，特来警告，赶快罢手，否则我今晚不能不有适当手段对付你们。"我们向他解释，我把剧本一份送给他请他过目，并且特别声明我们的剧本是根据高明（则诚）的名著改编的。相传"有王四者，明与之友善，劝之应试，果登第，王即弃其妻而赘于不花太师家，明恶之，因作《琵琶记》以寓讽刺"。这样说来，《琵琶记》是讽刺。而且历史上的蔡中郎是怎样一个人姑不具论，单自高明写的蔡伯喈有怎样的谈吐：

"闲藤野蔓休缠也，俺自有正菟丝，亲瓜葛。"

"纵有花容月貌，怎如我自家骨血？"

"漫说道姻缘事果谐凤卜，细思之，此事岂吾意欲？有人在高堂孤独，可惜新人笑语喧，不知我旧人哭，兀的东床难教我坦腹！"

"几回梦里，忽闻鸡唱，忙惊觉，错呼旧妇，同问寝堂上。待朦胧觉来，依然新人鸳帏凤衾和象床。怎不怨香愁玉无心绪？更思想，被他拦当，教我怎不悲伤？俺这里欢娱夜宿芙蓉帐，他那里寂寞偏嫌更漏长！"

像这样的句子都可以证明高则诚没有把蔡伯喈形容成为负心人。我最后声明，我是国家主义者，我的爱国心决不后人。丁先生将信将疑，悻悻然去，临走时说："我们走着瞧！晚上见！"这一整天我们心情很不安。

这一天是三月二十八日，晚间在波斯顿美术剧院正式演出。观众大部分是美国人士，包括大学教授及文化界人士，我国的学生及侨胞来捧场的亦不少，黑压压一片，座无虚席，估计在千人左右。先由在波斯顿音乐学院读书的王倩鸿女士致开会词，中国同学会主席沈宗濂致欢迎词，郭秉义先生演说，奏乐。都说了些什么，已不复记忆。上演之前还有这么多的繁文缛节，不愧为学生演戏。一声锣响，幕起，一幕，二幕，三幕，进行得很顺利，台上的人没有忘掉戏词，也没有添加戏词，台下的人也没有开闸，也没有往台上抛掷鸡蛋番茄。最后幕落，掌声雷动，几乎把屋顶震塌下来。千万不要误会，不要以为演出精彩，赢得观众的欣赏，要知道外国人看中国人演戏，不管是谁来演，不管演的是什么，他们大部都只是由于好奇。剧本如何，剧情如何，演技如何，舞台艺术如何，都不是最重要的，最重要的是那红红绿绿的服装，几根朱红色的大圆柱，正冠揩须甩袖迈步等等奇怪的姿态……《琵琶记》有几个人懂得，包括我们自己在内？剧中原有插曲一阕，有赵五娘抱着琵琶自弹自唱，唱词阙，意思是由演员自己选择。结果是赵五娘用四季相思小调唱"少小离家老大回，乡音无改鬓毛衰。儿童相见不相识，笑问客从何处来。"诗是唐朝的贺知章作的，唱的人赵五娘是东汉时人，这是多么显著的时代错误！事后也没有人讲话。

曲终人散，我们轻松愉快地到杏花楼去宵夜。楼梯咚咚响，跑上了一个人，又是丁绪宝先生，又是红头涨脸的，大家为之一怔。他走到我们面前，勉强地一笑，说："你们演得很好，没有伤害国家的名誉，是我误会了，我道歉！"随后就和我们握手而退。这一握手，使我觉得十分快慰，丁先生不但热爱国家，而且勇于认错。翌日《基督教箴言报》为文报道此一演出，并且刊出了我的照片，我当然也很快慰，但是快慰之情尚不及丁先生的那一握手。

闻一多事后写信给我，附诗一首：

　　实秋饰蔡中郎演《琵琶记》戏作柬之
　　一代风流薄幸哉！钟情何处不优俳？
　　琵琶要作诛心论，骂死他年蔡伯喈！

Part 3

志满中年，立业交游

　　北碚旧游不止仅如上述，但是事隔四十年，记忆模糊了。其中不少人已归道山，大多数当亦齿迫迟暮。涉笔至此，废然兴叹。

我与《青光》

民国十六年春，北伐军打到南京，我在炮火声中走上海，闲居无聊，友人张禹九约我到《时事新报》主编《青光》。那时候全国各大报均在革新副刊的内容，例如北京《晨报副刊》先后由孙伏园、徐志摩主编，面目一新，撰稿的人有鲁迅、冰心、沈从文等。上海报纸如《申报·自由谈》由黎烈文主编，撰稿的人有鲁迅、茅盾等。《时事新报》易主，邀我去编《青光》。《青光》只是一个小小的副刊，占一页报纸的一半，大约可以容纳一万多字，可是也追随一般的风气，由鸳鸯蝴蝶消闲杂俎变为新文艺的园地。

《时事新报》总编辑为潘公弼。我去任事的那一天，潘先生指着一张桌子，说："这是你办公的地方，抽屉里有存稿，每晚九时把编好的稿件交给排字房的领班，勾画出一个版面的略图，交待他几句必需的话，你的任务已毕，可以回家去了。"我初听这任务很轻松，可是我坐下来打开抽屉一看，我吓坏了，满满一抽屉稿子可用的少而又少。于是找忙了起来，忙约稿，忙自己写稿。

约稿不大容易。能写的人未必肯写，肯写的人也不一定就能写出可用的稿子。既约了而不用，得罪人。我记得帮我大忙的是我的朋友陈登恪，排行老八，我们都叫他陈老八，他撰写《留西外史》长篇小说，算是给我捧场的，等我离开《青光》他也辍笔了。后来《留西外史》在新月书店出版，仍是未完稿。

自从我主编《青光》以后，投稿的人非常多。前几年我遇到高克毅先生（笔名乔志高），他说他就是常投稿的一个。高先生的中英文造诣非常高，笔下严谨而又有风趣，早在五、六十年前就已露出端倪。而我现在竟不记得有这么一回事。经他一提起，我觉得非常光彩，虽无慧眼，但识英雄。

《青光》也得罪人。有一回采用了一幅漫画，画的是一只马桶，无数的苍蝇飞绕，马桶上写了"性史"二字。我无意冒犯了张竞生先生，只是当时冒张先生之名而印行的《性史》有十几册之多，恶劣之至。而张先生为了这幅漫画很是生气。还有上海盛行"小报"，种类繁多，不是鸳鸯蝴蝶，便是低级趣味，这种小报视新文艺为眼中钉。《青光》不免也受到攻击。有一次我采用了一篇小文，开头第一句"某某公，讳某某"，其时某公尚健在。一小报以为抓住了毛病，大肆诋毁，不仅指作者不通，连带也要编者负责。其实生而曰讳，有何希奇（顾亭林《日知录》辩之甚详），徒见其无知而已。有一个小报长篇连载《乡下人到上海》，夸张上海文明如何优越，乡下人如何愚蠢鄙陋。我觉得这种写法不公道。《青光》便刊出了一篇连载《上海人到纽约》，直到那小报不再刊《乡下人到上海》才罢手。

我在青光上写了一些小文，后来辑成一小册，题名《骂人的艺术》，新月书店出版，现在看来觉得十分肤浅，悔其少作。我当时使用一些笔名，如秋郎、谐庭、慎吾、徐丹甫等。"秋郎"是冰心戏作，她有两句诗调侃我，"朱门一入深似海，从此秋郎是路人"。我觉得秋郎二字也不错，就取以为笔名了。此后我很少用笔名，近三、四十年几乎绝对不用笔名，实行"行不更名坐不改姓"的原则，因为我觉得用真名写文章可以约束自己，不说过分的话，不说不负责任的话，不在背后伤人。

　　我在《青光》只约有半年光景，秋后我在暨南大学执教，在复旦光华也兼课，疲于奔走，便辞去编务，继任的是一位王世颖先生，现在我们台湾报纸副刊，不但篇幅扩大，而且内容突飞猛进，编辑人员多至十个八个，蔚为一大奇观。当年的《青光》鄙不足道矣。

酒中八仙——记青岛旧游

　　杜工部早年写过一首《饮中八仙歌》，章法参差错落，气势奇伟绝伦，是一首难得的好诗。他所谓的饮中八仙，是指他记忆所及的八位善饮之士，不包括工部本人在内，而且这八位酒仙并不属于同一辈分，不可能曾在一起聚饮。所以工部此诗只是就八个人的醉趣分别加以简单描述。我现在所要写的酒中八仙是民国十九年到二十三年间我的一些朋友，在青岛大学共事的时候，在一起宴饮作乐，酒酣耳热，一时忘形，乃比附前贤，戏以八仙自况。青岛是一个好地方，背山面海，冬暖夏凉，有整洁宽敞的市容，有东亚最佳的浴场，最宜于家居。唯一的缺憾是缺少文化背景，情调稍嫌枯寂。故每逢周末，辄聚饮于酒楼，得放浪形骸之乐。

　　我们聚饮的地点，一个是山东馆子顺兴楼，一个是河南馆子厚德福。顺兴楼是本地老馆子，属于烟台一派，手艺不错，最拿手的几样菜如爆双脆、锅烧鸡、氽西施舌、酱汁鱼、烩鸡皮、拌鸭掌、黄鱼水饺……都很精美。山东馆子的跑堂一团和气，应对之间不失分际。对待我们常客自然格外周到。厚德福是新开的，只因北平厚德福饭庄老掌柜陈莲堂先生听我说起青岛市面不错，才派了他的长子陈景裕和他的高徒梁西臣到青岛来开分号。我记得我们出去勘察市面，顺便在顺兴楼午餐，伙计看到我引来两位生客，一身油泥，面带浓厚的生意人的气息，心里就已起疑。梁西臣点菜，不假思索一口气点了四菜一汤，炒辣子鸡（去骨）、炸肫（去里儿）、清炒虾仁……伙计登时感到来了行家，立即请掌柜上楼应酬，恭恭敬敬地问："请问二位宝号是在哪里？"我们乃以实告。此后这两家饭馆被公认为是当地巨擘，不分瑜亮。厚德福自有一套拿手，例如清炒或黄焖鳝鱼、瓦块鱼、鱿鱼卷、琵琶燕菜、铁锅蛋、核桃腰、红烧猴头……都是独门手艺，而新学的焖炉烤鸭也是别有风味的。

我们轮流在这两处聚饮，最注意的是酒的品质。每夕以馨一坛为度。两个工人抬三十斤花雕一坛到二、三楼上，当面启封试尝，微酸尚无大碍，最忌的是带有甜意，有时要换两三坛才得中意。酒坛就放在桌前，我们自行舀取，以为那才尽兴。我们喜欢用酒碗，大大的浅浅的，一口一大碗，痛快淋漓。对于菜肴我们不大挑剔，通常是一桌整席，但是我们也偶尔别出心裁，例如，普通以四个双拼冷盘开始，我有一次做主换成二十四个小盘，把圆桌面摆得满满的，要精致，要美观。有时候，尤其是在夏天，四拼盘换为一大盘，把大乌参切成细丝放在冰箱里冷藏，上桌时浇上芝麻酱三合油和大量的蒜泥，是一个很受欢迎的冷荤，比拌粉皮高明多了。吃铁锅蛋时，赵太侔建议外加一元钱的美国干酪（cheese），切成碎末打搅在内，果然气味浓郁不同寻常，从此成为定例。酒酣饭饱之后，常是一大碗酸辣鱼汤，此物最能醒酒，好像宋江在浔阳楼上酒醉题反诗时想要喝的就是这一味汤了。

酒从六时喝起，一桌十二人左右，喝到八时，不大能喝酒的三五位就先起身告辞，剩下的八九位则是兴致正豪，开始宽衣攘臂，猜拳行酒。不作拇战，三十斤酒不易喝光。在大庭广众的公共场所，扯着破锣嗓子"鸡猫子喊叫"实在不雅。别个房间的客人都是这样放肆，入境只好随俗。

这一群酒徒的成员并不固定，四年之中也有变化，最初是闻一多环顾座上共有八人，一时灵感，遂曰："我们是酒中八仙！"这八个人是：杨振声、赵畸、闻一多、陈命凡、黄际遇、刘康甫、方令孺和区区我。既称为仙，应有仙趣，我们只是沉湎曲乐的凡人，既无仙风道骨，也不会白日飞升，不过大都端起酒杯举重若轻，三斤多酒下肚尚能不及于乱而已。其中大多数如今皆已仙去，大概只有我未随仙去落人间。往日宴游之乐不可不记。

杨振声字金甫，后嫌金字不雅，改为今甫，山东蓬莱人，比我大十岁的样子。五四初期，写过一篇中篇小说《玉君》，清丽脱俗，惜从此搁笔，不再有所著作。他是北大国文系毕业，算是蔡孑民先生的学生。青岛大学筹备期间，以蔡先生为筹备主任，实则今甫独任艰巨。蔡先生曾在大学图书馆侧一小楼上偕眷住过一阵，为消暑之计。国立青岛大学的门口的竖匾，就是蔡先生的亲笔。胡适之先生看见了这个匾对我们说，他曾问过蔡先生："凭先生这一笔字，瘦骨嶙峋，在那时代殿试大卷讲究黑大圆光，先生如何竟能点了翰林？"蔡先生从容答道：

"也许那几年正时兴黄山谷的字吧。"今甫做了青岛大学校长，得到蔡先生写匾，是很得意的一件事。今甫身材修伟，不愧为山东大汉，而言谈举止蕴藉风流，居恒一袭长衫，手携竹杖，意态潇然。鉴赏字画，清谈亹亹。但是一杯在手则意气风发，尤嗜拇战，入席之后往往率先打通关一道，音容并茂，咄咄逼人。赵瓯北有句："骚坛盟敢操牛耳，拇阵轰如战虎牢。"今甫差足以当之。

赵畸，字太侔，也是山东人，长我十二岁，和今甫是同学。平生最大特点是寡言笑。他可以和客相对很久很久一言不发，使人莫测高深。我初次晤见他是在美国波斯顿，时民国十三年夏，我们一群中国学生排演《琵琶记》，他应邀从纽约赶来助阵。他未来之前，闻一多先即有函来，说明太侔之为人，犹金人之三缄其口，幸无误会。一见之后，他果然是无多言。预演之夕，只见他攘臂挽袖，运斤拉锯制做布景，不发一语。莲池大师云："世间酼醯醇醴，藏之弥久而弥美者，皆繇封锢牢密不泄气故。"太侔就是才华内蕴而封锢牢密。人不开口说话，佛亦奈何他不得。他有相当酒量，也能一口一大盅，但是他从不参加拇战。他写得一笔行书，绵密有致。据一多告我，太侔本是一个衷肠激烈的人，年轻的时候曾经参加革命，掷过炸弹，以后竟变得韬光养晦沉默寡言了。我曾以此事相询，他只是笑而不答。他有妻室儿子，他家住在北平宣外北椿树胡同，他秘不告人，也从不回家，他甚至原籍亦不肯宣布。庄子曰："畸人者，畸于人而侔于天。"疏曰："畸者不耦之名也，修行无有，而疏外形体，乖异人伦，不耦于俗。"怪不得他名畸字太侔。

闻一多，本名多，以字行，湖北蕲水人，是我清华同学，高我两级。他和我一起来到青岛，先赁居大学斜对面一座楼房的下层，继而搬到汇泉海边一座小屋，后来把妻小送回原籍，住进教职员第八宿舍，两年之内三迁。他本来习画，在芝加哥作素描一年，在科罗拉多习油画一年，他得到一个结论：中国人在油画方面很难和西人争一日之长短，因为文化背景不同。他放弃了绘画，专心致力于我国古典文学之研究，至于废寝忘食，埋首于故纸堆中。这期间他有一段恋情，因此写了一篇相当长的白话诗，那一段情没有成熟，无可奈何地结束了，而他从此也就不再写诗。他比较器重的青年，一个是他国文系的学生臧克家，一个是他国文系助教陈梦家。这两位都写新诗，都得到一多的鼓励。一多的生活苦闷，于是也就爱上了酒。他酒量不大，而兴致高。常对人吟叹"名士不必须奇才，但使常得无事，痛饮酒，熟读离骚，便可称名士。"他一日薄醉，冷风一吹，昏倒在尿池旁。

陈命凡，字季超，山东人，任秘书长，精明强干，为今甫左右手。划起拳来，出手奇快，而且嗓音响亮，往往先声夺人，常自诩为山东老拳。关于拇战，虽小道亦有可观。民国十五年，我在国立东南大学教书，同事中之酒友不少，与罗清生、李辉光往来较多，罗清生最精于猜拳，其术颇为简单，唯运用纯熟则非易事。据告其诀窍在于知己知彼。默察对方惯有之路数，例如一之后常为二、二之后常为三，余类推。同时变化自己之路数，不使对方捉摸。经此指点，我大有领悟。我与季超拇战常为席间高潮，大致旗鼓相当，也许我略逊一筹。

刘本钊，字康甫，山东蓬莱人，任会计主任，小心谨慎，恂恂君子。患严重耳聋，但亦嗜杯中物。因为耳聋关系，不易控制声音大小，拇战之时呼声特高，而对方呼声，他不甚了了，只消示意令饮，他即听命倾杯。一九四九年来台，曾得一晤，彼时耳聋益剧，非笔谈不可。

方令孺是八仙中唯一女性，安徽桐城人，在国文系执教兼任女生管理。她有咏雪才，惜遇人不淑，一直过着独身生活。台湾洪范书店曾搜集她的散文作品编为一集出版，我写了一篇短序。在青岛她居留不太久，好像是两年之后就离去了。后来我们在北碚异地重逢，比较往还多些。她一向是一袭黑色旗袍，极少的时候薄施脂粉，给人一派冲淡朴素的印象。在青岛期间，她参加我们轰饮的行列，但是从不纵酒，刚要"朱颜酡些"的时候就停杯了。数十年来我没有她的消息，只是在一九六四年七月七日《联合报》"幕前冷语"里看到这样一段简讯：

> 方令孺皤然白发，早不执教复旦，在那血气方刚
> 的红色路上漫步，现任浙江作者协会主席[1]，忙于文
> 学艺术的联系工作。

老来多梦，梦里河山是她私人嗜好的最高发展，跑到砚台山中找好砚去了，因此梦中得句，写在第二天的默忆中："诗思满江国，涛声夜色寒，何当沾美酒，共醉砚台山。"

这几句话写得迷离徜恍，不知砚台山寻砚到底是真是幻。不过诗中有"何当沾美酒"之语，大概她还未忘情当年酒仙的往事吧。如今若是健在，应该是八十以上的人了。

---

[1] 浙江省文联主席，此为作者笔误。——编者注

黄际遇，字任初，广东澄海人，长我十七八岁，是我们当中年龄最大的一位。他做过韩复榘主豫时的教育厅长，有宦场经验，但仍不脱名士风范。他永远是一件布衣长袍，左胸前缝有细长的两个布袋，正好插进两根铅笔。他是学数学的，任理学院长，闻一多离去之后兼文学院长。嗜象棋，曾与国内高手过招，有笔记簿一本置案头，每次与人棋后辄详记全盘招数，而且能偶然不用棋盘棋子，凭口说进行棋赛。又治小学，博闻多识。他住在第八宿舍，有潮汕厨师一名，为治炊膳，烹调甚精。有一次约一多和我前去小酌，有菜二色给我印象甚深，一是白水氽大虾，去皮留尾，氽出来虾肉白似雪，虾尾红如丹；一是清炖牛鞭，则我未愿尝试。任初每日必饮，宴会时拇战兴致最豪，嗓音尖锐而常出怪声，狂态可掬。我们饮后通常是三五辈在任初领导之下去作余兴。任初在澄海是缙绅大户，门前横匾大书"硕士第"三字，雄视乡里。潮汕巨商颇有几家在青岛设有店铺，经营山东土产运销，皆对任初格外敬礼。我们一行带着不同程度的酒意，浩浩荡荡地于深更半夜去敲店门，惊醒了睡在柜台上的伙计们，赤身裸体地从被窝里钻出来（北方人虽严冬亦赤身睡觉）。我们一行一溜烟地进入后厅。主人热诚招待，有娈婉小童伺候茶水兼代烧烟。先是以功夫茶飨客，红泥小火炉，炭火煮水沸，浇灌茶具，以小盅奉茶，三巡始罢。然后主人肃客登榻，一灯如豆，有兴趣者可以短笛无腔信口吹，亦可突突突突有板有眼。俄而酒意已消，乃称谢而去。任初有一次回乡过年，带回潮州蜜柑一篓，我分得六枚，皮薄而松，肉甜而香，生平食柑，其美无过于此者。抗战时任初避地赴桂，胜利还乡，乘舟沿西江而下，一夕在船上如厕，不慎滑落江中，月黑风高，

126

水深流急，遂遭没顶。

　　酒中八仙之事略如上述。民国二十一年青岛大学人事上有了变化。为了"九一八"事件全国学生罢课纷纷赴南京请愿要求对日作战，青岛大学的学生当然亦不后人，学校当局阻止无效。事后开除为首的学生若干，遂激起学生驱逐校长的风潮。今甫去职，太侔继任。一多去了清华。决定开除学生的时候，一多慷慨陈词，声称是"挥泪斩马谡"。此后二年，校中虽然平安无事，宴饮之风为之少杀。偶然一聚的时候有新的分子参加，如赵铭新、赵少侯、邓初等。我在青岛的旧友不止此数，多与饮宴无关，故不及。

演戏记

人生一出戏，世界一舞台，这是我们所熟知的，但是"戏中戏"还不曾扮演过，不无遗憾。有一天，机缘来了，说是要筹什么款，数目很大，义不容辞，于是我和几个朋友便开始筹划。其实我们都没有舞台经验，平素我们几个人爱管闲事，有的是嗓门大，有的是爱指手画脚吹胡瞪眼的，竟被人误认为有表演天才。我们自己也有此种误会，所以毅然决定演戏。

演戏的目的是为筹款，所以我们最注意的是不要赔钱。因此我们作了几项重要决定：第一是借用不花钱的会场，场主说照章不能不收费，不过可以把照收之费如数地再捐出来，公私两便。第二是请求免税，也照上述公私两便的办法解决了。第三是借幕，借道具，借服装，借景片，借导演，凡能借的全借，说破了嘴跑断了腿，全借到了。第四是同仁公议，结账赚钱之后才可以"打牙祭"，结账以前只有开水恭候。这样，我们的基本保障算是有了。

选择剧本也很费心思，结果选中了一部翻译的剧本，其优点是五幕只要一个布景，内中一幕稍稍挪动一下就行，省事，再一优点是角色不多，四男三女就行了。是一出悲剧，广告上写的是："恐怖，紧张……"其实并不，里面还有一点警世的意味，颇近于所谓"社会教育"。

分配角色更困难了，谁也不肯做主角，怕背戏词。一位山西朋友自告奋勇，他小时候上过台，后来一试，一大半声音都是从鼻子里面拐弯抹角而出，像是脑后音，招得大家哄堂。最后这差事落在我的头上。

排演足足有一个月的时间，每天公余大家便集合在小院里，怪声怪气地乱嚷嚷一阵，多半的时间消耗在笑里，有一个人扑哧一声，立刻传染给大家，全都前仰后合了，导演也忍俊不住，勉强按着嘴，假装正经，小脸憋得通红。四邻的孩子们是热心的观众，爬上山头，翻过篱笆，来看这一群小疯子。一幕一幕地排，一景一景地抽，戏词部位姿式忘了一样也不行，排到大家头昏脑涨心烦意懒的时候，导演宣布可以上演了。先预演一次。

一辈子没演过戏，演一回戏总得请请客。有些帮忙的机关代表不能不请，有些地头蛇不能不请，有些私人的至亲好友七姑姑八姨也不能不请，全都乘这次预演的机会一总做个人情。我们借的剧场是露天的，不，有个大席棚。戏台是真正砖瓦砌盖的。剧场可容千把人。预演那一晚，请的客衮衮而来，一霎间就坐满了。三声锣响，连拉带扯地把幕打开了。

我是近视眼，去了眼镜只见一片模糊。将近冬天，我借的一身单薄西装，冻出一身鸡皮疙瘩。我一上台，一点也不冷，只觉得热，因为我的对手把台词忘了，我接不上去，我的台词也忘了，有几秒钟的工夫两个人干瞪眼，虽然不久我们删去了几节对话仍旧能应付下去，但是我觉得我的汗攻到头上来，脸上全是油彩，汗不得出，一着急，毛孔眼一张，汗迸出来了：在光滑的油彩上一条条地往下流。不能揩，一揩变成花脸了。排演时没有大声吼过，到了露天剧场里不由自主地把喉咙提高了，一幕演下来，我的喉咙哑了。导演急忙到后台关照我："你的声音太大了，用不着那样使劲。"第二幕我根本嚷不出声了。更急，更出汗，更渴，更哑，更急。

天无绝人之路，这一场预演把我累得不可开交之际，天空隐隐起了雷声，越来越近，俄而大雨倾盆。观众一个都没走，并不是我们的戏吸引力太大，是因为雨太骤他们来不及走。席棚开始漏水，观众哄然散，有一部分人照直跳上了舞台避雨，戏算是得了救。我趟着一尺深的水回家，泡了一大碗的"澎大海"，据说可以润喉。我的精神已经总崩溃了，但是明天正式上演，还得精神总动员。

票房是由一位细心而可靠的朋友担任的。他把握着票就如同把握着现钞一样地紧。一包一包的票，一包一包的钱，上面标着姓名标着钱数，一小时结一回账。我们担心的是怕票销不出去，他担心的是怕票预先推销净尽而临时门口没票可卖。所以不敢放胆推票。

第二天正式上演了，门口添了一盏雪亮的水电灯，门口挤满了一圈子的人，可是很少人到窗口买票。时间快到了，我扒开幕缝偷偷一看，疏疏落落几十个人，我们都冷了半截。剧场里来回奔跑的，客少，招待员多。有些客疑心是来得太早，又出去买橘柑去了，又不好强留。顶着急的是那位票房先生。好容易拖了半点钟算是上满了六成座。原来订票的不一定来，真想看戏的大半都在预演时来领教过了。

我的喉咙更哑了，从来没有这样哑过。几幕的布景是一样的，我一着急，把第二幕误会成第三幕了，把对话的对手方吓得张口结舌，蹲在幕后提词的人急得直嚷："这是第二幕！这是第二幕！"我这才如梦初醒，镇定了一下，勉强找到了台词，一身大汗如水洗的。第三幕上场，导演亲自在台口叮嘱我说："这是第三幕了。"我这一回倒是没有弄错，可是精神过于集中在这是第几幕，另外又出了差池。我应该在口袋里带几张钞票，作赏钱用，临时一换裤子，把钞票忘了，伸手掏钱的时候，左一摸没有，右一摸没有，情急而智并未生，心想台下也许看不清，握着拳头伸出去，做给钱状，偏偏第一排有个眼快口快的人大声说："他的手里是空的！"我好窘。

最窘的还不是这个。这是一出悲剧，我是这悲剧的主角，我表演的时候并没有忘记这一点，我动员了我所有的精神上的力量，设身处地地想我即是这剧里的人物，我动了真的情感，我觉得我说话的时候，手都抖了，声音都颤了，我料想观众一定也要受感动的，但是，不。我演到最重要的关头，我觉得紧张得无以复加了，忽然听得第一排上一位小朋友指着我大声地说："你看！他像贾波林！"紧接着是到处扑哧扑哧的笑声，悲剧的氛围完全消逝了。我注意看，前几排观众大多数都张着口带着笑容在欣赏这出可笑的悲剧。我好生惭愧。事后对镜照看，是有一点像贾波林，尤其是化装没借到胡子，现做嫌费事，只在上唇用墨笔抹了一下，衬上涂了白灰的脸，加上黑黑的两道眉，深深的眼眶，举止动作又是那样僵硬，不像贾波林像谁?

我把这情形报告了导演，他笑了，但是他给了我一个很伤心的劝慰："你演得很好，我劝你下次演戏挑一出喜剧。"

还有一场呢。我又喝了一天"澎大海"，嗓音还是沙楞楞的。这一场上座更少了，离开场不到二十分钟，性急的演员扒着幕缝向外看，回来报告说："我数过了一、二、三，一共三个人。"等一下又回来报告，还是一、二、三，一共三个人。我急了，找前台主任，前台主任慌作一团，对着一排排的空椅发怔。旁边有人出主意，邻近的××学校的学生可以约来白看戏。好，就这么办。一声呼啸，不大的工夫，调来了二百多。开戏了。又有人出主意，把大门打开，欢迎来宾，不大的工夫座无隙地。我们打破了一切话剧上座的纪录。

戏演完了，我的喉咙也好了。遇到许多人，谁也不批评戏的好坏，见了面只是道辛苦。辛苦确实是辛苦了，此后我大概也不会再演戏。就是喜剧也不敢演，怕把喜剧又演成悲剧。

事后结账，把原拟的照相一项取消，到"三六九"打了一次牙祭。净余二千一百二十八元，这是筹款的结果。

相声记 |

　　我要记的不是听相声，而是我自己说相声。

　　在抗战期间有一次为了筹什么款开游艺大会，有皮黄，有洋歌，有杂耍。少不了要一段相声。后台老板瞧中了老舍和我，因为我们两个平素就有点贫嘴刮舌，谈话就有一点像相声，而且焦德海草上飞也都瞻仰过。别的玩意儿不会，相声总还可以凑合。老舍的那一口北平话真是地道，又干脆又圆润又沉重，而且土音土语不折不扣，我的北平话稍差一点，真正的北平人以为我还行，外省人而自以为会说官话的人就认为我说得不大纯粹。老舍的那一张脸，不用开口就够引人发笑，老是绷着脸，如果龇牙一笑，能立刻把笑容敛起，像有开关似的。头顶上乱蓬蓬的一撮毛，没梳过，倒垂在又黑又瘦的脸庞上。衣领大约是太大了一点儿，扣上纽扣还是有点松，把那个又尖又高的"颏里嗦（北平土话，谓喉结）"露在外面。背又有点驼，迈着八字步。真是个相声的角色。我比较起来，就只好去（当）那个

133

挨打的。我们以为这事关抗战，义不容辞，于是就把这份差事答应了下来。老舍挺客气，决定头一天他逗我捧，第二天我逗他捧。不管谁逗谁捧，事实上我总是那个挨打的。

本想编一套新词儿，要与抗战有关，那时候有这么一股风气，什么都讲究抗战，在艺坛上而不捎带上一点抗战，有被驱逐出境的危险。老舍说："不，这玩意儿可不是容易的，老词儿都是千锤百炼的，所谓雅俗共赏，您要是自己编，不够味儿。咱们还是挑两段旧的，只要说得好，陈旧也无妨。"于是我们选中了《新洪洋洞》、《一家六口》。老舍的词儿背得烂熟，前面的帽子也一点不含糊，真像是在天桥长大的。他口授，我笔记。我回家练了好几天，醒来睁开眼就嚷："你是谁的儿子……我是我爸爸的儿子……"家里人听得真腻烦。我也觉得一点儿都不好笑。

练习熟了，我和老舍试着预演一次。我说爸爸儿子地乱扯，实在不大雅，并且我刚说"爸爸"二字，他就"啊"一声，也怪别扭的。他说："不，咱们中国群众就爱听这个，相声里面没有人叫爸爸就不是相声。这一节可千万删不得。"对，中国人是觉得当爸爸是便宜事。这就如同做人家的丈夫也是便宜事一样。我记得抬滑竿的前后二人喜欢一唱一答，如果他们看见迎面走来一位摩登女郎，前面的就喊："远看一朵花。"后面的接声说："教我的儿子喊他妈！"我们中国人喜欢在口头上讨这种阿Q式的便宜，所谓"夜壶掉了把儿"，就剩了一个嘴了。其实做了爸爸或丈夫，是否就是便宜，这笔账只有天知道。

照规矩说相声得有一把大折扇，到了紧要关头，敲在头上，

"啪"的一声，响而不疼。我说："这可以免了。"老舍说："行，虚晃一下好了，别真打。可不能不有那么一手儿，否则煞不住。"

一切准备停当，游艺大会开幕了，我心里直扑通。我先坐在池子里听戏，身旁一位江苏模样的人说了："你说什么叫相声？"旁边另一位高明的人说："相声，就是昆曲。"我心想真糟。

锣鼓歇了，轮到相声登场。我们哥儿俩大摇大摆地踱到台前，深深地向观众鞠了一躬，然后一边一块，面部无表情，直挺挺地一站，两件破纺绸大褂，一人一把大扇子。台下已经笑不可抑。老舍开言道："刚才那个小姑娘的洋歌唱得不错。"我说："不错！"一阵笑。"现在咱们两个小小子儿伺候一段相声。"又是一阵笑。台下的注意力已经被抓住了。后台刚勾上半个脸的张飞也蹭到台上听来了。

老舍预先嘱咐我，说相声讲究"皮儿薄"，一戳就破。什么叫"皮儿薄"，就是说相声的一开口，底下就得立刻哗的一阵笑，一点不费事。这一回老舍可真是"皮儿薄"，他一句话，底下是一阵笑，我连捧的话都没法说了，有时候我们需要等半天笑的浪潮消下去之后才能继续说。台下越笑，老舍的脸越绷，冷冰冰的像是谁欠他二百两银子似的。

最令观众发笑的一点是我们所未曾预料到的。老舍一时兴起，忘了他的诺言，他抽冷子恶狠狠地拿扇子往我头上敲来，我看他来势不善往旁一躲，扇子不偏不倚地正好打中我的眼镜框上，眼镜本来很松，平常就往往出溜到鼻尖上，这一击可不得了，哗啦一声，眼镜掉下来了，我本能地两手一捧，把眼镜接住了。台下鼓掌喝彩大笑，都说这一手儿有功夫。

我们的两场相声，给后方的几百个观众以不少的放肆地大笑，可是我很惭愧，内容与抗战无关。人生难得开口笑。我们使许多愁眉苦脸的人开口笑了。事后我在街上行走，常有人指指点点地说："看，那就是那个说相声的！"

回忆抗战时期 |

　　一九三七年七月二十八日，日寇攻占北平。数日后北大同事张忠绂先生匆匆来告："有熟人在侦缉队里，据称你我二人均在黑名单中。走为上策。"遂约定翌日早班火车上见面，并通知了叶公超先生同行。公超提议在火车上不可交谈，佯为不识。在车上我和忠绂坐在一起，公超则远远地坐在一隅，真个的若不相识。在车上不期而遇的还有樊逵羽先生、胡适之太太和另外几位北大同事。火车早晨开行，平常三小时左右可到天津，这一天兵车拥挤，傍晚天黑才到天津老站。大家都又饿又累。杂在人群中步行到最近的帝国饭店，暂时安歇一夜，第二天大家各奔前程。我们是第一批从北平逃出来的学界中人。

　　我从帝国饭店搬到皇宫饭店，随后搬到友人罗努生、王右家的寓所。努生有一幅详细的大地图，他用大头针和纸片制作好多面小旗，白的代表日寇，红的代表我军，我们每天晚上一面听无线电广播，一面按照当时战况将红旗白旗插在地图上面。令人丧气的是津浦线上白旗咄咄逼人，红旗步步后退。我们紧张极了，干着急。

每天下午努生和我到意租界益世报馆，努生是《益世报》总编辑，每天要去照料，事实上报馆的一切都由总经理生宝堂先生负责。平津陷落以后报馆只是暂时维持出版，随时有被查禁之虞，因为我们过去一向主张抗日。到报馆去要经过一座桥，桥上有日寇哨检查行人，但不扣查私人汽车。有一天上午生宝堂先生坐车过桥去上班，被日兵拦截，押往日军司令部，司机逃回报馆报告，报馆当即以电话通知努生勿再冒险过桥，报馆业务暂时停顿。生宝堂夫人是法籍，由法人出面营救亦无下文。从此生宝堂先生即不知下落。不知下落便是被害的意思。抗战期间多少爱国志士惨遭敌手而默默无闻未得表彰，在我的朋友中生宝堂先生是第一个被害的。

情势日急，努生、右家和我当即决定，右家留津暂待，努生和我立即绕道青岛到济南遄赴南京向政府报到，我们愿意共赴国难。离开北平的时候我是写下遗嘱才走的，因为我不知道我此后命运如何。我将尽我一份力量为国家做一点事。

到了南京我很失望，因为经过几次轰炸，各方面的情形很乱。有人告诉我们到中研院的一个招待所去，可以会到我们想见的人。努生和我去到那里，屋里挤满了人，忽警报之声大作，大家面面相觑，要躲也无处躲，我记得傅孟真先生独自搬了一把椅子放在楼梯底下，面色凝重地坐在那里。在南京周旋了两天，教育部发给我二百圆另岳阳丸头等船票一张，教我急速离开南京，在长沙待命。于是我和努生分手，到长沙待命去了。

说起岳阳丸，原是日本的商船之一，航行于长江一带。汉奸黄秋岳（行政院参事）走漏消息，日本船舰逃出了江阴要塞，岳阳丸是极少数没有逃出的商轮之一，被我扣留。下关难民拥挤万状，好不容易我挤上了船，船上居然还有熟人，杨金甫、俞珊、叶公超、张彭春等，而且船上居然每日开出三餐"大菜"。国难日殷，再看着船上满坑满谷的难民，如何能够下咽。

　　三天后，舟泊岳阳城下。想起杜工部的诗句："留滞才难尽，艰危气益增，图南未可料，变化有鲲鹏。"乱世羁旅，千古同嗟。抵长沙后，公超与我下榻青年会。我偷闲到湘潭访友，信宿而返。时樊逵羽先生也到了长沙，在韭菜园赁屋为北大办事处，我与公超遂迁入其中。长沙待命日久，无事可做，北大同仁亦渐多南下。我与樊先生先后相继北上，盖受同仁之托前去接眷。我不幸搭乘顺天轮，到威海卫附近船上发现霍乱，遂在大沽口外被禁二十一天之后方得上岸。

一

　　一九三八年七月，国民参政会在汉口成立。我被推选为参政员，于是搭船到香港飞到汉口。从此我加入参政会连续四届，直到胜利后参政会结束为止。参政会是战时全国团结一致对外的象征，并无实权。其成员包括各方面的人，毛泽东、周恩来、林祖涵、董必武、邓颖超、秦邦宪、陈绍禹等人也在内。我在参政会里只做了一件比较有意义的事，那便是一九四〇年一月我奉派参加华北慰劳视察团，由重庆出发，而成都，而风翔，而西安，而洛阳，而郑州，而襄樊，而宜昌，遵水路返重庆，历时两个月，访问了七个集团军司令部。时值寒冬，交通不便，柴油破车随时抛锚。……① 我们临时决定，团员六人分为两组，一组留在洛阳，一组渡黄河深入中条山。我自告奋勇渡河，上山下山骑马四天，亲身体验了最前线将士抗战之艰苦。

我对抗战没有贡献，抗战反倒增长了我的经验和见识。我看到了敌人的残酷、士兵的辛劳，同时也看到了平民尤其是华北乡下的平民的贫困与愚暗。至于将来抗战结束之后会发生什么样的局面，没有人不抱隐忧的。

二

我在汉口的时候，张道藩先生（时任教育部次长）对我说，政府不久就要迁到重庆，参政会除了开会没有多少事做，他要我参加教育部的"中小学教科用书编辑委员会"。委员会分四组：总务、中小学教科书、青年读物、民众读物，以中小学教科书为最繁重。道藩先生要我担任教科书组主任，其任务是编印一套教科书，包括国文、史、地、公民四科，供应战时后方急需。因为前后方交通梗塞，后方急需适合抗战情势的教科用书，非立即赶编不可。我以缺乏经验未敢应命，道藩亦颇体谅，他说已聘李清悚先生为副主任，李先生为南京中学校长，不但有行

---

① 此处有删节。

140

政经验，而且学识丰富，可资臂助。我以既到后方，理宜积极参加与抗战有关之工作，故亦未固辞。委员会设在重庆两路口附近山坡上，方在开办，李先生独任艰巨，我仅每周上班一天，后因疏散到北碚，我亦随同前去，就每天上班工作了。事实上，工作全赖清悚先生一人擘画，我在学习。中小学教科书的编辑很需要技巧，不是任何学者都可以率尔操觚的。因为编教科书，一方面需要学识，一方面也要通教育心理，在编排取舍之间才能合用。越是低级的教科书，越难编写。

教科书组前后罗致的人才，国文国语方面有朱锦江、徐文珊、崔纫秋，公民方面有夏贯中、徐悫、汪经宪，史地方面有蒋子奇、汪绍修、聂家裕、徐世璜、桑继芬等数十位。有专门绘图的人员配合工作。全套好几十本书分批克期完稿付印校对然后供应后方各地学校使用，工作人员紧张无比，幸而大致说来未辱使命。首功应属李清悚先生。时间匆促，间或偶有小疵，我记得某君在参政会小组会议中大放厥词，认为这套教科书误人子弟，举一个宋朝皇帝的名字有误为例。我当即挺身辩护，事后查明原稿不错，仅是手民之误，校对疏忽而已。抗战期间我有机会参加了这一项工作，私心窃慰，因为这是特为抗战时期需要而做的。在抗战之前数年，国防会议曾拨款由王世杰先生负责主编一套中学教科书，国文由杨振声、沈从文二先生主编，历史由吴晗先生主编，公民由陈之迈先生主编，仅完成一部分，交教育部酌量采用。国文历史部分稿件，我曾与清悚先生共同看过，金以为非常高明，但不适于抗战时期，决定建议不予采用，而重新编写，对于此事甚感遗憾。清悚对于吴晗先生之历史尤为倾服，因为其中甚多创见，可供教师参考。陈之迈先生之公民则未曾拜读。

委员会后来与设在白沙之国立编译馆合并，我因事忙辞去教科书组主任。这时候抗战已渐近胜利。有一天王云五先生约我到重庆白象街商务印书馆晤谈，我应邀往。云五先生的办公室只是小屋一间，四壁萧然，一桌二椅两张帆布床。一张是他自己睡觉用的，另一张是他的儿子王学哲先生的。抗战时期办公处所差不多都是这样简陋，而云五先生尤其是书生本色，我甚为钦佩。他邀我为商务印书馆主编一套中小学教科书。他说他看了我主编的教科书，认为我有了必要的经验。据他揣想，胜利之后一定有新的局面展开，中小学教科书大概可以开放民营，所以他要事先准备一套稿件，随时付印应市。他很爽快，言明报酬若干，两年完成。我们没有任何手续，一言为定。我于是又开始约集友人编纂再一套教科书。这一套书与抗战无关，较少限制，进行十分顺利，如期完成。不料抗战胜利之后，大局陡变，教科书仍由政府办理。我主编的一大箱书稿只好束之高阁了。

抗战八年，我主编了两套中小学教科书，其中辛苦一言难尽。兹举一例。小学国语之国定本，是由崔纫秋女士执笔的，她比我年长，曾任山东模范国小教师数十年。国语第一册第一课是"来，来，来上学"。有人批评，这几个字笔画太多，不便初学。这批评也有理，我们只好虚心检讨。等我为商务印书馆主编教科书的时候，我就邀请一位批评我相当严厉的朋友来执笔，这位朋友是著名的文学家，没想到一个月后把预支稿酬退回，据说第一册第一课实在编不出来。于是我又请李长之先生编写，几经磋商，第一册第一课定为"去，去，去上学"，是否稍有进步，我也不知道。正说明编教科书实在不易，不亲自尝试不知其难。

三

国立编译馆迁到北碚与教科用书编委会合并，由教育部部长自兼馆长，原馆长陈可忠先生改为副馆长。合并后的组织是：总务组、人文组、自然组、社会组、教科书组、教育组，另设大学用书编委会、翻译委员会，全部人员及眷属约三百人。我任社会组主任兼翻译委员会主任。这两部分的职务也不轻。

社会组主管的是编写民众读物及剧本的编作。所谓民众读物就是通俗的小册子，包括鼓词、歌谣、相声、小说之类，以宣扬中国文化及鼓励爱国打击日寇为主旨。在这方面，我们完成了二百多种，大量印发各地民众教育机构。不知道这算不算"抗战文艺"，大概宣传价值大于文艺价值，现在事过境迁，没有人再肯过问这种作品了。主持民众读物计划的是王向辰先生，笔名老向，河北保定人，在定县平教会做过事，深知民间疾苦，笔下也好。在一起编写民众读物的有萧柏青、席征庸、王愚、解方等几位先生。在戏剧方面，除了阎金锷写了一本中国戏剧史之外，我们的主要工作是修订平剧剧本，把不合理的情节及字句大加修订，而不害于原剧的趣味与结构，这工作看似容易，实则牵涉很多，大费手脚。参加此项工作的有姜作栋、林柏年、陈长年、匡直、吴伯威、张景苍等几位。共完成了七十余种，由正中出版者计四十四种，名为"修订平剧选"。

我们也注意到场面，所以有"锣鼓经"之制作，请了专家师傅于大家下班之后敲敲打打起来，一面用较进步的方法做成纪录。大家学习的兴致很高，事后也有了实验的机会。

编译馆为了劳军演了两次戏，一是话剧，陈绵译的法国名剧《天网》，演出于露天的北碚民众会场，由国立剧专毕业的张石流先生导演，演员包括王向辰、萧柏青、沈蔚德、龚业雅和我。演出效果自觉不佳，可是观众踊跃。又一次是平剧，我们有现成的场面，只外约了一位打鼓佬。行头难得，在后方只有王泊生先生山东实验剧院有完整的衣箱，时王先生不在北碚，我出面向王夫人吴瑞燕女士商借，这衣箱是从不外借的，吴瑞燕女士竟一口答应，无条件地借给我们了。演戏两出，一是《九更天》，陈长年主演，他是剧校出身，功夫扎实。一是《刺虎》，由姜作栋演一只虎，他的脸谱得自钱金福亲授，气势非凡，特烦国立礼乐馆的张充和女士演费贞娥，唱做俱佳，两位表演大为成功。两剧之间由老舍和我表演了两段相声，也引起观众的欣赏。这些活动勉强算是与抗战有关。

翻译委员会虽然人手有限，也做了一点事。一项繁重的工作是英译《资治通鉴》。和人文组主任郑鹤声先生往复商酌，想译一部中国历史，不知译哪一部好，最后决定译这编年体的《资治通鉴》。由杨宪益、戴乃迭夫妇二人负责翻译，杨先生是牛津留学生，戴女士是著名汉学家之女，二人合作，相得益彰。戴不需上班，在家工作。这在编译馆是唯一例外的安排。《资治通鉴》难译的地方很多，例如历代官职的名称就不易做恰当的翻译。工作缓缓进行，到抗战胜利时完成三分之一弱，以后是否继续，就不得而知了。此外如李味农先生译毛姆孙的《罗马史》，孙培良先生译亚里士多德的《诗学》，王思曾先生译萨克莱的《纽康氏家传》，都是有分量的工作，虽与抗战无关，却是古典名著。

讲到抗战时期的生活，除了贪官奸商之外，没有不贫苦的，尤以薪水阶级的公教人员为然。有人感慨地说："一个人在抗战时期不能发财，便一辈子不能发财了。"在物质缺乏通货膨胀之际，发财易如反掌。有人囤积螺丝钉，有人囤积颜料，都发了财。跑国际路线带些洋货也发了财。就是公教人员没有办法，中等阶级所受打击最大。

各公共机构都奉命设立消费合作社。编译馆同仁公推我为理事会主席，龚业雅为经理，舒傅俪、朱心泉、何万全为办事员。我们五个人通力合作，抱定涓滴归公的宗旨为三百左右社员谋取福利。我们的业务繁杂，主要工作之一是办理政府颁发的配给物资。米最重要，每口每月二斗。米由船运到北碚江边，要我们自己去领取运到馆址分发，其间颇有耗损。运到之后，一袋袋的米堆在场上成一小丘，由请来的一位师傅高高地蹲坐在丘巅之上，以他的特殊技巧为大家分米。尽管他的技术再高，分配下来总还差一点，后来者就要向隅。为避免这现象，我决定每人于应领之分取出一小碗，以备不足。有时因为分配完毕之后又多出一些，我便把剩余部分卖掉，以所得之钱分给大家。如此大家都没有异议。每次看到大家领米，有持洗脸盆的，有拿铁桶的，有用枕头套的，分别负米而去，景象非常热闹。为五斗米折腰，不得不尔。米多稗及碎石，也未便深责了。

油也是配给的。人只有在缺油的时候才知道油的重要。我小时候，听说乡下人吃"钱儿油"，以木签穿钱孔，伸入油钵中提取油，以为是笑话。现在才知道油是不容耗费的物资。领油的人自备容器，大小形状各异，挹注之间偶有出入势所难免，以致引起纷争，我们绝对容忍只求息事宁人。油不仅供食用，点灯也要用它。灯草油灯是我小时最普通的照明用具，如今乃又见之。两根灯草，一灯如豆，只有在读书写作或打麻将的时候才肯加上几根灯草。

重庆有物资局，供应平价物品，局长先是何浩若先生，后为熊祖同先生，都是我的同学。最重要的物品之一是布匹。公教人员入川，没有多少行装，几年下来最先磨破的是西装裤。臀部打的补丁到处可见。后方最普通的衣料是芝麻呢，乃粗糙的黑白点的布料。我们从物资局大量购入布匹，以及牙刷毛巾肥皂之类的日用品，运到之日我书写物品价单，门前若市。对我们中国人，糖不是必需品，何况四川也产糖，只是运输不便。我们派专人到内江大量采购，搭小船运来，大为人所艳羡。

合作社不以牟利为目的，可是年终还有红利可分。平素收支分明，但是月底盘货清账，有时常有亏空，账目难以平衡。算盘打到深夜，无法结账，我乃在账簿上大书"本月亏空若干元"，作为了结。这是不合法的，但是合作事业管理局派员前来查账，竟以此为"不做假账"之明证，特予褒扬，列为办理最优。我们办合作社，都没有任何报酬，唯一安慰是得到了社员的绝对信任。

"前方吃紧，后方紧吃"，事诚有之。但这是以某些特殊阶级为限，一般公教人员和老百姓在物资缺乏物价高涨的压力之下，糊口不易，遑言紧吃？后方的生活清苦是普遍的事实，私下里嗟叹当然不免，公开的怨怼则绝对没有。

四

遇到敌机空袭采取避难措施，一般人称之为"跑警报"。

北碚不是重要的地方，但是经过好几次空袭。第一次空袭出于意外，机枪扫射伤了正在体育场上忙碌的郝更生先生。那时我正在新村的一小楼上瞭望，数着敌机编队共有几架，猛听得嗖嗖的几声划空而下，紧接着就是嘭嘭的几声响，原来是几颗燃烧弹落下了，没有造成什么损失，我在楼前还拾得几块炸弹残片。又有一次轰炸北碚对岸黄桷树的复旦大学，当时何浩若先生正和复旦文学院长孙寒冰先生在室内下象棋，一声爆炸，何浩若钻到桌下，孙寒冰往屋外跑，才出门就被一块飞起的巨石砸死！经过几次轰炸，大家渐有经验，同时防空洞的挖掘也到处进行。编译馆有两个防空洞，可容数百人。紧急警报一响，大家陆续入洞，有人带着小竹凳，有人携着水瓶，有人提着饭盒，有些人手里还少不得一把芭蕉叶。有人入洞前先要果腹，也有人入洞前必须如厕。如果敌机分批来袭，形成疲劳轰炸，情况便很严重。初，记不得是哪一年，大概是一九三九年或一九四〇年吧，五月三日重庆在轰炸中死伤了一些人，翌日我乘船去探望住在戴家巷二号的一位好友。到达重庆之后，我先在临江门夫子庙一带巡视，看见街上有一列盖着草席的死尸，每人两只光脚都露在外面。在戴家巷二号坐了不久，警报又鸣鸣响，我们没有躲避，在客厅里坐以待弹。果然一声巨响屋角塌了下来，尘埃弥漫，我们不约而同地钻在一张大硬木桌底下。随后看见火光四起，乃相偕逃出门外，只见街上人潮汹涌，宪兵大声吼叫："到江边去，到江边去！"我们不由自主地随着人潮前进，天已黑了下来，只有火光照耀，下陡坡看不见台阶，只好大家手牵着手摸索下坡，汗如雨下，狼狈至极。摸索到了海棠溪沙洲之上，时已午夜，山城高耸一片火海。竹筑的房屋烧得噼噼啪啪响，有如爆竹。希腊《荷马史诗》描写脱爱城破时的景象不知是不是这个样子。看着火势渐杀，才相率爬坡回去。戴家巷二号无恙，我在临江门中国旅行社招待所保留的一间房子则已门窗洞开全被消防水浸。这便是有名的五四大轰炸。

经此一炸，大家才认真空防。我既已疏散到北碚，没事便不再到重庆。重庆有一个大隧道，可容一两千人避难。有一次敌机肆虐，日夜不停，警宪为维持秩序在洞口大门上锁。里面人多，时间一久，氧气渐不敷用，起先是油灯一个个地熄灭，随后有人不支，最后大家鼓噪，群起外涌，自相践踏，出路壅塞，活活窒息而死者千人左右。警报解除后，有人在某部大楼上俯瞰，见有大车数十辆装运光溜溜的尸体像死鱼一样。这一惨案责任好像未加深究，市长记大过一次。

本来我在致力于莎士比亚的翻译，一年译两出，入川后没有任何参考书籍可得，仅完成《亨利四世·下篇》一种。从广告上看到《亨利四世·上篇》之新集注本出版，我千方百计地恳求有机会出国的至亲好友给我购买一册，他们各自带回不少洋货分赠给我，但是不及买书一事。抗战时期想要一本书，其难如此！在偶然的情形之下，我译了《咆哮山庄》小说一册，又译了伊利奥特的一个中篇《吉尔菲先生的情史》。此外便是给刘英士先生主编的《星期评论》写了一些短文，以后辑成《雅舍小品》。抗战八年之中我究竟做了些什么事。就记忆所及，略如本文所述。惭愧惭愧。

北碚旧游

我在一九三八年夏由汉口只身随着机关乘船到了重庆。

船在临江门码头靠岸。重庆，第一眼看上去，印象实在很深，是一座山城，在长江与嘉陵江的汇合处，抬头仰视，重庆城高高在上，傍着山坡有无数的由竹竿支撑着的破房子。熙来攘往的人几乎全是赤脚，几乎全是穿长袍而底襟塞在腰带上，不少人头上缠着一块布，令人立即兴起"异俗吁可怪"之感。

我一下船，就有友人剧专校长余上沅先生派人来接，为我雇了一台滑竿，我便躺在上而被抬了上去。我初落脚在两路口附近一个中学的宿舍里，因为时值暑假里面是空荡荡的，几十张木板床任我选择，夜间颇不寂寞，有千万蚊虫在头上乱飞。过了一夜，我搬到上清寺街上沅的寓所，他一家只租赁了三间房子，我设榻在他的阳台上，敞快通风，比屋里凉爽得多，不过就怕下雨，夜里常有雨星飘到脸上。不久在上沅楼下租得一室，室甚湫隘，小窗外芭蕉三两棵遮得屋里密不透风，白昼也

149

要开灯，而且屋门外经常有恶犬狺狺，令人不得安居。我于是又搬到了临江门中国旅行社招待所赁屋长住。我的朋友吴景超、龚业雅夫妇住在戴家巷二号，相距咫尺，我经常到他们家做晚餐。吴府设备简陋，只有藤椅三把，方桌一张，而主人好客，招待殷勤，友人徐宗涑和顾一泉、华姗夫妇及牙科韩文信大夫等都是那里的常客。饭后八圈，只计筹码，卫生之至，我则作壁上观。

　　我到重庆，名义上的职务是国民参政会参政员。第一届在汉口，第二三届在重庆，第四届在南京，我始终参预其事。这是抗战期间一个象征性的表示民意的机关。其中成员一部分代表各党派团体，一部分代表地方。我是代表团体的，但是第三届又改为代表地方（河北省），其中经过我不明白，也不想明白。参政员除了定期开会无所事事，所以我接受了教育部次长张道藩先生之邀，担任教育部教科用书编辑委员会中小学教科书组主任之职。抗战期间，后方的中小学不能停顿，但教科书的供应成了问题，而且旧有的教科书的内容亦有不合时代要求之处，所以一套新的中小学教科书之编辑与印行是绝对有其必要的。道藩知道对于教科书编辑之技术方面我不是内行，特别聘请了李清悚先生为副主任担任实际的行政工作，我只要每星期到上清寺该委员会去办公两次。这个编辑委员会，除了中小学教科书组之外，附带着还有青年读物组，主任是陈之迈先生，蒋碧微、方令孺二位女士等隶属于这一组。另外还有一个民众读物组，王向辰先生主其事，又有戏剧组，由赵太侔为主任。道藩自兼委员会的主任委员。武汉失守之后。敌机开始骚扰重庆。政府机构分别疏散。教育部迁到青木关，那是成渝公路上的一大站。

由青木关北去有一支线，直达嘉陵江边的北碚。我一面保留重庆的招待所的房间，一面随同下乡疏散。这是我和北碚发生八年关系的开始。

北碚的碚字，不见经传。本地人读若倍，去声，一般人读若培，平声。其意义大概是指江水中矗立的石头。由北碚沿嘉陵江北去到温泉，如果乘小舟便在中途遇一个险滩，许多大块的石头横阻江心，水流沸涌，其势甚急。石头上有许多洞孔累累如蜂窝，那是多少年来船夫用篙竿撑船戳出来的痕迹。大些的船需有纤手沿岸爬行拉船上滩，同时也要船夫撑篙。有一回我的弟弟治明海外归来，到北碚看我，我和业雅陪他乘舟游温泉，路过险滩，舟子力弱，船在水中滴溜转，我们的衣履尽湿，船被急流冲下，直到黄桷镇而后止，鼓勇再度上行过滩，真是险象环生。这大概就是北碚得名之由来。

我到北碚，最初住在委员会的三楼上一室，分内外两间，外间配给赵太侔，他从未来住过，内间我住，一床一几一椅而已。邻室为方令孺所住，令孺安徽桐城人，中年离婚，曾在青岛大学教国文，是闻一多所戏称的"酒中八仙"之一，所以是我早已稔识的朋友。我在她书架上发现了一册英文本的《咆哮山庄》，闲来无事一口气读完，大为欣赏，后来我便于晚间油灯照明之下一点点地译了出来。

北碚是一个自治实验区，在行政系统上是独立的，区主任卢子英先生，乃川中实业巨子卢作孚先生之介弟。他年富力强，剃光头，穿布衣，赤足穿着草鞋，说话做事十足的朴实无华。我到北碚伊始，即由李清悚、杨家骆两位陪同到办事处去见主任，适逢假期，未值。他的家是一个三合房的小院落，院里堆着粮草，晒着干菜。北碚有两三条市街，黄土道，相当清洁整齐，有一所兼善中学在半山上，有一家干净的旅舍兼善公寓，有一支百数十人的自卫队，有一片运动场，有一处民众图书馆，有一个公园，其中红的白的辛夷特别茂盛。抗战军兴，迁来北碚的机关很多，如胡定安先生主持的江苏省立医学院暨附属医院，马客谈先生主持南京师范学校，黄国璋先生主持的地理研究所，国立礼乐馆，国立编译馆，余上沅先生主持的国立戏剧专科学校，顾一泉先生主持的经济部工业研究所，王泊生先生主持的山东省立戏剧实验学院，等等。

北碚的名胜是北温泉公园，乘船沿嘉陵江北行，或乘滑竿沿江岸北行，均可于一小时内到达。其地有温泉寺，相当古老，建于南朝刘宋景平元年。虽经历代修葺，殿宇所存无几。大门内有桥梁渠水，水是温热的，但其中也有游鱼历历可数。寺内后面有两座大楼，一为花好楼，一为数帆楼，杨家骆先生一家就住在其中的一座楼上。有一天我和李清悚游到该处，承杨家骆先生招待，他呼人从图书馆取出一个古色斑斓的汉铜洗，像一个洗脸盆，只是有两耳，洗中有两条浮雕鱼纹。洗中注满水，命人用手掌摩擦两耳，旋即见水喷涌上升可达尺许。这是一件罕见的古董，听说现在台湾，我也不知其名。温泉的水清澈而温度适当，不像华清池那样的烫。泉喷口处如小小的水帘洞，人可以钻到水帘洞后面二人并坐于一块平坦的石上，颇有奇趣。水汇成一池，约宽两丈长三丈。有一次我陪同业雅、衡粹、姗嫂游温泉，换上游泳装在池里载沉载浮了一下午，当晚宿于农庄，四个卧房全被我们分别占用。农庄是招待所性质，其位置是公园中之最胜处。我夜晚不能成眠，步出走廊，是夜没有月色只有星光，俯瞰嘉陵江在深黑的峡谷中只是一条蜿蜒的银带，三点两点渔火不断地窣亮，偶然还可以听见舟人吆喝的声音。对面是高山矗立黑茫茫的一片。我凭栏伫立了很久，露湿了我的衣裳。

北碚的交通尚称便利，公路直达青木关，转到重庆，唯公共汽车实在破旧不堪，烧的是柴油，一路冒黑烟，随时随地抛锚，而且车少人多，拥挤不堪名状。车站买票，持票登车，都需要勇气与体力才能顺利地杀出杀进。持有特约证者得优先买票，身份特殊者未买票亦可先登车，大家都为之侧目。

一九三九年五月三日敌机轰炸重庆市区，平民略有伤亡。翌日我在北碚闻讯，乘船赴重庆探视景超、业雅夫妇，在船上遇到方令孺，她也是去探望朋友的，我们立在船甲板上一路欣赏小三峡的风光。一到重庆我先到被炸地区巡视，看见夫子庙墙外有尸数具，盖着草席，尚未装殓，都是赤脚的。随后到戴家巷二号，景超上班未归，傍晚我与业雅正在闲谈，警报大作。房东国货公司经理陈叔敬先生上班未归，其夫人惊骇万状，于是我们三个人聚集在房东大客厅中屏息待变。忽然一声巨响，房檐一角坍下，灰尘漫空，炸弹爆炸声接连而至。抬头一看，四处火起。我们躲在硬木大桌下面，赶快爬出来预备逃走。业雅拾起一只皮箱，房东太太提着小包袱，业雅还有两个稚子，我们仓皇出门。只见到处是人，往东去，有人喊东边起火，去不得，往西走，有人喊西边起火，去不得，我们随着人潮前进，过了夫子庙，有宪兵狂喊："下坡到江边去！"拾级下坡不是容易事，坡陡，天黑，人挤，根本看不见脚底下的石阶，只能摸索下降。业雅拉着两个孩子，我替她扛着皮箱，房东太太挽着我的胳膊。我们怕走散，不停地互相呼唤着，像叫魂一般。事后房东太太告诉我，我头上有冷汗滴在她的臂上。我们走到江边海棠溪，倒在沙滩上，疲不能兴。有人拿着生蔗兜售，我们买了几截解渴，仰视重庆山城火光烛天，噼噼啪啪乱响，因为房子都是竹子造的。过了午夜火势渐弱，我们才一步步地走上归程。戴家巷二号依然存在，我下榻的旅行社招待所则门户洞开，水洒了满室。第二天，景超向资委会借到一部汽车，我同他一家狼狈地去到北碚。这就是大家所熟知的五四大轰炸。一九四〇年一月，阴历庚辰腊八，我三十九岁生日，景超送给我一本精裱的册页，弁首题了字，提到这一段事。

因为要在北碚定居，我和业雅、景超便在江苏省立医院斜对面的山坡上合买了一栋新建的房子。六间房，可以分为三个单位，各有房门对外出入，是标准的四川乡下的低级茅舍。窗户要糊纸，墙是竹篾糊泥刷灰，地板颤悠悠的吱吱作响。烽火连天之时，有此亦可栖迟。没有门牌，邮递不便，因此我们商量，要给房屋起个名字。我建议用业雅的名字，名之为"雅舍"。于是取一木牌，我横写"雅舍"二字，竖在土坡下面，往来行人一眼即可望到。木牌不久被窃，大概是拿去当作柴火烧掉了。雅舍命名之由来不过如此，后来我写的《雅舍小品》颇有一些读者，或以为我是自命风雅，那就不是事实了。

雅舍六间房，我占有两间，业雅和两个孩子占有两间，其余两间租给许心武与尹石公两先生。许先生代张道藩为教科用书编委会主任委员，家眷在歇马厂，独来北碚上任。并且约了他的知交尹石公来任秘书，石老年近六十，只身在川。我们的这两位近邻都不是平凡的人。两位都是扬州人，一口的扬州腔。

许公是专攻水利的学者，担任过水利方面的行政职务，但是文章之事亦甚高明。他长年穿一套破旧的蓝哔叽的学生装（不是中山装），口袋里插两支笔。石老则长年一袭布袍，头顶濯濯，稀疏的髭须如戟，雅善词章，不愧为名士。许公办事认真，一丝不苟，生活之俭朴到惊人的地步，据石老告诉我，许公一餐常是白饭一盂，一小碟盐巴，上面洒几滴麻油，用筷头蘸盐下饭。石老不堪其苦，实行分爨。有一天石老欣然走告，谓读笠翁偶寄，有"面在汤中不如汤在面内"之说，乃市蹄膀一个煮烂，取其汤煨面，至汤尽入面中为止。试烹成功，与我分尝。许公态度严肃，道貌岸然，和我们言不及私，石老则颇为风趣。有一次我游高坑岩，其地距北碚不远，在歇马厂附近，有一瀑布甚为著名。我游罢归来，试画观瀑图一纸，为石公所见，认为情景逼真，坚索以去。一日偶然谈起扬州人士，我说在北平有位陈大镫（止）先生是我小时暑假为我补授国文的老师，还有一位于啸轩（硕）先生乃是我的父执，而其哲嗣则是我的学生，石公大惊，因为大镫居士啸轩先生都是他的好友，因此对我益为关切。我三十九岁生日，石老赠我一首诗，这首诗是苦吟竟夜而成，我半夜醒来还听到他在隔壁呻唔朗育，初不知他是在作诗贻我。诗曰：

赠梁实秋参政兼简醇士仲子清悚锦江

梁侯磊落人，功名非所鹜；

卅六跻参知，飞腾未为暮。

遭地实累卵，士气成党锢，

四郊况多垒，中仍费调护。

邂逅两大间，左右苦无具。

后生杂老革，张口坐云雾，

从容出一言，四座诧如铸。

世方掉清谈，艰梗孰云谕，

司空城旦书，视若刘兰塑。

何来对书巢，渊源漫相溯，

纵谈及畴昔，谬与私心附。

啸轩我故人，大镫非异趣，

文字饮旧京，不索红裙赋。

祇须媚学子，饭袋足无误。

新月兴旧月，何者色常住？

语录代文言，是非殉好恶，

论学固有真，岂云此先务？

搅搅抵死争，未解坐何故？

侯独挥五弦，宫商逗文句，

莎氏抵但丁，译笔一双炷，

偶然出小品，购者百金赂。

何意成比邻，忘言时一遇。

觥觥彭高安，三长妙独步，

造辞太阿锋，高论薄盘互，

能诗自有声，不假散原树，

余事擅鹿床，漏天呪笔朴，

赠侯一轴山，我实中心妒。

金陵陈仲子，人书静如鹜，

七截赞黑头，快意乃自吐。

有味俱吾党，朱李导先路，

双鸾曜二离，天行绝骐骥，

共侯几席间，校艺无拂忤。

我虽署戳民，何尝厌观渡？

睹侯匡济才，俯仰有余慕。

奋笔踵群贤，匪言独寐寤。

　　　　庚辰十有二月弟尹石公同客北泉

许多溢美，但有纪念价值。诗中提到的彭高安是立法委员彭醇士先生，先生江西高安人，五短身材，而风神萧散，声若洪钟，诗书画三绝不让郑虔。由于尹石公之介得识其人，生日欢宴，邀之同饮，事后他作一诗，并裱成横幅见赠，淡墨行书参差有致，诗曰：

寿实秋参政

吾闻实秋早，识面固未久，

诗人尹石公，誉之不绝口，

石公端雅士，平生严取友，

以知实秋贤，当世或无有。

君才比骐骥，千里一驰骤，

群驽苦骈足，踏者十八九。

君年未四十，声名湖海旧，

世儿徒纷纭，失笑真培塿。

纤纤新月上，冉冉度窗牖，

遥空一痕画，光芒夺珠斗。

今夕复何夕，执盏为君寿，

坐客皆美髯，议论脱窠臼。

人生贵适意，会合良非偶，

不醉且毋归，泻此如渑酒。

在另一次雅舍宴集中，醇士乘兴画《雅舍图》一幅。他作画喜欢舐笔，以控制笔头的水量，一画作成往往舌面尽黑。他的水墨山水，遒劲之中含有秀润之气，我尝戏谓："彭醇士、戴醇士（熙），何以如此之酷肖也？"他笑而不答，寻曰："我是特别喜爱戴醇士的！"雅舍本来不雅，经他一加渲染，土坡变成了冈峦，疏木变成了茂林，几楹茅舍高踞山巅，浮云掩映，俨然仙境。画毕，陈仲子先生立题一绝于其上，我记得是：

彭侯落落丹青手，写却青山莘确姿，

茅屋数楹梯山路，只今兵火好栖迟。

醇士在我的生日册页上画了一帧松竹，寥寥数笔，潇洒有致。后来他避地来台，卜居台中，遂十余年未得晤对，仅有一次我途中偶值，匆匆一握而别。后于一九五二年，我在台北度五十一岁生日时，先生见到张北海赠我的一首歌，便次韵一首，序云："余与实秋不见久矣，因思曩岁游宴之乐今不可复得，而当时朋旧零落殆尽"，不胜其感慨。今则先生已归道山矣！

陈仲子（延杰）先生，南京人，由于石公之介而参加编委会，

158

国学邃深，温文儒者，清癯如不胜衣，蓄长发及领，虽修剪整齐，与常人异。曾为孟郊、贾岛、张籍诗作注，有名于时。他送我一首诗：

> 戎火相逢三峡区，霜天腊八寿清壶。
> 黑头参政曾书策，为问苍生苏息无？

书法瘦逸，类黄山谷。

中小学教科书的编辑，我只居其名，实际上是由副主任李清悚先生负责。教科书要编两套，初中高中各一套，包括国文国语、公民、历史、地理四科。清悚南京人，东南大学毕业，少年中国学会会员，曾任南京中学校长，成绩卓著。与我年相若，丰额广颐，蔼然敦厚，而才华内蕴，诗书画俱佳，尹石老批评他，说他诗胜于书，书胜于画。我尝推崇他，琴棋书画无一不长，他则自嘲曰："你说琴棋书画么？琴弹得奇（棋），棋总是输（书），书有如画（涂鸦），画只是勤（琴）而已矣！"他曾邀我到他家便饭，家在温泉山上，桑扉茅舍，清爽宜人，如入图画中，其夫人馈事亦精，有一盆"涨蛋"泡松而有味，至今不能忘。他赠我两首诗：

醇士仲子石公锦江诸君子见示
赠实秋参政诗喜成二律

> 累卵中原系一匏，南船入蜀共西郊，
> 三年接席酬青眼，四座推君解白嘲。

奉使长安问斗鼠，再生新月照函崤，
归来十万平边策，莫使先生卧峡坳。

雅舍喜旁官道冷，青山晨夕抱秋来，
梨雕留诉三分雨，纸贵悭渲一抹梅。
鬓发催人惊岁月，文章小技挟风雷，
公卿不肯低头拾，议座生春动阁台。

壬午年夏我患盲肠炎，入江苏省医院割治，外科主任是刘
宣三医师，内科主任是綦建镒医师，悉心为我医疗，上自胡定
安院长，下至护士工友，无不特别照拂。不幸的是新兴的消炎
药物无法获得，经人辗转请托始得 Prontonsil 药针一管，肠内化
脓，两度开刀，卧床经月，几濒于危。清悚在我转危为安的时候，
送来雏鸡一只，并附以诗：

十年世变看应老，底事秋郎独断肠？
岂为莎翁扮肉券，几教多士学心丧。
不妨肝腑洗千下，算是人生又一场。
莫笑黄雏供齿颊，鸡虫得失固茫茫。

清悚的得力助手是朱锦江（浚）先生，也是南京人。比我
长几岁，老成持重，不苟言笑。工诗善画，曾画一幅花鸟贻我，
枯荷败叶，干破的莲房上面伫立着一只羽毛戟立的怪鸟，题曰：
"临风哽咽不能言"，萧瑟之气满纸，有八大风味，悬我壁上久之，
今不知何在。现只保留了一小幅藤萝，其运笔用墨之妙犹可观

也。我庚辰生日他的赠诗是：

> 蓟门梁实秋，并世能有几？
>
> 谈笑绝冠缨，大义微言里。
>
> 举杯空回筵，落笔惊龙虺，
>
> 玉尺悬胸中，斧斤存腕底。
>
> 讲学酌古今，文坛权生死。
>
> 写实浪漫篇，汇绳严律纪，
>
> 新月飞天角，朗朗耀青史。
>
> 潇洒布春风，一卷存知己。
>
> 杜陵落落人，白也不随喜。
>
> 千山劫火来，豺虎藉乡里。
>
> 才难不其然，蒲轮征君起。
>
> 文章与政事，理一而已矣。
>
> 庭梅寒作花，暗风吹窗纸。
>
> 兀兀鸡声号，谔谔此一士。

胜利后，同仁俱还都。清悚以后无消息，锦江则闻脊椎开刀遂作九泉之客。

编委会到北碚后约二年，奉命与国立编译馆合并，设在白沙的编译馆迁来北碚。教育部长自兼馆长，原有馆长陈可忠先生改为副馆长，却派张北海先生为总务组主任。许心武、尹石公二位皆引去。

张北海先生是部里的一位干员，任何地方学校有纠纷，总是派他去大刀阔斧地彻底解决，而能不辱使命。他来到北碚之初，在雅舍住了一段时间。先生广东人，北大哲学系出身，师事熊十力、黄晦闻、诸宿儒，故国学根柢非常深厚。身材高大，南人北相，而性情磊落，一似燕赵慷慨悲歌之士。嗜酒，酒酣耳热则议论激昂。好棋，能连对数局以消永昼。事务经营，文书鞅掌，固非其所好，故任职不久，即辞去。到台湾，我们又共几席，在我五十一岁时他赠我一首长诗，意气风发，如见其人：

十二月八日实秋五十一生日，召饮，
前一日适余初度

白曰昨日之日不可留，抽刀断水弄扁舟。

甫曰今日何夕不可孤，咸阳客舍为欢娱。

昨日腊七今腊八，上树寒鸡下永鸭。

物情冻死何足论，休牵众眼惊以怯。①

一梦百年真过半，炊灶依然枕窍洽。②

侔天有子一畸人，③肝胆轮囷龙出匣。④

春秋志事在攘夷，莎翁译笔其余业。

极权专政心不忍，自由民主空喋喋。

---

① 谚"腊七腊八，冻死寒鸦。"禅宗语录"鸡寒上树，鸭寒下水。"杜甫《花鸭》"羽毛知独立，黑白太分明，不觉群心妒，休牵众眼惊。"

② 《异闻集》"道者吕翁，经邯郸道上，邸舍中有少年卢生，自叹其贫困。言讫，即思寐。时主人方蒸黄粱为馔，翁乃探囊中枕以授之。生梦自枕窍入其家，见其身富贵五十年，老病至卒。欠伸而寤，吕翁在旁，主人炊黄粱尚未熟。"陈后山《八月十日二首》"一梦人间四十年，只应炊灶固依然。"

③ 《庄子》"畸人者，畸于人，而侔于天。"

④ 《拾遗记》"帝颛顼有曳影之剑，腾空而舒。若四方有兵，此剑即飞起，指其方则克伐。未用之时常于匣里如龙虎之吟。"孟郊诗"匣龙期划犀"。

162

铁肠妙语天下无，[①] 忆同雅舍羁三峡。

投老相看涨海隅，敢辞一黯沧千劫。[②]

人生识字忧患多，[③] 臧谷亡羊悲挟策。[④]

夫应再作秋虫声，[⑤] 且共淋漓倾百榼。

愿献菊潭之水千万缸，[⑥] 人间罪瘴可洗可呷。[⑦]

北海能诗，然病懒，惜墨如金。胜利后，督导华南党务，颇著辛劳，来台湾后意气消沉，虽仍加入编译馆工作，终怏怏有不遇之感。两年前以中风溘然而逝。

馆长陈可忠先生是我的同学，长余三岁，福州人，专攻化学，早在南京即为编译馆长，自谓半生精力尽在于此。可忠在北碚为副馆长，旋改任馆长，由部派叶溯中先生为副馆长，每逢举行馆务会议，可忠主席，溯中先生则俯首执笔作纪录，不发一言。编译馆业务重要，而性质单纯，需长期稳定方有功绩可言，唯有时政府人事波动，亦不能不影响及于此一近于学术

---

① 皮日休《桃花赋序》"宋广平为相，贞姿劲质，刚态毅状，疑其铁肠石心，不解吐婉媚辞，然观其文，而有梅花赋，清便富丽，得南朝庾徐体，殊不类其为人"。《汉书·贾捐元传》"君房言语巧天下"。

② 《传灯录》"一黯横空，孰为剪之？"

③ 杜甫诗"子云识字终投阁"。苏轼语"人生识字忧患始"。

④ 《庄子》"臧与谷二人相与牧羊而俱亡其羊。臧则挟策读书，谷则博塞以游。"苏轼诗"臧谷虽殊竟两亡"。

⑤ 苏轼诗"吟诗莫作秋虫声，天公怪汝钩物情，使汝未老华发生"。

⑥ 《风俗通》"南阳郦县有甘谷，谷中水甘美。云其山有大菊，水从山上流下，得其滋液。谷中有三十余家，不复穿井，悉饮此水，上寿百二三十，中寿百余，下寿七八十者名之大夭。"按菊水亦名菊潭，苏轼诗"菊潭饮约始"。

⑦ 《荆楚岁时记》"十二月八日沐浴，转除罪瘴"。

性质之机关，可忠独任艰巨，多方肆应。部派总务主任某君，尤为杰敖，令人难堪。而可忠能忍人之所不能忍，其度量之宽宏，以我所知当世无其右。编译馆早年之擘画经营，可忠实为首功。厥后可忠历任中山大学、清华大学校长，以至退休，现寓居美洲。北碚旧游，凋零殆尽，现在自由世界者，唯君与我二三人耳。

编译馆工作分为若干部分，我掌管教科书组、社会组及翻译委员会三个单位。教科书组之工作于编委会即已开始。实际工作之同事至今记忆较深刻者有下述诸位。小学国语最为重要，越是低级的教科书越需要技巧，教学法占很重要的地位，第一课"来，来，来，来上学"，是经过千锤百炼的，不是率尔操觚。担任主稿的是崔纫秋女士（刘次萧夫人），她在济南任小学教员、校长数十年，经验宏富。书出版后外界偶有微辞，甚至有些作家也不无訾议。其实，事非经过不知难。后来王云五先生约我为商务印书馆主编一套中小学教科书，预备将来胜利后使用，小学国语一科我请某作家执笔，匝月后即打退堂鼓，云："第一课编不出来！"

中学国文由朱锦江、吴伯威、桑继芬、徐世璜几位担任。公民则由夏贯中、徐悫、徐咏平、王经宪几位先生负责。历史方面有蒋子奇、程虚白等，地理方面有汪绍修、聂家裕等。以上诸先生不仅学有专长，而且各有风趣。蒋子奇，浙江定海人，东南大学毕业，嗜奕棋，固有胃疾弈时常怀饼干，喜谈相术，对我的批语是"一身傲骨，仕途无望"，皆引为知言。尝与余约，战后将邀我共游普陀礼大士，并下榻于其家舍，如今此约不能践矣。汪绍修，湖南湘潭人，中大毕业，亦嗜棋如命。与子奇每日必弈，一日空袭警报来，大家都避入洞中，这两位在室内布棋如故，弹轰然下，棋子在盘上跳荡，二人力按棋盘不使乱。第二颗弹下，瓦砾纷飞，子奇欲走避，绍修一把将他拉住："你走？你须先要认输！"胜利后绍修走东北，在沈阳晤我时赠我一副棋子。夏贯中先生，湖北人，比较年长，曾任某县长，老成持重，嫉恶刚肠，乃廉正有为之士，足当大任，而竟长守笔砚。他在编译馆任最后一任的总务主任，策画还都事宜，不免开罪于人，为群小所嫉。徐悫先生，字景宗，浙江人，机警而和平正直，为许心武所倚重。徐咏平先生，浙江人，政大出身，学识出众，复有干才。皆一时之选。教科书组的工作，我因不堪外界干扰，不久辞去，改由部派陆殿扬先生继任。几年的工夫，我学习了不少，体会了教科书编事之难，给我助益最多者是李清悚先生。

社会组是由原来的民众读物组与戏剧组合并成立的。这一组人才济济。在民众读物方而首先应推王向辰先生，笔名老向，河北保定人。他告诉我"保定府，三宗宝，铁球（老人手中玩铁球），酱菜，春不老。"胜利还乡，他从保定带给我两小篓酱菜，咸死人！向辰曾在定县平教会工作，对于劳苦民众的生活极为熟悉，他具有热忱，撰写民众读物总是全力以赴。编译馆出版民众读物，分门别类，或激发爱国情绪，或阐述一般常识，或叙说名人轶事，或介绍科学新知，达数百小册，向辰策画之功不可没。协力撰写的同仁有萧从方先生，字柏青，山东人，北大国文系毕业，学殖深厚而深自韬晦，不求人知。席徵庸先生，四川人，忠厚谦抑，熟谙本地民俗。王愚先生，山西人，于工艺机械方面具有特长。萧毅武先生（字亦五），山东人，退伍军人，断一腿，曾手刃日寇夺获其长刀，为人爽直激烈不脱军人本色，撰写抗战故事为其专长。在戏剧方面也有不少人才，如姜作栋先生，工花脸，曾受业于钱金福；林柏年先生，唱小生；匡直先生，四川人，善地方戏。还有一位马立元先生，河北人，精大鼓，能自弹自唱。我们曾修订平剧数十出，由正中书局印行。阎金谔先生，山东人，撰有一本中国戏剧史。编译馆人文组隋树森先生对于元曲深有研究，为海内外知名之士。

翻译委员会也颇做了一点事。如李味农先生，湖南人，译毛姆孙之《罗马史》，皇皇巨著，迻译多年，完成泰半。王思曾先生，河北人，译萨克莱之《纽康氏家传》，译笔精致，不可多得。孙培良先生，不详其籍贯，才学很高，而好使气，译亚里士多德《诗学》，甚见功夫，最后一年因年终考绩时无译稿，未获加薪，乃大恚，扬言欲不利于馆长，馆长适有病，床头藏巨梃以待，卒亦无事。有某博士者，据称获有某国之国家博士学位，天天到馆办公，泡清茶一杯，数年不见其只字之翻译，人莫测其高深。李长之先生，山东人，清华毕业，从杨丙辰先生习德文，发愿翻译康德批判三书，朝夕伏案全力以赴，每有得意之笔辄举以示我。翻译委员会野心最大的工作为《资治通鉴》之英译。缘尹石公先生一日语余，他有新交杨宪益先生自黔来渝，正在寻觅工作，并以其英译《离骚》译稿一份见示。我读后大为叹服，不但英文流利可诵，对原文亦颇忠实，诚译界不可多得之人才，遂由编译馆争先延聘。宪益慨然允。唯言明需与其夫人合作，乃一并延聘，实为无前例之美谈。夫人戴乃迭女士，英籍，其父为著名汉学家，牛津出身，文笔优美。我与可忠馆长及人文组主任郑鹤声先生一再商量，决定翻译一部中国史，并选定编年的《资治通鉴》。这是一部大书，

166

都二百九十四卷，宋司马光主撰，上自战国，下至五代，计一千三百六十二年，历时十九年始成书。其中不无可待商榷之事，例如关于屈原一字未提，即曾引人訾议，然大致可谓体大思精之不朽的著作。其文字固少困难，但所牵涉到典章文物有时亦甚难理解，而译者非理解透彻即不能下笔。杨先生夫妇黾勉从事，到胜利时约成三分之一，实在是一大盛举。胜利后情形如何则非我所知。

北碚除了编译馆之外还有一个国立礼乐馆。许多人（包括我在内）以为这是笑谈，军马倥偬的时候还要制礼作乐！礼乐馆长是戴季陶先生，副馆长是顾毓琇先生，分礼乐二组，礼组主任为卢冀野先生（前），乐组主任为杨仲子先生，总务主任为杨荫浏先生。事变后戴季陶先生自杀殉国，大义凛然，以知先生当年所以要制礼作乐，也自有其一贯的思想与抱负，我不禁又肃然起敬。

礼乐馆一时没有什么成绩可言，是意料中事。有楼一座，楼下办公，楼上宿舍三间，杨仲子与杨荫浏二先生各占一间，礼乐馆与编译馆俨然姊妹机关，编译馆的杨宪益先生经关说后也搬到楼上去住，三位姓杨的共居一楼，自称是三羊开泰。仲子先生除音乐外精于篆刻，所治之印遵守汉印章法，有时亦采钟鼎古文，格调高雅。业雅在北平时曾受教于仲子先生，故曾烦请为我治印两方，一方阳文"雅舍小品"，一方阴文"雅兴"。我曾由朱锦江之介由当代另一刻印家商承祚教授为我刻一印章，亦古朴可喜。杨荫浏先生，无锡人，善操笛唱昆曲，于古代乐器无所不能。卢冀野先生，南京人，东南大学毕业，为吴瞿安（梅）先生弟子，对于元曲致力甚深，而且才思敏捷，下笔成章，有江南才子之称。体胖过人，人皆呼为卢胖，先生亦恬然受之。滑稽诙谐，一肚子的笑话，常令人联想到莎士比亚中之孚斯塔夫。复不修边幅，长袍一袭，破袜布鞋，十足的名士作风。雄于酒，饕餮恣肆，旁若无人。川中少鲜鱼，饮宴时偶得大鱼一尾，尝肃立拱手曰："久违了！"取鱼头而大嚼。参政会组团视察华北前线，我与冀野俱，道出西安，我宴之于厚德福饭庄，二人对饮，烧鱼烤鸭，一扫而空。过茅津渡上中条山，冀野初次骑马，骑马如乘船，惊呼而马惊，乃跌落于尘埃之上。幸于堕马之前，情人拍一小照，得以保留其马上之雄姿。沿途投宿，睡前必写日记，详记其行程，并系以纪行之词曲一两首，多属自度曲。一路上与团长李元鼎先生争讲笑话，荤素兼备，同仁无不粲然。

冀野于制礼作乐之事甚为自得，额其斋曰："求诸室"，寓"礼失而求诸野"之意。实际上他在北碚的工作是兼任编译馆大学用书委员会的编纂。他主持《全元曲》的工作，以为隋树森先生主编《全宋词》之姊妹篇。冀野集木刻匠人二名，每日可成两三页，假以时日竟存积木版堆累如山，刷印样本则古色古香，保持旧有刻板技术，有足多者。惜未见其能竟全功。冀野为于右老之诗酒交，胜利还都后遂任监察委员，同时兼差甚多，甚至里长一职亦乐之不疲，尝对我捋须呵呵笑曰："事关基层自治，其中奥妙无穷。"事变后横遭屈辱，抑郁以终。

礼乐馆还有一位张充和女士，才女之称当之无愧，她的行书娟秀飘逸，一如其人。又善古琴，并喜昆曲。有一次在福利区大礼堂我们为劳军举行游艺会，公演评剧一出，邀张充和女士演《刺虎》，张饰费贞娥，姜作栋饰一只虎，唱作俱佳，淋

168

漓尽致，叹为得未曾有。那次演戏，我实主持其事，由老舍与我合作说了一段相声，作为压轴，从前我已记过其事，兹不赘。演剧需要行头，在川中恐怕只有王泊生先生拥有一完整的衣箱，适藏在北碚从不外借，我径访其夫人，慨然允借，无二辞。有一天，古琴名家郑颖荪先生偕荷兰汉学家高乐佩先生来北碚访张充和女士，高先生通汉语，能写汉文，能作古文，能弹古琴，实为难得的一位中国通。礼乐馆招待午膳后高先生挥其粗壮的手指，拨弄琴弦，高山流水，我虽非知音，亦不能不叹服其艺。后来张女士曾至台北，蒙她有来存问，并录音一卷而去，现居纽约，想安善也。

雅舍生涯，因为不时的有高轩莅止诗酒联欢，好像是俯仰之间亦足以快意生平。其实战时乡居，无不清苦。

雅舍的设备，简陋到无以复加。床是四只竹凳横放，架上一只棕绷，睡上去吱吱响，摇摇晃。日久棕绷要晒，要放在水池里泡，否则臭虫繁殖之速令人难以置信。我曾在重庆一个旅舍过夜，无法成眠，秉烛观看，臭虫出来吃人，不是散兵突袭，是以成行纵队进攻。我一夜没有睡觉，靠在沙发上，沙发亦同样的不靖。雅舍的床没有臭虫，要归功于我们的两位工友之勤快。一位是五十左右的黄嫂，一位是二十左右的小陈。黄嫂的任务是买菜做饭洗衣打杂，小陈的工作是以挑水担柴为主。先说水。雅舍附近无河无井，水要到嘉陵江去取，中间路途不近而木桶所容有限，一天要来回跑上十次八次。小陈的两条小腿上全是青筋暴露，累累然成为静脉肿瘤。小陈很机智，买两大瓦缸，一缸高高架起，凿一小孔，插一竹管，缸内平铺一层沙一层石一层炭。水注缸内，经过过滤，由竹管注入下面一缸，

169

再用矾搅，水乃澄清，可供饮用。另一大缸，则仅用矾搅，作洗衣洗澡之用。夏季蚊蝇乱舞，则窗上糊了冷布，桌上放了胶纸，床上挂了纱帐，亦可勉强应付。疟疾人人有份，痢疾时时提防。黄嫂是五十左右的乡妇，忠实可靠，所有家事她一手承当。她的丈夫是一位石匠，膀大腰圆而背微驼，遥望之如周口店的北京人。有一回他来，黄嫂与之发生口角，家里适有人送来的一只黄毛母鸡，险些演出一场"斩鸡头"的活剧。黄嫂天性极厚，视雅舍为自己的家。她坚持要养猪，一个家若是没有猪便不成为家。我们拗她不过，造起一个猪圈，她买来一窝小猪。每日收集馊水，煮菜喂猪，豶豆催肥，成了她的主要工作，人的三餐反成为次要。冬天晴暖之日，她在檐下缝补衣袜，小猪几只就偎在她的脚边呼呼大睡，那是一幅动人的图画。年终杀猪又是一景。闻其声不忍食其肉，何况不止是闻其声。杀猪所得，尽犒工友。

雅舍的饮食也是很俭的。我们吃的是平价米，因为平价，其中若是含有小的砂石或稗秕之类，没有人敢于怨诉。我患盲肠炎，有人说是我在宅袭警报时匆匆进膳，稗子落进盲肠所致，果如其说，那就怪我自己咀嚼欠细了。人本非纯粹肉食动物，我们家贫市远，桌上大概尽是白菜豆腐的天下。景超所最爱吃的一道菜是肉丝炒干丝。孩子们在菜里挑肉丝拣肉屑，父母看在眼里痛在心里。南开中学算是办理最善的，学生伙食之每日必备的佐膳之资其中一项是一大碗木鱼豆腐！萧毅武先生经常口中念念有词："莱阳海带，寤寐求之！"询以何谓"莱阳海带"，则狮子头之英语译音也。先生不知肉味久矣。

抗战期间，川中无高级纸烟供应，英美洋烟难得一见，有办法的人方能以三五、炮台、加立克或毛利斯享客，而且顾盼自豪。自制纸烟，双喜牌已是上品，中下人士常吸一种以爱神邱比得为招牌的纸烟，烟粗纸劣，吸食时常扑扑地爆出火花，有人戏称之为"狗屁牌"，盖邱比得一音之转。曩昔"烟酒不分家"，谁也不吝请人吸一支，但在后方时几乎每人都把一包烟藏在衣袋里，吸时则伸手入袋摸索一支取出点燃之，绝不敬客，绝不取纸烟一包放在桌上，这是我不久就发现了的一个怪现象。酒在川中并不缺乏，像大曲、绿豆烧之类产量甚丰，质亦不恶。茅台酒亦是佳制，我有时独酌，一瓶茅台一斤花生，颓然而睡不知东方之既白，上沅戏谓我为吃花酒。方令孺有一回请我吃她在宿舍里炭盆上焖的肉，一大块肉置甑中，仅加调味料而不加水，严扃锅盖不令透气，炭火上焖数小时，风味绝佳，盖亦东坡肉一类的做法。天府之国，有酒有肉，战时得此，无复他求矣。

要想穿破一套西服，不是容易事。西服破，先从裤子的后部破起。我常看到有人穿着一身西装，从后面望去，裤子后面有一块大圆补丁，用机器密密缝缀，一圈圈一圈圈的，像是箭靶。裤子上前后加补丁的就更不必说了。穿芝麻呢中山装的最多。两条裤腿都是像麻袋，谁也不能保持两条笔直的褶痕。我到华北，路过郑州，那是各方面的走单帮的大本营，物资充斥，当地驻军司令官送我一块草绿卡其布，一块黑色直贡呢，我带回来立即做了两套中山装，神气活现，黑色的一套我一直穿着到了台湾。

雅舍虽然简陋，全是常常胜友如云。有一回牙科韩文信大夫有事来北碚，意欲留宿雅舍，雅舍实无长物可以留待嘉宾，韩大夫说："打个通宵麻将如何？"于是约了卢冀野，凑上业雅和我正好一桌。两盏油灯，十几根灯草，熊熊然如火炬，战到酣处，业雅仰天大笑。椅仰人翻，灯倒牌乱。鸡报晓时，始兴阑人散。又有一次，谢冰心来，时值寒冬，我们围着炭盆谈到夜深，冰心那一天兴致特高，自动地用闽语唱了一段福建戏词，词旨颇雅。她和业雅挤在一个小榻上过了一夜。

雅舍有围棋一副，喜好手谈之士常聚于此。陈可忠、张北海是一对，伯仲之间难分高下。立法委员祁志厚先生技高一筹，祁绥远人，人皆称之为"蒙古人"，乡音甚重，不事修饰，而饶有见识，迥异庸流。有时偕一位半个黑脸的友人同来，我们背后称之为"黑脸人"，其人棋艺更高，每杀得蒙古人溃不成军，旁观者无不称快。业雅见纸板做的棋盘破烂不堪，乃裂白布一方，用黑线缝织棋路，黑白鲜明，浆洗之后熨平，高明之至。北海尝大声叱喝："这是大汉文物，蒙古人，你见过么？"蒙古人不答，仍旧凝视枰上，以其浓厚之乡音微吟："翁章枪古似，得失葱兴知。"另一对是蒋子奇、汪绍修，嗜棋如命，也常是雅舍的座上客。一日，一局甫罢，孙培良来，和绍修对弈，孙已胜算在握，绍修则寻疵捣隙不肯放松，结果反败为胜，孙大怒，斥之为无理取闹，拂袖而去。

雅舍门前有一丈见方的平地一块，春秋佳日，月明风清之夕，徐景宗、萧柏青、席徵庸三位辄联翩而至，搬藤椅出来，清茶一壶，便放言高论无所不谈。有时看到下面稻田之间一行白鹭上青天；有时看到远处半山腰呜的一声响冒出阵阵的白烟，那是天府煤矿所拥有的川省唯一的运煤小火车；有一次看到对面山顶上起火烧房子，清晰地听到竹竿爆裂声。如果不太晚，还可以听到下面路上小孩子卖报的呼声："今天的报，今天的报！"

敌机空袭是一件性命交关的大事，不过也有人等闲视之，以为未必就能中彩，而且深信在劫难逃。我来北碚之始，编委会即凿了防空洞，可容三五十人。起初均以为乡村小邑必无轰炸价值，不意连续被袭数次。第一次是操场上开运动会时敌机来袭，郝更生先生腿部中机枪弹，隔江黄桷树复旦大学孙寒冰教授被炸弹震飞的一块巨石砸死。第二次轰炸，我适在新村中国银行宿舍楼上，凭窗计数敌机架数，忽啸声震耳，弹轰轰下，房屋动摇，乃匆匆逃到屋外。在门前拾得燃烧弹壳一大片。编译馆编委会合并后，工作人数骤增，乃开辟新防空洞，可容二三百人左右，在尚未竣工时警报忽传，我仓皇入避，弹下时有狂风飕人。每次空袭警报发出，各人反应不一样，有人立即紧张，非立即排泄不可，也有人要立即进食。事实上疲劳轰炸动辄若干小时不得解除，防空洞里的生活确是难堪。不过比起重庆，北碚情形就不算严重了。景超告诉我，重庆大隧道发生惨案之日，他正在经济部大楼，俯视督邮街上数十辆大货车运尸，全裸的与半裸的尸身堆满车上，如同新宰的猪羊，有时从车上滑落一二具，一时亦无人照管。一车装若干具，若干车共装若干具，可推算而得其梗概。事后我们知道，重庆市行政当局被记过一次，没有人引咎。经过这次教训，我们学得了一个简便应急的方法，洞内之人各备大扇一把，向同一方向扇风，可有助于空气流通，我们行之颇效。

抗战期间对外交通困难，故物资供应当然短绌。政府乃控制物资以为调剂，并鼓励公教机关兴办合作社。编委会一到北碛，即设消费合作社。依法成立后，公推业雅为经理，我为理事会主席。这合作社之主要业务为经办平价米之运配，此事颇不简单。米为主要食物，每口每月可领两斗，需要按期派员赴粮政机关洽领，然后装船押运，然后卸船雇人搬运到所，请专门师傅配发。这一切需要一位忠实可靠的干员才能胜任。我们请到了一位朱心泉先生，本地人，绝对忠实，他不分寒暑任劳任怨，长年在外奔波。米运到之后，在平地上堆积成一小丘，专门师傅坐在小丘之上吸旱烟，同仁闻讯前来领米，或携洗脸盆，或提枕头套，或用包袱，手持米证，依次领取。师傅走下小丘，用一畚箕取米倒入斗内，这一举动颇有考究，其举高下注之势、其动作疾徐之间，可能影响斗内米量之多少，如不善为控制，可能不敷分配，短差甚巨。所以师傅注米于斗，然后用木板刮平，砉然一声，不多不少，恰是一斗，而且手法利落。每次分配完毕，要请他吃酒。他指点我们，在每斗之中还要舀出一小杯，以补贴耗损之用。同仁都很认真，我必亲临监视。全部分完之后有时还能剩下一斗半斗的米，我就把它出售，以出售所得之钱平均分还同仁，有时钱数太少，则购买橘柑每人一枚。每月经办一次，每次皆大欢喜。

食油也是配给的，手续更为麻烦。好像是每人十四两。同仁领油自备容器。执事者用固定容量之长柄勺入桶舀油，倒入器内，分量难得十分准确。有一位富有科学头脑的同仁，在他的玻璃瓶上预作暗记，油不足量即斤斤计较，致生龃龉。管理合作社业务最负责的是舒傅俪先生，她奉公守法，认真负责，是业雅得力的助手，她的夫君舒蔚青先生收藏话剧剧本甚夥，为张道藩先生所器重，惜以肺疾去世，所藏剧本悉归于编译馆。

傅儷先生现居台湾。另外一位工作人员是何万全先生，年轻热心。

糖虽非必需，亦不可少。市上往往不易购得，且价亦昂。乃请朱心泉先生遄赴内江，糖厂厂长为我故人，大量采购砂糖而归，低价分售同仁，每人可得四五斤，终年食糖无缺，其他机关无不啧啧称羡。其他日用必需品，如布料鞋袜毛巾牙刷之类，则可自物资局购进，物资局局长前为何浩若先生后为熊祖同先生，皆我同学，依法批购在手续上得到不少便利。我们的合作社始终是物资充足，门庭若市。每有新货运到，我手写布告通知大家，朱墨斑斓，引以为乐。朱心泉先生每次运货，常自己在途中将毛巾一打或牙刷数支举以赠人，我们起初还责怪他不该公私不分，事后才晓得这是江湖陋规，非如此无法达成任务。

白沙编译馆同仁初迁北碚，百余人的伙食是一问题，合作社奉命成立膳食部，供应此百余人的每日两餐。我们雇用了一名厨师两名伙夫，每天晚上我们商酌第二天的食谱，要营养、价廉、简便，这不是容易事。但是大家努力，我们达成了任务，一个月后同仁等均各有定居，自理炊事，膳食部随即撤销。

合作社营业每晚结帐，每月底总结帐目，清点底存，计算盈亏，我们不懂会计，没有什么复式帐簿，只是据实地一笔一笔地记载。时常月底结帐，帐面上的数字和实际的数字不能完全吻合，总是多多少少有一点偏差。算盘打到深夜，不能资债平衡，这时候我就作一决定，在帐面数字清算完毕之后，我在帐上加注，言明本月实际收支数目较帐面数目溢出若干或亏损若干，然后我签上名字，表示由我负责，并且据以公布，细帐公开欢迎查阅。同仁等信任我们，从没有人发生异议。合作社办理的情形，政府主管机关每年派员督察考核一次，编译馆合作社总是名列最优，有一次督导人员告诉我们，他从没有见过一个合作社把数字不符的情形公然记在帐上，这足以证明这个帐是真的。所以我们的帐他不要细看，匆匆一翻，满意而去，我们对他的招待是一杯茶一支烟。合作社的业务，涉及金钱与物资，欲求办理成功，必须经办人员清廉自守，公私分明，而且肯积极服务。其实，这点道理又岂止于合作社为然？

北碚旧游不止仅如上述，但是事隔四十年，记忆模糊了。其中不少人已归道山，大多数当亦齿迫迟暮。涉笔至此，废然兴叹。

华北视察散记

一、我们六个人

民国二十九年一月，我在四川北碚，接到国民参政会秘书处通知，要我参加"国民参政会华北慰劳视察团"。这一视察团的组织是根据国民参政会第一届第四次会议的一个决议案，其任务为："宣达中央意旨，慰问军民，并视察军民状况及其他文化、宣传、交通、经济等事项。"并赋权议长组织之。当时的议长就是现总统蒋先生。议长核定该团组织规则九条，并于二十九年一月指派李元鼎、邓飞黄、梁实秋、卢前、于明洲、余家菊六人为团员，以李元鼎为团长，邓飞黄为副团长。我接到这通知之后，犹豫了一阵，复函婉辞，秘书长王雪艇先生来书劝促。我自抗战以来，只身南下，辗转入川，所谓共赴国难只是虚有其名，实际上是蛰居后方徒耗食粮，真正的是无补时艰，如今有机会到华北前线巡视一遭，至少可以看看华北一带军民的实际状况，可以增长见闻，总是有益之事，所以我终于接受了这一指派。

我们预定行程，是由重庆到成都，经宝鸡到西安，赴延安，入山西，访郑州，而经洛阳、南阳以至宜昌，遵水路返回陪都。这一行程包括了整个的华北前线在内。预定需时两月。现在我先介绍我们六个人。

团长李元鼎先生，这时候适在陕西原籍，我们到了西安才看到他。他是年逾古稀的一位老者，貌清癯，留着稀疏的几根胡须，手持着一根旱烟管，风度潇洒而和蔼近人。我记得他自我介绍说："我是陕西人，我的家乡和于右任先生故里是邻近的，俗语说'十陕九不通，一通就成龙'，哈哈，我们陕西没有人才。"几句话说得又诙谐，又自负。我们在西安勾留数日，每晚都有机会听李先生讲荤素笑话。李先生是审计部长，一点官僚习气都没有，具备陕西人特有的古朴傲岸的作风。

副团长邓飞黄先生，字子航，是湖南桂东人，此人短小精悍，为人厚重。他从前曾在冯玉祥幕中，故与旧西北系军人颇多相识。他幼时清苦，在北师大读书，后赴英国深造，有新式的政治头脑。旅中朝夕同处，上下古今无所不谈，深知他是一个开明的人，对于时事诸多不满。他喜太极拳，清晨脱衣练拳，无间寒暑，有一天雪后风寒，他打完拳回来，头上热气上升，汗涔涔下，他对我说："身体是最重要的本钱，无论要做什么事，先要保住这一笔本钱。"我至今服膺他这一句话。团中诸事实际上是由他主持，任劳任怨，而气度恢宏，故能使全体合作无间。

卢前先生，号冀野，南京人，他在南京东南大学读书时我就和他相识。他胖，很胖，能诗能文能曲能唱，而又滑稽突梯，而又健谈，而又广交游，而又喜欢狂吃狂饮。在川时难得吃到活鱼，饮宴遇到烹鲜，辄除其小帽起立鞠躬，对着鱼头轻呼："久违了！"于是动手取食，如风卷残云，几根山羊胡子都沾上了鱼汁鱼刺。遇到烤鸭则下手扭断鸭颈，连头带颈而大嚼。黄酒三五斤，能立罄，无醉意。谈笑自若，旁若无人。席上有冀野，则无不欢乐。他是吴梅教授的弟子，善度曲，对于词曲一道之爱好无以复加，曾为国立编译馆编刻《全元曲》，雇刻工监督刻版，成若干种，不幸于胜利后停顿未竟全功，但已有《饮虹簃所刻曲》六十一种行世。在华北途中，每至一处，不免登临古迹，晚间回到旅舍就看到冀野摇首吟哦，撰小令一首以记其事。他才思敏捷，能出口成章，而词意稳切。朋友们半开玩笑地送他一个绰号曰"江南才子"。在我的朋友当中，没有一个人比他更像莎士比亚剧中的孚斯塔夫（Falstaff）。抗战时他任职于国立编译馆，和我同事，时相过从，兼任国立礼乐馆的礼仪组主任，尝自谓"礼失而求诸野"，因自额其书斋为"求诸室"。冀野风流自赏，实在他是一个忠厚善良的人，像他这样类型的文人，如今已不可多得。他参加本团工作，为我们的寂寞旅途平添无限情趣。

余家菊先生，字景陶，湖北人，是教育学专家，早年著有《国家主义的教育》一书，为青年党领导人之一。余先生勤于治学，著作丰富，特立独行，不肯俯仰随人，外圆内方，君子人也。患目疾甚剧，常策杖而行，咫尺之外常不能辨识人物。善医，常自处方煎药。我在途中看到他不止一次地开药方。冀野常揶揄他说："公医，公疾，公自医，公瘳。"他也不以为忤，一笑置之。他经常长袍一袭，自奉甚俭，不失书生本色。

于明洲先生，东北人，我不知道他的经历，听人说他是在东北办党务的人员。最奇怪的是，我们长途旅行共同起居几有两月之久，我们没有变得更熟一些。于先生有晚睡晚起的习惯，好几次大家登车待发，于先生尚在盥洗未毕。在这次行旅中他显得最孤独。

最后是我自己。我是在都市中长大的人，虽然也曾奔走四方，但是从未深入民间，没有体验过民间疾苦，在人生经验上可能我是最贫弱的一个。所以我这次踏上征途之后遇有比较吃苦的任务，总是自告奋勇地参加，未敢自逸，无非是想多得一点阅历。对政治我一向有兴趣，可是自从抗战军兴我就不曾继续写过政治批评的文字，理由很简单，现在是一致对外的时候。国民参政会之成立也正是基于这个理由。我这次视察归来，参政会副秘书长雷儆寰先生对我说："没想到你们清华毕业留学生出身的人也能有如此的表现！"是夸奖的话，但是想到清华毕业留学生出身的人平时给人家以什么样的印象，真是不胜惶悚。

除团长李元鼎先生外，我们五个人于一月三十日自重庆出发，一辆破烂的大汽车停在秘书处门口，照料我们上车的是雷儆寰先生，他高大的身躯和爽朗的声音好像是给我们不少鼓舞的力量。我们除了六个团员之外，还有秘书刘仲山，干事余策源、王有家、张微星，书记于振翮。而最不可以忘记的是工友卢水山，他是从前在军中跟随过邓子航先生的一名马弁，他是途中照料我们的极得力的一个人，别的不提，单说他打铺盖卷儿的本领就令人叹服，我们每夜要摊开铺盖卷儿，早晨要捆绑起来，他的手脚利落，一刹那就整理得井井有条，我至今不能忘记他的姓名和他那修长结实的身躯。我们为什么要带这样多的随从人员，我也不晓得，大概官方组织非如此声势浩大不可。

我们搭乘的这辆汽车，也是不能令人忘怀的，是标准的抗战汽车，烧的是酒精，也许是柴油，走起来扑扑地响，阵阵地喷黑烟，车身唏里哗啦地乱颤。每人一个铺盖卷儿，一只手提皮箱，高高地堆在车中间，人分两旁坐下。司机旁边的座位是唯一的雅座，当然是副团长的宝座。这辆车随时随地可以抛锚，所以预计两天到成都，可是谁也没有把握。

一声令下，我们上了征途。像奇迹一般，整天没有抛锚，当晚到达内江，下榻中国银行。经理是我的老学长孙祖瑞先生，他请我们出去吃饭，盛情可感。所谓下榻，实际上并没有榻，是大家集体睡地板，不过地板确是很平稳的，所以也很舒服，尤其是在车里摇滚了一天之后。一夜无话——不，也还有一点穿插，余景陶先生夜半如厕，归来时找不到房门，绕室三匝，不得其门而入，最后入得门来又钻错了被窝。

由重庆到成都这一条公路很特别，路基特别高，原来是预备修铁路用的路基，因军阀割据之故弃置不用，改成了公路。国家不统一，一切建设不易成功，此为一例。

车过内江，开始抛锚，到达成都附近已是夜晚。由山陵地带俯瞰成都平原，一片灯火，蔚为壮观。成都有"小北平"之称，不但地势平坦，房屋街市亦略有北平规模。在成都我们休息两天，拜会地方长官，主要的是为接洽车辆。行营主任贺国光将军以盛筵招待，宴后招瞽者唱道情，所谓道情原是散曲之一种，我只看过郑板桥作的道情，却未听人唱过。瞽者敲着竹筒，声调激亢，虽然听不出词句的意义，看他唱得有声有色，亦不觉

为之击节动容，而且负鼓盲人的风致，也古朴得可爱。有一晚
李幼椿先生设宴招待，用名厨"哥哥传"，是"姑姑筵"的嫡传，
当然菜色甚精，主客尽欢，不过细察其烹调方法，精细则有之，
特殊则未必，大抵仍是淮扬一派作风，一般川菜莫不皆然。成
都小吃夙负盛名，如吴抄手、赖汤圆之类，则皆因时间关系过
门而不入。武侯祠我们去瞻仰过，远望胜过近观，"丞相祠堂
何处寻，锦官城外柏森森"，浓密的一片柏树林确是气象不凡，
内部规模平平，和大名垂宇宙的诸葛并不相称。其他如浣花溪
的草堂寺以及薛涛井，我都是极想一观的，但因团体活动，时
间有限，失之交臂。为同仁所泥，在少城公园倒盘桓了半天之久，
不能不说是憾事。

二、闻道长安似弈棋

　　我们从成都匆匆出发，目的地是西安。我们乘的是一部军
用大卡车，当然是上了年纪的，而且是什么世面也都见过的，
唏里哗啦地向东北绝尘而去。

　　颠簸了一天，夜宿绵阳。绵阳古称绵州，在涪江西岸。我
们读杜诗，记得杜工部送严武入朝曾在此地的江楼饮宴唱和，
现有杜公祠堂在此，可是我们没有工夫去参观。绵州的大曲也
是有名的，我们也没有兴致就地品尝。一觉睡到天明，听到鸡鸣，
我披衣外出如厕，这时候残月在天，寒霜满地，走在小桥上可
以听到一层薄霜咯吱咯吱地响，我登时想起了温飞卿的名句"鸡
声茅店月，人迹板桥霜"，无意中在此得到了印证。"古今胜语，

多由直寻"，这样的句子必是由实际体验而得。当时那一派荒凉清苦的景象，使我久久不能忘，是艺术模仿自然，还是自然模仿艺术，似乎不易分辨出来。

从绵阳前进，山势渐陡，渐入佳境。在梓潼一带，有参天松柏夹道矗立，有人指点说这是"张飞柏"，是谁种的无法考证，看那苍龙蜿蜒的姿势，总该是几百年前旧物。树的大小和北平中山公园的柏树林不相上下，但是因为生在大山旷野，饱受风雨摧残，枝干显得更欹斜古怪一些。迫近剑阁的时候，汽车开始了我们想象中的正常表现，三步一停，五步一歇，到达剑阁时干脆抛锚，本想一气到广元，结果是一天的途程分两天走，但是我们沿途有了比较充分的流连风景的时间。到剑阁时已薄暮，剑阁县城外只有一条狭窄的街，崎岖难行，是县城最热闹的所在了，经警察指点，要住得舒适些只有进城去借住国民学校的教室，这不是我们所愿的，于是就在城外找了比较大的一家小店，门前有"未晚先投宿，鸡鸣早看天"字样，这一联是《西游记》里的句子，在四川普遍使用，词虽鄙陋，但是朴素得可爱。我们确实是"未晚先投宿"了，司机趁此大修车机。我们走进小店，我和邓飞黄分得一室，进得屋来第一桩事是派卢水山去买纸，糊窗户，因为窗户有棂而无纸，在这"壁立千仞"的地方，凉风飕飕，油灯无法点燃。倦极而寐，忽被床下鼾声惊醒，我唤起我的同伴，他也茫茫然，于是点起灯来一照，原来是一头大肥猪在床下酣睡，我们对店家说好说歹才算把猪请了出去。

"惟天有设险，剑门天下壮"，这剑门关就在剑阁北三十里。所谓"一人荷戟，万夫趑趄"，确是很好的形容。其实不仅剑门一处如此，我们横越巴山山脉，所见削壁叠嶂，目不暇给，

183

其险其壮似乎只有在山水画中的《蜀道图》约略见之。看了这一带的风景之后，可以体会到一部分中国山水画的布局以及皴法都是相当写实的，并非全是臆想虚构。这一条道路，已经不像李白《蜀道难》所说的"朝避猛虎，夕避长蛇"，但亦不像方孝孺《蜀道易》所说的"操舟秣马，夕往而朝还"。我们的汽车一路服服帖帖，穷一日之力而达广元，再一日而抵汉中。

由汉中到宝鸡，要翻过另一座大山——秦岭。《史记》说："秦岭，天下之大阻也。"韩退之吟得"云横秦岭家何在，雪拥蓝关马不前"的时际大概也还视为畏途。山的气势是雄伟的，但不峻险。我们到达宝鸡的时候是将近午夜，而且又值年除夕，很不容易地找到一家澡堂下榻。在北方内地旅行，住在澡堂里算是比较舒适的享受。听澡堂主人说只能供给我们清汤挂面，我便独自溜到街上，黑茫茫中在铁路边遥见一灯如豆，就在一间草棚里和一群铁路工人同桌吃了三十个热腾腾的韭菜馅水饺，这是我生平最快意的一次年夜饭。第二天一清早搭乘火车前往西安。突然间坐上火车，别是一番滋味。

在西安我们住进西安招待所，我和邓飞黄住谁都不愿住的第一号房间，因为那是邵元冲先生遇难处。北地苦寒，所以第一桩事就是置冬装。我定做了一件灰布棉外套，其厚无比，又买了一顶飞机驾驶员用的带毛的皮帽子，有了这样的装束我就可以心安理得地在前线出出进进了。西安是好多朝代的都城，气象自然不凡，城墙很整齐，街道也很宽阔，就是人少，有一股说不出的荒寒之气。有一次赴彭昭贤先生宴，乌鸦晚噪，声大无比，院里几株大树上黑压压的一片全是乌鸦，真是一幅《古林寒鸦图》。又有一次赴张伯英先生宴，院子里廊檐下全是一些古碑断碣。这都给人以萧瑟之感。

我们到达西安之后，团长李元鼎先生也来了，开始展开工作。我们先向蒋鼎文将军献旗，再向胡宗南将军献旗，我们遗憾的是胡将军称病未能接见我们。听说胡的部队是中央军队最精锐的一部分，装备也特别精良，我们很想能瞻仰他的风采。我从他的左右及部下的口里听说，胡将军很有办法，"只要中央令下，几日内即可收复陕北。"对于这样的豪语，我们自然只有钦佩。最近有人告诉我，胡将军当时并未生病，只是不喜接见宾客。

献旗是例行工作，我最感兴趣的是我们预定的延安之行。延安是个神秘的地方，有人视为不堪一击的一个窟穴，也有人视为"圣地"，更有些多事的外国记者为之渲染。中共的军队改编为八路军，至少在名义上是国军的一部分，我们视察慰劳华北军民自然不能把延安遗漏。我个人更想亲自看看共产党控制下的地方究竟是什么样子。有一次，我在重庆和刚自延安访问归来的左舜生先生谈起，他告诉我一件小事，他说延安没有官僚气，任何衙门没有岗卫，老百姓可以昂然直入和官员谈话。左先生是反共的人，由他口里说出这样的话是很能引起我的兴趣的。现在我有机会访问延安，当然高兴。于是我们拜访驻西安的八路军办事处。办事处的一位副处长是不久以前在北大毕业的，他认识我。我从北碚来时还携带了俞珊女士托我设法转交给她弟弟俞启威（后改名黄敬）的一封私信，这位副处长告诉我俞启威在河北打游击，信可以设法代转，于是我把信交给了他。我们的谈话很融洽，他答应转报延安为我们洽商行期。我们在旅寓等候了好几天，接到重庆转来毛泽东致参政会电，电文大概是这样的：

> 国民参政会华北慰劳视察团前来访问延安，甚
> 表欢迎，唯该团有青年党之余家菊及拥汪主和在参
> 政会与共产党参政员发生激烈冲突之梁实秋，本处
> 不表欢迎。如果必欲前来，当飨以本地特产之高粱
> 酒与小米饭。

我们研究电文，颇感困惑。我和余家菊是不受欢迎的，但是又
答应给我们高粱酒与小米饭吃，不知是什么意思。我不知道延
安为什么欢迎青年党的左舜生不欢迎余家菊。至于我，在参政
会和共产党参政员发生激辩的事是有的，至于"拥汪主和"则
真不知从何谈起，这只是文人笔下只顾行文便利不惜随便给人
乱戴帽子之又一例证而已。于接到重庆的指示之后，我们集议
决定放弃延安之行。对于我个人来说，是很大的损失，因为我
不得亲眼看看那一边的实在情况。

我们到西安西边的咸阳去参观"劳动营"。咸阳是有名
的地方，秦始皇的陵寝在那里，阿房宫的遗址也在那里，但是
我们没有工夫去凭吊，只遥远地展望了一下埋葬秦始皇的一座
大土丘！咸阳在渭水北岸，一片沙砾黄土，景象荒凉。劳动营
就是集中营，主持人是蒋坚忍将军。据说里面集中受训的人有
两种，一种是各地知识青年奔往陕北在半途中被截留来的，一
种是从陕北出来准备到各处工作的知识青年在半途中被截留来
的，数目我已不记得，大约是以千计的。营里面实施军事管理，
整齐清洁，尚无虐待情事，设备当然是谈不到，我看他们睡觉

的地方就是在地上铺块席子，泥砖做枕头，我心里还是很难过的。我们被安排与几位学员代表谈话，当然未能深谈，但已可发现他们精神是愉快的，他们有笑脸。这样多的青年被关闭在一个营地里，是一件不寻常的事，而且是一件悲惨的事。我是一直在学校里教书的人，经常与青年接触，"不满于现状"的情绪到处弥漫，其中有很大一部向往陕北，这一危险的信号谁都看得见，但是现状越来越令人不满，危险越来越大，而朝野上下没有根本解决的办法，咸阳劳动营能收多大的围堵效用呢？胡宗南将军几日之内即可收复陕北的豪语，以及咸阳劳动营的设立，使我对于未来华北的阴影深抱隐忧。谁都感觉到山雨欲来，谁都知道这不是单纯武力所能解决的问题。

华清池不能不去巡礼一番。池在临潼，在西安之东不远，风景无足观，但泉水极佳，清莹透底，热得有一点烫。后山坡上一块岩石刻着"浩然正气"四字，一行人等都忙着在那下面拍照，不知大家是否都曾想过西安事变之前因后果。华清池的庭园布置颇为俗恶，一点也没有保存我们中国的园林之曲折掩映的妙趣。倒是途经灞桥，虽然一片荒凉，可是那座七十二孔的破桥，岸上那株衰柳，还依稀留着一点情调，令人生出思古之幽情。西安城南之终南山，我们并未深入，所以没能发现其中有什么"钟灵毓秀，宏丽瑰奇"之处。半路上探视武家坡传说中之王宝钏的窑洞，洞在西安东南十二里的曲江池畔，只是土坡上掘成的几个破窑，窑门口有一副对联："十八年古井无波，为从来烈妇贞媛，别开生面；千余载寒窑向日，看此处曲江流水，想见冰心。"里面四通八达，面积倒也不小，供着王宝钏、薛平贵的泥塑像，香火缭绕，俗不可耐。慈恩寺之大小雁塔是

187

唐玄奘建，据说从建筑学的眼光看，此塔有独到之处。后来进士们于杏园宴后到此题名，说起来是儒林佳话，其实是可嗤的陋行。碑林是大可观赏的地方，可惜这时候大部分石碑上都糊了泥土，为防敌机轰炸之故，我们空走一遭，精品全没有看到，但是看到了于右任先生早年书翰数通摹勒上石，字大不逾寸，豪放之中有妩媚，我觉得比他的大字还好看。碑林外面卖拓片的很多，价奇昂，对于这种"黑老虎"我未敢问津。

在西安盘旋一周，陕北之行既作罢，我们打算派代表进入山西会见阎锡山先生，经联络之后，知道路途难行，阎先生亦来电劝阻，我们便决定东发，一部分过黄河进入中条山，一部分先到洛阳守候，就这样我们结束了西安的七日之旅。

三、跃马中条

我们在西安遇到李兴中将军，他刚从中条山下来，从他口中我们得知中条山形势的大概，所谓"九沟十八坡"，大起大落，山势颇为险峻，除骑马外别无其他交通工具，我听了之后惶惶然，因为我只骑过驴，没骑过马。但是我已经自告奋勇要参加中条之行，只得前进，不能退缩。

从西安乘火车至华阴，改乘军用大卡车至阌底，绕过潼关，因为敌人自风陵渡隔河炮轰潼关，火车不易闯过。这一段路好生难行，既非山路，亦非平原，说它是山路则根本不见一块岩石，说它是平原则明明高岗深谷令人目眩，只有一片黄土，两辆卡车过处，黄尘滚滚，不辨咫尺。这种黄土断崖只有黄河沿岸见之，没有一株树，没有一棵草，全是黄土泥。一天走下来，鼻口耳眼全都灌进了黄土，最大的享受是一盆热洗脸水。但是最令人难忘的景象是匍匐在黄土道上的零零落落的伤兵，我们匆匆一瞥，随后他们就消逝在黄尘弥漫之中。我们清楚地看见，伤兵脸上的颜色是白蜡一样，胳膊腿细得像直棍，衣裳当然是又脏又破。这些伤兵显然没有受到照顾，实在令人惊讶，后来听到一些军中人员讲起，抬一个伤兵到后方，需要四个人的力量，所以比较轻伤而有痊愈希望者便设法抢救回去，伤重而无生望者便顾不得了！不知所说有多大的真实性，无论如何，总是很惨。

从阌底又搭上火车，到陕县，邓飞黄、卢冀野和我三个人下车准备进入中条，其余的几位直赴洛阳等候我们。陕县是个小地方，我们在专员公署休息片刻之后便徒步走向河边。途中经过一个小镇，有一家门口贴着红纸招贴，我好奇地走过去一看，只见上面写道："捷报恭喜贵府大少爷高中本县第一中学第八名及第……"像这样的捷报我看见有好几张。时在民国三十年，居然还能看到类似《儒林外史》里所描写的景象！

我们走到黄河边，横在前面的滚滚浊流声势浩大，焦黄的泥水拍在焦黄的泥岸上，发出不断的澎湃之声。这时候天是阴沉沉的，大风过处又挟带着黄沙，可见度不高，蒙昧暧昧之中显着异常的凄凉。我不禁想起古诗《箜篌引》："公无渡河。公竟渡河！渡河而死；其奈公何！"

寥寥十六字活画出一出渡河的悲剧。不身临黄河边，便不易体会出这首诗的气氛。正指顾间，一声欸乃，一艘木船不知从哪里窜了出来，船夫一面摇橹一面呼唤，那呼声很细弱但是

189

很凄厉。这时候，岸上遥遥出现一队人，担着大筐小篓络绎而来，原来是一些伙夫，担着的是鸡鱼蔬菜，其中有一个说了："今天为什么买这么多东西？"另一个说："司令部又来了什么客人？"另一个说："中央来的！"事后证明这些东西就是给我们吃的，慰劳前方者反被前方慰劳！中条山上没有什么出产，"伯夷叔齐饿死于首阳之下"，首阳山即雷首山亦即中条山，可见自古以来就是挨饿的地方，到如今一切补给还要从河南送去。这艘木船是长方形的，齐头齐尾，宽宽大大的，所以斜岔里向上游行驶，再斜岔里向下游漂送，很稳地到达了对岸上自古有名的茅津渡。

　　登岸后就看见一簇人马在迎接我们。我们每人分得一匹马，都是些矮小的战马，鬃毛粗乱，浑身泥土，但是都精神抖擞，大有"哀鸣思战斗，迥立向苍苍"的气魄。冀野踏蹬上马稍为费一点事，一个马夫很难把他推上马背。大家都骑上了马，有人开始拍照，合拍分拍，然后才前呼后拥地结队前进。起先由马夫牵着马走，随后就由自己掣着缰绳。我骑的一匹马很好，踯躅嘶鸣，意气骏逸，我觉得很是愉快。走着走着到了一片池沼，水不深，所以马涉水而过，但是马夫要绕路而行。冀野离了马夫便六神无主，他的那匹马可怜负载过重，气喘汗流，一见水便低头饮水，冀野向前一扑抱住了马头怪声大叫。这一叫，不打紧，他的马惊了。一马惊逸，所有的马跟着飞奔。我只觉得耳畔风声呼呼，好像是要腾骧于四极之外。这时节冀野早已滚鞍落马。我两腿夹紧马腹，手里握紧缰绳，风驰电掣一般向前冲去。邓飞黄在后面高呼："不要紧，放松缰绳！"我放松缰绳，无效。他在军队里工作过很久，骑马是常事，应该有些经验，

190

但是不大工夫，扑通一声他也从马上滚了下来，后来据他说是自动放弃坐骑的。我一马当先，越跑越快，当时心想辜鸿铭所译的那篇《疯汉骑马歌》，其实那汉不疯，是马使得他狼狈不堪而已。使我格外着慌的是前面的一片酸枣林，密密丛丛，在里面驰骤需要不时地俯在鞍上躲避那多刺的树枝。最后遇到一条沟堑，马一跃而过，而我却飘飘摇摇地落在沟里了，头一昏，眼一黑，什么都不知道了。醒来时只见大家围绕着我，我浑身疼痛，一瘸一拐地随着大家步行前进。那几匹惊逸的但是识途的马早已返还了营部，营部的人一看这几匹背上无人鞍辔不整的马飞奔而至，心知不妙，派人出来营救，把我们迎到营部。

在营部睡了一夜，浑身骨骼好像是散了一般。这是在中条山之麓。头一天在平地就出师不利，我们颇为丧气，不知入山之后又当如何。翌晨出发，营部官长特别体贴，给冀野预备了一匹骡子，据说这骡子脾气最好，力气又大，脚步又稳，任重道远，非它不可。不料这骡子又高又大，无论如何冀野爬不上去，后来爬上路边巨石，站在石头上才一步跨上鞍。他块头太大，踞在鞍上格外显着头重脚轻，走起来摇摇晃晃。入山后不久，他就面色铁青，大汗淋漓，两腿抖颤得像肉冻，随行人员发现后喊停，我们三个人席地会商，一致决议，派两名卫兵护送冀野返还营部，然后单独渡河先去洛阳，我和飞黄继续前行。冀野舍了骡马，徒步走了回去，五步一歇，十步一停，好容易走到营部，原来招待我们过夜的房屋是暂借来的，此际早已还给乡民了。

"九沟十八坡"毕竟名不虚传。山与山不同。有的山是层峦叠嶂，有的山则深岩邃谷，有的多嶙峋怪石，有的擅林泉之胜，中条山全不是这样。中条山是一座包着黄土泥的大山，偶然看见一些岩石，不大看见树。我们上坡骑马，一步一步地向前拽，下坡就要揪着马尾巴一步一步地往下溜。沿途看见不少失足坠涧的死马。这时候是隆冬天气，北风怒号，砭人肌肤，戴上皮帽子就汗流如注，摘下皮帽子就汗滴成冰。路边偶然有一片枯黄的半截草茎，大风吹上去发出尖锐的啸声，所谓"疾风劲草"大概就是这个景象。

骑行一天，筋疲力竭，好容易挨到了师部所在地的郭原，这是一个小小的村庄。师长姓张，忘其名，福建人，面瘦削黝黑，久历戎行，经验甚丰。他的司令部设在一个窑洞里，这窑洞与武家坡的那个不同，这个是在山壁上挖出来的，从外面看门窗户壁俱全，完全像是普通房屋，里面甚为深邃，当然黑暗一些，但是据说冬暖夏凉。时值新春，山中乡民嬉戏，有锣鼓声，数十人在广场上列队游行，有两人执国旗前导，不是青天白日旗，而是红黄蓝白黑的五色旗，真是"不知有汉遑论魏晋"！

过一天继续前进，山势愈陡。两腿在鞍上摩擦过久，皮肤瘀血，后来血涔涔下。舍骑步行，则膝盖如针刺。沿途休憩，耽误不少时间，眼看着日暮崦嵫，而前途茫茫。大家鼓勇趱路，翻过一坡又一坡，几次下坡时连人带马一齐滑溜，幸喜及时稳住，一失足便不堪设想。暮霭苍茫中迎面忽然人影幢幢，一队人马之中还有两部很特殊的轿子，是把硬木制的太师椅捆绑在两根大木棍上，由四人肩抬着，是集团军司令部派来迎接我们的。我由马上移到太师椅上，那份舒适真不可以形容，但是我心里又难受起来，太师椅本身很重，木棍又粗，抬的人实在吃力，昏黑中一脚高一脚低地奋步疾走，吁声喘声和踏枯叶声织成一片，走不远就换一回班。一轮明月在松树林后升起，松干像是铁栅栏。忽听得几只喇叭吹出了欢迎的调子，俄而两排士兵夹道举枪，原来我们已抵达了集团军司令部所在地的望原。

总司令孙蔚如将军，陕西人，原隶杨虎城麾下，身躯魁梧，而谈吐儒雅。席间把酒畅谈，感慨万千。据他相告，当局有令，重武器一概不准过河，孤军远戍，不能发生什么作用。天气晴朗时，从望原即可遥望运城附近敌人建筑的飞机场，有时还可以看到飞机起降，但是无可奈何它。我们既不能出击，又未必能固守，一切给养全要由河南接济，形势自然令人苦闷。我看士兵用膳，全是干饭，没有喝稀饭的，这是差堪欣慰的一件事。

由望原前进可抵曾万钟部所在地，因时间不许，翌日循另一小径下山，直趋另一渡口，过河至会兴镇上火车赴洛阳，在过河之际得睹一奇景，在木舟上观看砥柱山。据《水经注》说："昔禹治洪水，山陵当水者凿之，故破山通河，河水分流包山而过，山见水中若柱然，故曰砥柱。"像是矗立在水中央的几根大石笋，在那里兀立不动。从前只知道"砥柱中流"四个字，现在看见了实景。

四、郑洛道上

洛阳自古是帝王都，所以古迹甚多，但大都芜没，也就显着十分敝坏，兵马倥偬之际益发荒凉。市区狭隘，站在城中四下一瞥，全城景色尽收眼底。《世说新语》所说潘岳"少时挟弹出洛阳道"，那情景简直不可想象。倒是西工一带地势宽敞，当年吴佩孚开府洛阳驻节于此，鹰扬虎视，气象不凡。我们抵达洛阳之后第一件事就是向当地最高军事长官卫立煌将军赠旗。地点就是西工。

卫立煌将军是战区司令，面团团，短小精悍，留着一撮短髭，穿着一双马靴，脸仰着的时候多，但偶然也有笑容——这是我所有的全部印象。在赠旗的那一天，西工大操场上搭起一座高台，悬挂着布帷，大风吹得布帷扑噜扑噜地响，台上是受旗的卫将军和我们团员，台下是密集的队伍。一切进行如仪，但是中间也有小小的纰漏。主席邓飞黄不知为了什么缘故读《总理遗嘱》时突然忘词，我在旁提词三数次才得勉强完成这一节目。此行赠旗十余次，以这一次为最尴尬。

赠旗任务达成之后，另一任务就是到郑州一行，自告奋勇的仍然是邓飞黄、卢冀野和我三个人。三月三日，大雪初霁，我们率领随员侍卫分乘两辆军用卡车东行。起初是一路观赏风景，颇不寂寞，尤其是遥望北邙山，虽然未能"陟彼北邙"，但也不免心伤，不禁想起沈佺期的诗句："北邙山上列坟茔，万古千秋对洛城。城中日夕歌钟起，山上唯闻松柏声。"生死存亡成一鲜明对照，真令人发一深省。石崇金谷园的遗址未能凭吊，但是在白马寺却停留了一下。汉明帝时摩腾、竺法兰自西域以白马驮经而来，舍于此，故名白马寺，这是中国最早的僧寺，现在只剩下几块地基石在荆棘丛生中约略可辨而已。过偃师时，望见嵩山。车过巩县，渐形崎岖，路上积雪甚厚，上坡下坡时汽车不住地吼哮颤动，有时候需要我们下车推送。猛然间车轮陷在一条充满雪泥的辙道里，车轮空转而车身不动，大家束手无策。遥见山岗上有一茅屋，我踱了过去，里面有一老者，屋里有锅灶之类，像是卖饭所在。我正饥肠辘辘，问他有什么东西可以充饥，他说："挂面。"挂面之外就只有盐。盐水煮挂面也很不错，但见老者拾起脸盆就往外跑，因为此地无水，他需要跑到一个比较雪深未融的地方去取雪，把雪煮成水之后才能煮面。雪液烹茗，文人雅事，雪水下面，闻所未闻。雪水是混浊的，煮出面来可想，但是饥者易为食，也很满意。食毕，但见汽车旁边挤满了人，原来侍从的人们已找到了当地的保甲长，征调了几个老百姓牵着他们的耕牛而来。一头头的耕牛用皮带子系在车轴上，一个人高高站在汽车顶上。一声吆喝，长鞭一挥噼啪作响，几十头牛连同几十头牛的主人一齐往前拽，汽车于撼顿颠簸之中居然前进无阻。这样行了一程，才算脱险，苦了那群乡人，在保甲长的逼迫之下毫无报酬地每人流一身臭汗踏两脚烂泥！原来计划当天就可以到达郑州，抵汜水时即已天黑，觅得一家澡堂勉强过了一宿。

郑州可以说是当时最前线的一个据点。驻守郑州的是集团军司令孙桐萱将军。他本是旧西北军韩复榘的部下。郑州的形势很特殊，按理应该是最紧张的一个地方，但是相反的，由于种种微妙的关系，那地方成为走私的孔道之一，市面相当繁荣。走私的人有不寻常的身份，横行无阻。饭馆、戏班、妓娟、鸦片烟，整套地呈现在我们眼前。是什么力量屏障着这畸形的繁荣？主要是我们的那一条黄河。在敌人长驱西进的时候，我们在花园口炸开了黄河的堤防，这一个决口使得黄河在豫东泛滥，淹没了好几县，一向为患的黄河这一回建立了殊功，阻止了敌人的侵略。在战略上讲这是绝对正确的措施。在执行的时候，是否尽了最大的努力以期减少这一地区人民的生命财产损失，是否尽了最大的努力以安抚流亡，那是另一问题。黄河水挡住了敌人的铁骑，却挡不住无孔不入的走私客。走私货的大宗是外国香烟。我们到了郑州之后就被招待去参观花园口的黄河口处，吉普车行一小时余而达，只见一片汪洋，浩浩荡荡，横无际涯，看不见一个屋顶，看不见一株树头，徘徊无语，愀然久之。

我们在郑州受到最豪华的招待，下榻处是铁路饭店，每人分配到一栋独立的小洋房，彼此不得交谈，反倒觉得寂寞。据招待人员说，和我们同时到达郑州的有一位声势煊赫主管水利的大员，司令部打算为我们合并举行一次欢迎晚会，我们期期以为不可，婉言谢绝。其实对于这位大员，我们素昧平生毫无恩怨，只是听说此公从前治黄时曾捉得一条水蛇当作龙王供奉，腾笑朝野，在其他方面也没有好的口碑，所以我们觉得其人可嗤，羞与为伍。晚会虽未合并举行，但是我们还是接受了单独的一场盛大招待，主要的是一场河南梆子戏。戏唱得很好，不过偌大的戏院里主客各据一张八仙方桌，此外便全是席地而坐的士兵，我们有如坐针毡之感。而且有些耳目声色之娱，放在一个理应"刁斗昼夜惊"的地方，也令人心里不安。

在郑州盘桓两三日，只遇到一次空袭警报，我们步入了很单薄的掩蔽体，结果是空中发现一架侦察机，虚惊一场。临去时孙桐萱将军送给我一顶俘获的日军钢盔，戴在头上分量很重，里面还染有血渍，这是抗战期中我所有的一项最有意义的纪念品。这一顶钢盔后来我在一次义卖中捐献劳军了。

从郑州回到洛阳之后，我们还有几天闲暇，正好游览名胜。洛阳之南有洛水、伊水。横跨在洛水之上的是有名的天津桥，汉唐以来代有修缮，我所看到的则是近年补葺的，桥面上铺着木板，桥栏也是一副寒碜相，但是想起邵康节天津桥上散步闻杜鹃，还是不禁神往。再南行至伊阙，伊水过处，两崖对峙如阙，故名。此地形势甚佳，庙宇亦多，有所谓龙门十寺，游观之盛以香山为冠。我们在西崖遥望可以看到香山寺，那是白居易与僧如满结香火社处，据说上面有香山居士墓，可惜我们未能攀跻。西崖是龙门龛，大小洞窟不计其数，伟大庄严不及云冈，但是玲珑剔透为云冈之所不及，而且到处有文字刻石。云冈没有碑刻，直到后来日本学者搜查窟顶才略有发现；龙门石刻早已天下闻名。我小时候的习字帖就有"龙门二十品"在内，号称魏碑，全是些北魏时代的造象记述文字，如杨大眼、魏灵藏之类，或则沉着劲重，或则端方峻整，我总嫌其刀斧痕太重，不喜临摹。现在我到了龙门，所有精品均早已被人挖去，劫余残迹，一片凄凉。

五、从卧龙冈到长坂坡

从洛阳南行，经叶县，这虽是个小县分，但东通漯河，是华北沦陷区与后方之间的交通大道，所以相当繁华，沿途所见尽是满载旅客的柴油车在黄尘滚滚中吼哮着行进。我们下车打尖，眉发皆黄。薄暮时抵南阳。

南阳这一区域，号称宛属，在河南是世外桃源，据说这地方做到了路不拾遗、夜不闭户的地步，没有土匪骚扰，百姓乐业，人户丰赡，至少我亲眼看到各地的路途非常整洁，绿树成荫，路面平坦，路旁很少荒地，人民脸上也较少菜色。这治绩应归功于一位传奇性人物别廷芳。我们到南阳的时候别廷芳早已故世，他的儿子在继续着做宛属事实上的统治者，他的名义是别动队司令。这样一个民团组织的领袖人物竟发挥出无比的影响力量，远不是一般正式的地方军政长官所能梦想得到的！这道理在哪里，是颇值得深思的。听说别廷芳有一句口号："人不离枪，枪不离乡。"这就是保境安民的思想，也就是在恶劣环境中逼出来的一种无可奈何的思想。

南阳是汤恩伯将军驻节的地方，我们到达的时候据说正值公出。招待我们的是警备司令孔繁×将军，他送了我们每人一份岳飞书诸葛武侯前后出师表的拓片，《后出师表》是否武侯所作，字是否武穆所写，都没有关系，总是有意义的纪念品，而巨字迹龙飞蛇舞，亦颇不俗。在等候汤恩伯将军的时候，我和邓飞黄又有唐河之行。

唐河在南阳东南，在颠簸的路上走了半日始达，访孙仿鲁（连仲）将军于其司令部。所谓司令部就是几间租用的农村民房，简单朴素之至。可是我们很高兴，因为这才像是一个在前线作战的将官所应有的指挥所。勇敢善战的孙将军有北方人的高大体格和朴实的性格，而且保持了西北军的优良传统——不扰民。他麾下的伤兵没有被遗弃在战场上的，但是从不动员民众来做抬架的工作，都由士兵们自己担任，这一件事值得大书特书。孙将军的司令部有一项极出色的设备，那就是浴室。他有洗澡的癖好，无论走到哪里都设法布置洗浴的方便。唐河没有自来水，于是在室外高高装起两只木桶，内储冷水热水，室内水龙头扭动即有冷热水汩汩而出。室内裱糊一新，四白到地。手巾完全消毒，用纸包好。尤奇者是有两名河北定兴县的工人专司搓澡修脚，手艺之精无以复加。这一大奢侈，司令部中高级官员均可享受。我们抵达后，浑身灰尘，孙将军就要我们入浴，我起初谦逊不遑，实际上也是在乡村中不敢轻易尝试。经一再敦促，才敢从命，竟得到出发以来所未曾有过的舒适洗浴，至今不忘。西安的珍珠泉（澡堂），临潼的华清池，都不能给我以更深刻的印象。

我们翌日回到南阳，只剩下游览可做了。先是逛街，无足观，驰名的南阳玉，都是些乌黑墨绿的货色，而且珞珞如石，既无玢豳文理，复少莹拂之功，我国手工艺之江河日下，此其一例。卧龙岗在城西南七里，相传是诸葛亮结庐隐居之处，我们当然是要去一看，虽然我们明知诸葛高卧隆中应该是在襄阳而不是南阳。所谓卧龙岗，气势确是不凡，一片平原突然隆起一条土冈，长约百丈，高三两丈，不懂风水的人也会觉得此地钟灵毓秀饶有奇气。不过按照清一统志所说的什么发脉于嵩山蜿蜒数百里至此而蟠结的话，我一点也看不出来。因为明明的是一条土冈，根本谈不到脉。冈上有庙，入口处有石坊，榜书"千古人龙"四个大字。是一个道士庙，庭院湫溢，烧香的、求签的以及卖饮食的小贩应有尽有。道士出来奉茶，语言无味，俗不可耐。最令人忍俊不禁的是旁院刘备三顾茅庐的塑像，完全是按照皮黄戏里的模样塑造，羽扇纶巾的孔明坐在小小的茅庐里，刘备长揖不起，恼煞了外面的张飞满面愠怒之色！塑像还涂了鲜明的油彩，更增加了庸俗的气氛。一个大名垂宇宙的人物，其相传结庐之处竟变成这样的情况，没有一点肃穆清高的情趣。祠内有几副楹联，颇有趣。一云："一心在先帝后帝；何必问襄阳南阳？"又云："巾扇任逍遥，试看抱膝长吟，高卧尚留名士迹；井庐空眷恋，可惜鞠躬尽瘁，归耕未遂老臣心。"再一联云："立品于莘野渭滨之间，表读出师，两朝伟业惊司马；结庐在紫峰白水之侧，曲吟梁父，十载风云起卧龙。"不知何人手笔。

由南阳南行，入湖北境到老河口。老河口据汉水之滨，是一商旅重镇，李宗仁将军坐镇于此。我们为了赠旗得有数面之雅，他在应对之间显得是近于木讷敦厚的类型，没有给我们特殊的印象。

再南行到襄阳。在此我们不曾歇宿，可是我看到了一个奇景。黄昏时候，在城外步行，听得江水呜咽，半涸的河床之中仍有激湍，两岸全是沙砾，落日欲没，斜晖照着对岸樊城的城垣，那城垣上的雉堞并未圮毁，清清楚楚地衬映在一片绚烂的夕阳之下，这一幅又鲜明又冷漠的图画永远不能在我心头磨灭。襄阳城是冷清清的，真像是一个"鬼城"。不知道这城里的人都到哪里去了？"襄王云雨今安在，江水东流猿夜声"，可怜如今猿也没有了。偶在道边见有农人发掘，有甚多铜器出土，青绿斑斓，不似赝制。我以二元代价购得铜镜一，径三寸许，有螭虎蟠腾的图案，翻制甚精，是明宋间物。这是我华北视察之余，行囊中唯一购置之物。

再往南行到快活铺，是张自忠将军驻防处。他的司令部设在一间民房内，是真正的"茅茨不剪，采椽不斫"的民房。他请我们吃了一餐最简单而又招待最殷勤的饭，四碗菜一个火锅，或以青菜为主，或以豆腐为主，其中亦有肉片肉丸之类点缀其间，尤其豪华的是每人加一枚生鸡蛋放在火锅里煮。我们吃得满头冒汗，宾主尽欢。这是我们出发以来所受到的最真诚最朴素的招待。张将军有一个高高大大的身躯，微胖，推光头，脸上刮得光净，面色略带苍白，一套灰布棉军服，没有任何装饰。他不善应酬，可是眉宇之间自有一股沉着坚毅之气，不是英才勃发，是温恭蕴藉。当晚我被引进一间民房睡觉，一盏油灯照耀之下，只见屋角有一大堆稻草，我知道那就是我的睡铺，而且是既暖和又松软的睡铺。夜里听见炮声响，是敌人隔河放炮，怕我军月夜偷袭之故。第二天冰霰纷纷，寒风刺骨，我们在一个扩大了的打谷场上召集千把名士兵，行赠旗礼，没有乐队，只有四只喇叭，我还奉命讲了几句话，我很激动，力竭声嘶。礼毕，张将军率队肃立道旁送我们登车而去。

从快活铺西南行，途经荆门，遥遥看到群峰插天。李元鼎先生在车上低声诵起"群山万壑赴荆门"之句。其实那是指荆门山，不是荆门县。在荆门县还体会不到"群山万壑赴荆门"的意境。车到当阳县东北，地形陡变，土色是黄红色，冈陵起伏，坡度不高而坡幅甚大，下坡时汽车关上油门，长驱直下，有一泻千里之势。这样的坡不知经过了几个，路旁有亭翼然，我们停车休息，看见亭内有碑一座，上面有四个大字："长坂雄风"。我们才知道这就是历史上著名的长坂坡。不禁想起当年张翼德"拒水断桥，瞋目横矛"的景况。车过当阳，不久就抵达宜昌，陆上行程至此到达最后一站。三月十七日乘船西上归返重庆。

溯江西上，在我是第二次，这一次船大人少，得以饱览三峡景色，尤其是经过滟滪堆瞿塘峡的时候，断崖蔽日，激濑奔腾，迎面下驶的木船摇旗鸣锣，生恐浪沉，真是险象环生。我们在船上的几天虽然舒适，亦甚忙碌，忙写报告。我们从各地带回的资料甚为丰富，爬梳整理颇费斟酌，大部分撰写工作是由邓飞黄和我分任之。其中最重要一部分关于八路军问题是由我执笔的，我们共同认定各地摩擦情形，非常严重，来日大难，不容讳言，于几经商讨之后做成结论如下：

华北各地纠纷事件

胜利必属于我，要当全国团结以争求之。当前华北各地纠纷，日演愈烈，实使人感觉忧危。吾人虽确信大难未息，绝不至有阋墙之事，然而问题严重而庞杂，欲得妥当之解决，需要充分之诚意与充分之容忍。兹谨就所见，从国家之大局着想，提出意见三点：

一、陕甘宁边区之性质与地位，应由中央明白确定。如无设置必要，应即严令克日撤销；如认有必要，亦应从速明定其区域与职权，以免纠纷而遏乱萌。

二、八路军之组织与行动，应完全听从上级军事机关与长官之决定与指挥，不得自由行动，致启争端。

三、各地党政人员，间有操切褊急不识大体之处，宜由党政最高机关重行检讨其过去政策，并通令各级工作人员一致奉行以求贯彻。

这段话说得含蓄，并且像是老生常谈，但是这是我们长途跋涉，间关险难，虚心考察之后，心所谓危，不能不郑重道出的肺腑之言。我有一位朋友赠诗，有句云："黑头参政曾书策，为问苍生苏息无？"我们只有惭悚的份！

Part 4

故土难离，故人难忘

　　一伙人萍踪偶聚，合力办一个杂志开一个书店，过三四年劳燕分飞，顿成陈迹，只是回忆的资料而已。有多少成绩，有什么影响，自己也不知道。胡先生最喜欢引佛书上的一句话："功不唐捐。"意思是"努力必不白费"，有耕耘即有收获。这收获究竟在哪里呢？回忆之际，觉得惶惑不已。

想我的母亲

父母对子女的爱，子女对父母的爱，是神圣的。我写过一些杂忆的文字，不曾写过我的父母，因为关于这个题目我不敢轻易下笔。小民女士逼我写几句话，辞不获已，谨先略述二三小事以应，然已临文不胜风木之悲。

我的母亲姓沈，杭州人。世居城内上羊市街。我在幼时曾侍母归宁，时外祖母尚在，年近八十。外祖父入学后，没有更进一步的功名，但是课子女读书甚严。我的母亲教导我们读书启蒙，尝说起她小时苦读的情形。她同我的两位舅父一起冬夜读书，冷得腿脚僵冻，取大竹篓一，实以败絮，三个人伸足其中以取暖。我当时听得惕然心惊，遂不敢荒嬉。我的母亲来我家时年甫十八九，以后操持家务尽瘁终身，不复有暇进修。

我同胞兄弟姊妹十一人，母亲的劬育之劳可想而知。我记得我母亲常于百忙之中抽空给我们几个较小的孩子们洗澡。我怕肥皂水流到眼里，我怕痒，总是躲躲闪闪，总是咯咯地笑个

207

不住，母亲没有工夫和我们纠缠，随手一巴掌打在身上，边洗边打边笑。

北方的冬天冷，屋里虽然有火炉，睡时被褥还是凉似铁。尤其是钻进被窝之后，脖子后面透风，冷气顺着脊背吹了进来。我们几个孩子睡一个大炕，头朝外，一排四个被窝。母亲每晚看到我们钻进了被窝，吱吱喳喳地笑语不停，便走过来把油灯吹熄，然后给我们一个个地把脖子后面的棉被塞紧，被窝立刻暖和起来，不知不觉地就睡着了。我不知道母亲用的是什么手法，只知道她塞棉被带给我无可言说的温暖舒适，我至今想起来还是快乐的，可是那个感受不可复得了。

我从小不喜欢喧闹。祖父母生日照例院里搭台唱傀儡戏或滦州影戏。一过八点我便掉头而去进屋睡觉。母亲得暇便取出一个大簸箩，里面装的是针线剪尺一类的缝纫器材，她要做一些缝缝连连的工作，这时候我总是一声不响地偎在她的身旁，她赶我走我也不走，有时候竟睡着了。母亲说我乖，也说我孤僻。如今想想，一个人能有多少时间可以偎在母亲身旁？

在我的儿时记忆中，我母亲好像是没有时候睡觉。天亮就要起来，给我们梳小辫是一桩大事，一根一根地梳个没完。她自己要梳头，我记得她用一把抿子蘸着刨花水，把头发弄得锃光大亮。然后她就要一听上房有动静便急忙前去当差。盖碗茶、燕窝、莲子、点心，都有人预备好了，但是需要她去双手捧着送到祖父母跟前，否则要儿媳妇做什么？在公婆面前，儿媳妇是永远站着，没有座位的。足足地站几个钟头下来，不是缠足的女人怕也受不了！最苦的是，公婆年纪大，不过午夜不安歇，儿媳妇要跟着熬夜在一旁侍候。她困极了，有时候回到房里来不及脱衣服倒下便睡着了。虽然如此，母亲从来没有发过一句怨言。到了民元前几年，祖父母相继去世，我母亲才稍得清闲，然而主持家政教养儿女也够她劳苦的了。她抽暇隔几年返回杭州老家去度夏，有好几次都是由我随侍。

母亲爱她的家乡。在北京住了几十年，乡音不能完全改掉。我们常取笑她，例如北京的"京"，她说成"金"，她有时也跟我们学，总是学不好，她自己也觉得好笑。我有时学着说杭州话，她说难听死了，像是门口儿卖笋尖的小贩说的话。

我想一般人都会同意，凡是自己母亲做的菜永远是最好吃的。我的母亲平常不下厨房，但是她高兴的时候，尤其是父亲亲自到市场买回鱼鲜或其他南货的时候，在父亲特烦之下，她也欣然操起刀俎。这时候我们就有福了。我十四岁离家到清华，每星期回家一天，母亲就特别疼爱我，几乎很少例外地要亲自给我炒一盘冬笋木耳韭菜黄肉丝，起锅时浇一勺花雕酒，这是我最喜欢的一道菜。但是这一盘菜一定要母亲自己炒，别人炒味道就不一样了。

我母亲喜欢在高兴的时候喝几盅酒。冬天午后围炉的时候，她常要我们打电话到长发叫五斤花雕，绿釉瓦罐，口上罩着一张毛边纸，温热了倒在茶杯里和我们共饮。下酒的是大落花生，若是有"抓空儿的"，买些干瘪的花生吃则更有味。我和两位姐姐陪母亲一顿吃完那一罐酒。后来我在四川独居无聊，一斤花生一罐茅台当作晚饭，朋友们笑我吃"花酒"，其实是我母亲留下的作风。

我自从入了清华以后，和母亲在一起的时候就少了。抗战前后各有三年和母亲住在一起。母亲晚年喜欢听平剧，最常去

209

的地方是吉祥，因为离家近，打个电话给卖飞票的，总有好的座位。我很后悔，我没能分出时间陪她听戏，只是由我的姐姐弟弟们陪她消遣。

我父亲曾对我说，我们的家所以成为一个家，我们几个孩子所以能成为人，全是靠了我母亲的辛劳维护。一九四九年以后，音讯中断，直等到恢复联系，才知道母亲早已弃养，享寿九十岁。西俗，母亲节佩红康乃馨，如不确知母亲是否尚在则佩红白康乃馨各一。如今我只有佩白康乃馨的份儿了，养生送死，两俱有亏，惨痛惨痛！

记得当时年纪小

　　我十岁的时候进高小，北京朝阳门内南小街新鲜胡同京师公立第三小学校。越是小时候的事情，越是记得清楚。前几年一位无名氏先生寄我一张第三小学的大门口的照片，完全是七十多年前的样子，一点也没变。我看了之后，不知是欢喜还是惆怅，总之是别有一番滋味在心头。我猜想到这位无名氏先生是谁，因为他是我的第三小学的同学，虽然先后差了好几十年。我曾写过一篇小文《我在小学》，收在《秋室杂忆》里，提到教我唱歌的时老师。现在再谈谈我小时候唱歌的情形。

　　我的启蒙的第一首歌是《春之花》。调子我还记得，还能哼得上来，歌词却记不得了。头两句好像是："春光明媚好花开，如诗如画如锦绣。"唱歌是每周一小时，总在下午，摇铃前两名工友抬进教室一架小小的风琴。当时觉得风琴是很奇妙的东西，老师用两脚踏着两块板子，鼓动风箱，两手按键盘，其声呜呜然，成为各种调子。《春之花》的调子很简单，记得只有六句，

211

重叠反复，其实只有三句，但是很好听。老师扯着沙哑的嗓音，先唱一遍，然后他唱一句，全班跟着唱一句，然后再全首唱一遍，全班跟着全首唱一遍。唱过三五遍，摇铃下课了，校工忙着把风琴抬出去。这风琴是一宝，各班共用，学生们不准碰一下的。

唱歌这一堂课最轻松，课前不要准备，扯着喉咙吼就行。老师也不点名，也不打分数考试。唱歌和手工一课都是我们最欢迎的，而且老师都很和蔼。

有一首歌，调子我也记得，歌词记得几句，是这样开始的：

> 亚人应种亚洲田，
> 黄种应享黄海权，
> 青年，青年，
> 切莫同种自相残。
> 坐教欧美着先鞭！
> 不怕死，不爱钱，
> 丈夫决不受人怜。

这首歌声调比《春之花》雄壮，唱起来蛮有劲的，但是不大懂词的意义。是谁"同种相残"？这歌是日本人作的，还是中国人作的，用意何在？怎么又冒出"不怕死，不爱钱"的话？何谓"不受人怜"？老师不讲解，学生也不问，我一直糊涂至今。但是这首歌我忘不了。

还有所谓军歌，也是学生们喜欢学着唱的。当时有些军队驻扎在城里，东城根儿禄米仓就是一个兵营，一队队的兵常出来在大街小巷里快步慢步地走，一面走还一面唱。我是一放学就回家，不在街上打滚，所以很少遇到队伍唱歌，可是间接地也听熟了军歌的几个片段，如：

　　　　三国战将勇，

　　　　首推赵子龙，

　　　　长坂坡前逞英雄。

　　　　还有张翼德，

　　　　他奶奶的硬是凶，

　　　　哇啦哇啦吼两声，

　　　　吓退了百万兵。

　　歌词很粗浅，合于一般大兵的口味，也投小学生的喜爱，我常听同学们唱军歌，自己也不禁地有时哼两句。

　　我十四岁进清华中等科，一年级还有音乐，好像是一种课外活动。教师是一位美国人，Miss Seeley，丰姿绰约，是清华园里出色的人物。她教我们唱歌，首先是唱校歌，校歌是英文，也有中译，但是从来没有人用中文唱校歌。我不喜欢用英文唱校歌，所以至今我记不得怎样唱了。可是我小时嗓音好，调门高，经过测验就被选入幼年歌唱团，有一次还到城里青年会做过公开演唱会。同班的应尚能有音乐天才，唱低音，那天在青年会他涂黑了脸饰一黑人，载歌载舞，口里唱着——

　　　　It's nice to get up

　　　　Early in the morning,

　　　　But，it's nicer

To lie in bed.

满堂喝彩，掌声如雷，那盛况至今如在目前。我不久倒嗓暗哑不成声，遂对唱歌失去兴趣。有些同学喜欢星期日参加一些美国教师家里的查经班，于是 *Onward Christian Soldiers, Marching as to War* ……之类的歌声洋洋乎盈耳。"一百零一首名歌"在清华园里也不时地荡漾起来。这皆非我之所好。我乃渐渐地成为兰姆所谓"没有耳朵的人"。

抗战时期，我已近中年，中年人还唱什么歌？寓处附近有小学，小学生的歌声不时地传送过来。像"起来，不愿做奴隶的人们"那首进行曲，听的回数太多了，没人教也会唱。还有一首歌我常听小学生们唱，我的印象很深：

> 张老三，我问你：
> 你的家乡在哪里？
> 我的家，在山西，
> 过河还有二十里。
> 张老三，我问你：
> 种田还是做生意？

这样的一问一答，张老三终于供出他是布商，而且囤积了不少布匹，赢得不少暴利，于是这首歌的最后几句是：

> 一大批，一大批，
> 囤积在家里。

你是坏东西，

你真该枪毙！

　　这首歌大概对于囤积居奇的奸商以及一般人士发生不小的
影响。

　　抗战时期也有与抗战无关的歌大为流行。例如，《教我如
何不想她》虽说是模仿旧曲《四季相思》的意思，格调却是新
的，抑扬顿挫，风靡一时。使我最难忘的是《记得当时年纪小》
一首小歌，作者黄自是清华同学。我学唱这首歌是在一个温暖
的季秋时节，在重庆南岸海棠山坡上，经朋友指点，反复唱了
好几遍，事隔数十年，仍然萦绕在耳边。

　　上文发表后，引起几位读者兴趣，或来书指正，或予补充。

　　平群先生和刘济华先生分别告诉我《黄族应享黄海权》那
首歌的全本是这样写的：

黄种应享黄海权，

亚人应种亚洲田。

青年，青年，

切莫同种自相残，

坐教欧美着先鞭。

不怕死，不爱钱，

丈夫决不受人怜。

纵洪水滔天，

只手挽狂澜，

方不负石磬铁砚，

后哲先贤！

　　我还是不大懂，教儿童唱这样的歌是什么意思。有一位来信说此歌是"九一八"以后日本人作的，我想恐怕不对，此歌流行甚早，"九一八"是二十多年后的事。不过我也疑心到此歌作者用心不善。

　　小民女士来信补充了《三国战将勇》那首军歌的好几句，但是全文她也记不得了。

　　我最大的错误是关于《张老三》那首歌。杨沄先生来信说，《张老三》是抗战名曲《河边对口唱》，全文如下：

　　〔对唱〕张老三，我问你，你的家乡在哪里？

　　我的家，在山西，过河还有三百里。

　　我问你，在家里，种田还是做生意？

　　拿锄头，耕田地，种的高粱和玉米。

　　为什么，到此地，河边流浪受孤凄？

　　痛心事，莫提起，家破人亡无消息。

　　张老三，莫伤悲，我的命运不如你。

　　为什么，王老七，你的家乡在何地？

　　在东北，做生意，家乡八年无消息。

　　这该说，我和你，都是有家不能回。

　　〔合唱〕仇和恨，在心里，奔腾如同黄河水！

　　黄河边，定主意，咱们一同打回去！

　　为国家，当兵去，太行山上打游击！

从今后，我和你，一同打回老家去！

　　据杨先生说这歌曲是《黄河大合唱》中的一段，乃光未然（张光年）作词，冼星海作曲，于民国二十八年在延安完成，此曲在台湾为禁歌。显然的不是我文中所谓打击囤积的奸商的歌，我之所以有此错误，乃因这不是我童年唱过的歌，而是后来听孩子们常唱的，其歌唱的调子又好像和那打击奸商的歌有些相近，所以我就把两个歌联在一起了。

　　我的女儿文蔷来信告诉我，打击奸商的歌她是唱过的，其歌词大概是这样的——

　　　　你、你、你、你这个坏东西，

　　　　市面上日常用品不够用，

　　　　你一大批，一大批，囤积在家里！

　　　　只为你，发财肥自己，

　　　　别人的痛苦你全不理，

　　　　你这坏东西，你这坏东西，

　　　　真是该枪毙！

　　　　嗨！你这坏东西！

　　　　嗨！你真该枪毙！

一九八六年十二月十八日补记

　　七六年四月四日《中华日报·副刊》王令娴女士一篇文章也提到《你这个坏东西》这首歌，记得更完全，如下：

217

你、你、你、

你这个坏东西！

市面上日常用品不够用哟，

你一大批，一大批，

囤积在家里。

只管你发财，肥了自己，

别人的痛苦，你是全不理。

坏东西，坏东西，

囤积居奇，捣乱金融，破坏抗战。

都是你！

你的罪名和汉奸一样的。

别人在抗战里，

出钱又出力唷！

只有你，整天地在钱上打主意。

想一想，你自己，

是要钱做什么呢！

到头来你一个钱也带不进棺材里。

你这个坏东西！

同　学

　　同学，和同乡不同。只要是同一乡里的人，便有乡谊。同学则一定要有同窗共砚的经验。在一起读书，在一起淘气，在一起挨打，才能建立起一种亲切的交情，尤其是日后回忆起来，别有一番情趣。纵不曰十年窗下，至少三五年的聚首总是有的。从前书房狭小，需要大家挤在一个窗前，窗间也许着一鸡笼，所以书房又名曰鸡窗。至于邦硬死沉的砚台，大家共用一个，自然经济合理。

　　自有学校以来，情形不一样了。动辄几十人一班，百多人一级，一批一批地毕业，像是蒸锅铺的馒头，一屉一屉地发售出去。他们是一个学校的毕业生，毕业的时间可能相差几十年。祖父和他的儿孙可能是同学校毕业，但是不便称为同学。彼此相差个十年八年的，在同一学校里根本没有碰过头的人，只好勉强解嘲自称为先后同学了。

　　小时候的同学，几十年后还能知其下落的恐怕不多。我小学同班的同学二十余人，现在记得姓名的不过四五人。其中年龄较长身材最高的一位，我永远不能忘记，他脑后半长的头发用红头绳紧密扎起的小辫子，在脑后挺然翘起，像是一根小红萝卜。他善吹喇叭，毕业后投步军统领门当兵，在"堆子"前面站岗，挂着上刺刀的步枪，蛮神气的。有一位满脸疙瘩噜苏，大家送他一个绰号"小炸丸子"，人缘不好，偏爱惹事，有一天犯了众怒，几个人把他抬上讲台，按住了手脚，扯开他的裤带，每个人在他裤裆里吐一口唾液！我目睹这惊人的暴行，难过很久。又有一位好奇心强，见了什么东西都喜欢动手，有一天迟到，见了老师为实验冷缩热胀的原理刚烧过的一只铁球，过去一把抓起，大叫一声，手掌烫出一片的溜浆大泡。功课最好写字最工的一位，规行矩步，主任老师最赏识他，毕业后，于某大书店分行由学徒做到经理。再有一位由办事员做到某部司长。此外则人海茫茫，我就都不知其所终了。

有人成年之后怕看到小时候的同学，因为他可能看见过你一脖子泥、鼻涕过河往袖子上抹的那副脏相，他也许看见过你被罚站、打手板的那副窘相。他知道你最怕人知道你的乳名，不是"大和尚"就是"二秃子"，不是"栓子"就是"大柱子"，他会冷不防地在大庭广众之中猛喊你的乳名，使你脸红。不过我觉得这也没有什么不好，小时候嬉嬉闹闹，天真率直，那一段纯稚的光景已一去而不可复得，如果长大之后还能邂逅一两个总角之交，勾起童时的回忆，不也快慰生平么？

我进了中学便住校，一住八年。同学之中有不少很要好的，友谊保持数十年不坠，也有因故翻了脸掐过脖子的。大多数只是在我心中留下一个面貌馨欬的影子，我那一级同学有八九十人，经过八年时间的淘汰过滤，毕业时仅得六七十人，而我现在记得姓名的约六十人。其中有早夭的，有因为一时糊涂顺手牵羊而被开除的，也有不知什么缘故忽然辍学的，而这剩下的一批，毕业之后多年来天各一方，大概是"动如参与商"了。我三十八年来台湾，数同级的同学得十余人，我们还不时地杯酒联欢，恰满一桌。席间，无所不谈。谈起有一位绰号"烧饼"，因为他的头扁而圆，取其形似。在体育馆中他翻双杠不慎跌落，旁边就有人高呼："留神芝麻掉了！"烧饼早已不在，不死于抗战时，而死于胜利之日；不死于敌人之手，而死于同胞之刀，谈起来大家无不唏嘘。又谈起一位绰号"臭豆腐"，只因他上作文课，卷子上涂抹之处太多，东一团西一块的尽是墨猪，老师看了一皱眉头说："你写的是什么字，漆黑一块块的，像臭豆腐似的！"哄堂大笑（北方的臭豆腐是黑色的，方方的小块），于是臭豆腐的绰号不胫而走。如今大家都做了祖父，这样的称呼不雅，同仁公议，摘除其中的一个臭字，简称他为豆腐，直到如今。还有一位绰号叫"火车头"，因为他性偏急，出语如连珠炮，气咻咻，唾沫飞溅，做事横冲直撞，勇猛向前，所以赢得这样的一个绰号，抗战期间不幸死于日寇之手。我们在台的十几个同学，轮流做东，宴会了十几次，以后便一个个地凋谢，溃不成军，凑不起一桌了。

同学们一出校门，便各奔前程。因为修习的科目不同，活动的范围自异。风云际会，拖青纡紫者有之；踵武陶朱，腰缠万贯者有之；有一技之长，出人头地者有之；而座拥皋比，以至于吃不饱饿不死者亦有之。在校的时候，品学俱佳，头角峥嵘，以后未必有成就。所谓"小时了了，大未必佳"，确是不刊之论。不过一向为人卑鄙投机取巧之辈，以后无论如何翻云覆雨，也逃不过老同学的法眼。所以有些人回避老同学唯恐不及。

杜工部漂泊西南的时候，叹老嗟贫，咏出"同学少年多不贱，五陵裘马自轻肥"的句子。那个"自"字好不令人惨然！好像是衮衮诸公裘马轻肥，就是不管他"一家都在秋风里"。其实同学少年这一段交谊不攀也罢。"衣敝缊袍，与衣狐貉者立"，纵然不以为耻，可是免不了要看人的嘴脸。

北平的街道

"无风三尺土，有雨一街泥"，这是北平街道的写照。也有人说，下雨时像大墨盒，刮风时像大香炉，亦形容尽致。像这样的地方，还值得去想念么？不知道为什么，我时常忆起北平街道的景象。

北平苦旱，街道又修得不够好，大风一起，迎面而来，又黑又黄的尘土兜头撒下，顺着脖颈子往下灌，牙缝里会积存沙土，喀吱喀吱地响，有时候还夹杂着小碎石子，打在脸上挺痛，迷眼睛更是常事，这滋味不好受。下雨的时候，大街上有时候积水没膝，有一回洋车打天秤，曾经淹死过人，小胡同里到处是大泥塘，走路得靠墙，还要留心泥水溅个满脸花。我小时候每天穿行大街小巷上学下学，深以为苦，长辈告诫我说，不可抱怨，从前的道路不是这样子，甬路高与檐齐，上面是深刻的车辙，那才令人视为畏途。这样退一步想，当然痛快一些。事实上，我也赶上了一部分的当年交通困难的盛况。我小时候坐轿车出前门是一桩盛事，走到棋盘街，照例是"插车"，壅塞难行，前呼后骂，等得心焦，常常要一小时以上才有松动的现象。最难堪的是这一带路上铺厚石板，年久磨损露出很宽很深的缝隙，真是豁牙露齿，骡车马车行走其间，车轮陷入缝隙，左一歪右一倒，就在这一步一倒之际脑袋上会碰出核桃大的包左右各一个。这种情形后来改良了，前门城洞由一个变四个，路也拓宽，石板也取消了，更不知是什么人做一大发明，"靠左边走"。

北平城是方方正正的，坐北朝南，除了为象征"天塌西北地陷东南"缺了两个角之外没有什么不规则形状，因此街道也就显着横平竖直四平八稳。东四西四东单西单，四个牌楼把据四个中心点，巷弄栉比鳞次，历历可数。到了北平不容易迷途者以此。从前皇城未拆，从东城到西城需要绕过后门，现在打通了一条大路，经北海团城而金鳌玉蛛，雕栏玉砌，风景如画。是北平城里最漂亮的道路。向晚驱车过桥，左右目不暇给。城外还有一条极有风致的路，便是由西直门通到海甸的那条马路，夹路是高可数丈的垂杨，一棵挨着一棵，夏秋之季，蝉鸣不已，柳丝飘拂，夕阳西下，景色幽绝。我小时读书清华园，每星期往返这条道上，前后八年，有时骑驴，有时乘车，这条路给我的印象太深了。

北平街道的名字，大部分都有风趣，宽的叫"宽街"，窄的叫"夹道"，斜的叫"斜街"，短的有"一尺大街"，方的有"棋盘街"，曲折的有"八道湾""九道湾"，新辟的叫"新开路"，狭隘的叫"小街子"，低下的叫"下洼子"，细长的叫"豆芽菜胡同"。有许多因历史沿革的关系意义已经失去，例如，"琉璃厂"已不再烧琉璃瓦而变成书业集中地，"肉市"

已不卖肉，"米市胡同"已不卖米，"煤市街"已不卖煤，"鹁鸽市"已无鹁鸽，"缸瓦厂"已无缸瓦，"米粮库"已无粮库。更有些路名称稍嫌俚俗，其实俚俗也有俚俗的风味，不知哪位缙绅大人自命风雅，擅自改为雅驯一些的名字，例如，"豆腐巷"改为"多福巷"，"小脚胡同"改为"晓教胡同"，"劈柴胡同"改为"辟才胡同"，"羊尾巴胡同"改为"羊宜宾胡同"，"裤子胡同"改为"库资胡同"，"眼乐胡同"改为"演乐胡同"，"王寡妇斜街"改为"王广福斜街"。民初警察厅有一位刘勃安先生，写得一手好魏碑，搪瓷制的大街小巷的名牌全是此君之手笔。幸而北平尚没有纪念富商显要以人名为路名的那种作风。

北平，不比十里洋场，人民的心理比较保守，沾染的洋习较少较慢。东交民巷是特殊区域，里面的马路特别平，里面的路灯特别亮，里面的楼房特别高，里面打扫得特别干净，但是望洋兴叹与鬼为邻的北平人却能视若无睹，见怪不怪。北平人并不对这一块自感优越的地方投以艳羡眼光，只有二毛子准洋鬼子才直眉瞪眼地往里面钻。地道的北平人，提着笼子架着鸟，宁可到城根儿去溜达，也不肯轻易踱进那一块瞧着令人生气的地方。

北平没有逛街之一说。一般说来，街上没有什么可逛的。一般的铺子没有窗橱，因为殷实的商家都讲究"良贾深藏若虚"，好东西不能摆在外面，而且买东西都讲究到一定的地方去，用不着在街上浪荡。要散步么，到公园北海太庙景山去。如果在路上闲逛，当心车撞，当心泥塘，当心踩一脚屎！要消磨时间么，上下三六九等，各有去处，在街上溜馊腿最不是办法。当然，北平也有北平的市景，闲来无事偶然到街头看看，热闹之

225

中带着悠闲也蛮有趣。有购书癖的人，到了琉璃厂，从厂东门到厂西门可以消磨整个半天，单是那些匾额招牌就够欣赏许久，一家书铺挨着一家书铺，掌柜的肃客进入后柜，翻看各种图书版本，那真是一种享受。

北平的市容，在进步，也在退步。进步的是物质建设，诸如马路行人道的拓宽与铺平，退步的是北平特有的情调与气氛逐渐消失褪色了。天下一切事物没有不变的，北平岂能例外？

忆青岛

　　"上有天堂，下有苏杭。"天堂我尚未去过。《启示录》所描写的"从天上上帝那里降下来的圣城耶路撒冷，那城充满着上帝的荣光，闪烁像碧玉宝石，光洁像水晶"。城墙是碧玉造的，城门是珍珠造的，街道是纯金的。珠光宝气，未能免俗。真不想去。新的耶路撒冷是这样的，天堂本身如何，可想而知。至于苏杭，余生也晚，没赶上当年的旖旎风光。我知道苏州有一个顽石点头的地方，有亭台楼阁之胜，网师渔隐，拙政灌园，均足令人向往。可是想到一条河里同时有人淘米洗锅刷马桶，不禁胆寒。杭州是白傅留诗、苏公判牍的地方，荷花十里，桂子三秋，曾经一度被人当作汴州。如今只见红男绿女游人如织，谁有心情看浓妆淡抹的山色空蒙。所以苏杭对我也没有多少号召力。

　　我曾梦想，如果有朝一日，可以安然退休，总要找一个比较舒适安逸的地点去居住。我不是不知道随遇而安的道理。

树下一卷诗，

一壶酒，一条面包——

荒漠中还有你在我身边歌唱——

啊，荒漠也就是天堂！

　　这只是说说罢了。荒漠不可能长久地变成天堂。我不存幻想，只想寻找一个比较能长久的居之安的所在。我是北平人，从不以北平为理想的地方。北平从繁华而破落，从高雅而庸俗、而恶劣，几经沧桑，早已无复旧观。我虽然足迹不广，但北自辽东，南至百粤，也走过了十几省，窃以为真正令人流连不忍去的地方应推青岛。

　　青岛位于东海之滨，在胶州湾之入口处，背山面海，形势天成。光绪二十三年（一八九七年）德国强租胶州湾，辟青岛为市场，大事建设。直到如今，青岛的外貌仍有德国人的痕迹。例如房屋建筑，屋顶一律使用红瓦片，山坡起伏，绿树葱茏之间，红绿掩映，饶有情趣。民国三年青岛又被日本夺占，民国十一年才得收回。迩后虽然被几个军阀盘踞，但表面上没有遭到什么破坏。当初建设的根柢牢固，就是要糟蹋，一时也糟蹋不了。青岛的整齐清洁的市容一直维持了下来。我想在全国各都市里，青岛是最干净的一个。"无风三尺土，有雨一街泥"的北平不能比。

　　青岛的天气属于大陆气候，但是有海湾的潮流调剂，四季的变化相当温和。称得上是"春有百花秋有月，夏有凉风冬有雪"的好地方。冬天也有过雪，但是很少见，屋里面无须生火，不会结冰。夏天的凉风习习，秋季的天高气爽，都是令人喜的，而春季的百花齐放，更是美不胜收。樱花我并不喜欢，虽然第一公园里整条街的两边都是樱花树，繁花如簇，一片花海，游人摩肩接踵，蜜蜂嗡嗡之声震耳，可是花没有香气，没有姿态。樱花是日本的国花，日本和我们有血海深仇，花树无辜，但是我不能不连带着对它有几分憎恶！我喜欢的是公园里培养的那一大片娇艳欲滴的西府海棠。杜甫诗里没有提起过它，但历代诗人词人歌咏赞叹它的不在少数。上清宫的牡丹高与檐齐，别处没有见过，山野有此丽质，没有人嫌它有富贵气。

推开北窗，有一层层的青山在望。不远的一个小丘有一座楼阁矗立，像堡垒似的，有俯瞰全市傲视群山之势，人称总督府，是从前德国总督的官邸，平民是不敢近的，青岛收回之后作为冠盖往来的饮宴之地，平民还是不能进去的（听说后来有时候也偶尔开放）。里面是什么样子我不知道，也不想知道。还有人说里面闹鬼。反正这座建筑物，尽管相当雄伟，不给人以愉快的印象，因为它带给我们耻辱的回忆。其实青岛本身没有高山峻岭，邻近的劳山，亦作崂山，又称牢山，却是峻峥巉险，为海滨一大名胜。读《聊斋志异》中有崂山道士，早已心向往之，以为至少那是一些奇人异士栖息之所。由青岛驱车至九水，就是山麓，清流汨汨，到此尘虑全消。舍车扶策步行上山，仰视峰嶂，但见参嵯翳日，大块的青石陡峭如削，绝似山水画中之大斧劈的皴法，而且牛山濯濯，没有什么迎客松、五老松之类的点缀，所以显得十分荒野。有人说这样的名山而没有古迹岂不可惜，我说请看随便哪一块巍巍的巨岩不是大自然千百万年锤炼而成，怎能说没有古迹？几小时的登陟，到了黑龙潭观瀑亭，已经疲不能兴。其他胜境如清风岭碧落岩，则只好留俟异日。

游山逛水，非徒乘兴，也须有济胜之具才成。

青岛之美不在山而在水。汇泉的海滩宽广而水浅，坡度缓，作为浴场据说是东亚第一。每当夏季，游客蜂拥而至，一个个一双双的玉体横陈，在阳光下干晒，晒得两面焦，扑通一声下水，冲凉了再晒。其中有佳丽，也有老丑。玩得最尽兴的莫过于夫妻俩携带着小儿女阖第光临。小孩子携带着小铲子、小耙子、小水桶，在沙滩上玩沙土，好像没个够。在这万头攒动的沙滩上玩腻了，缓步踱到水族馆，水族固有可观，更妙的是下面岩石缝里有潮水冲积的小水坑，其中小动物很多。如寄生蟹，英文叫 hermit crab，顶着螺蛳壳乱跑，煞是好玩。又如小型水母，像一把伞似的一张一阖，全身透明。孩子们利用他们的小工具可以罗掘一小桶，带回家去倒在玻璃缸里玩，比大人玩热带鱼还兴致高。如果还有余勇可贾，不妨到栈桥上走一遭。桥尽头处有一个八角亭，额曰"回澜阁"。在那里观壮阔之波澜，当大王之雄风，也是一大快事。

汇泉在冬天是被遗弃的，却也别有风致。在一个隆冬里，我有一回偕友在汇泉闲步，在沙滩上走着走着累了，便倒在沙上晒太阳，和风吹着我们的脸。整个沙滩属于我们，没有旁人，最后来了一个老人向我们兜售他举着的冰糖葫芦。我们在近处一家餐厅用膳，还喝了两杯古拉索（柑香酒）。尽一日欢，永不能忘。

汇泉冬夜涨潮时，潮水冲上沙滩又急遽地消退，轰隆呜咽，往复不已。我有一个朋友赁居汇泉尽头，出户不数步就是沙滩，夜闻涛声不能入眠，匆匆移去。我想他也许没有想到，那就是观音说教的海潮音，乃觌面失之。

说来惭愧，"饮食之人"无论到了什么地方总是不能忘情口腹之欲。青岛好吃的东西很多。牛肉最好，销行国内外。德国人佛劳塞尔在中山路开一餐馆，所制牛排我认为是国内第一。厚厚大大的一块牛排，煎得外焦里嫩，切开之后里面微有血丝。牛排上面覆以一枚嫩嫩的荷包蛋，外加几根炸番薯。这样的一份牛排，要两元钱，佐以生啤酒一大杯，依稀可以领略樊哙饮酒切肉之豪兴。内行人说，食牛肉要在星期三四，因为周末屠宰，牛肉筋脉尚生硬，冷藏数日则软硬恰到好处。佛劳塞尔店主善饮，我在一餐之间看他在酒桶之前走来走去，每经酒桶即取饮一杯，不下七八杯之数，无怪他大腹便便，如酒桶然。这是五十年前的旧话，如今这个餐馆原址闻已变成邮局，佛劳塞尔如果尚在人间，当在百龄以上。

　　青岛的海鲜也很齐备。像蚶、蛤、牡蛎、虾、蟹以及各种鱼类应有尽有。西施舌不但味鲜，名字也起得妙，不过一定要不惜工本，除去不大雅观的部分，专取其洁白细嫩的一块小肉，加以烹制，才无负于其美名，否则就近于唐突西施了。以清汤氽煮为上，不宜油煎爆炒。顺兴楼最善烹制此味，远在闽浙一带的餐馆以上。我曾在大雅沟菜市场以六元市得鲥鱼一尾，长二尺半有奇，小口细鳞，似才出水不久，归而斩成几段，阖家饱食数餐，其味之腴美，从未曾有。菜蔬方面隽品亦多。蒲菜是自古以来的美味，诗经所说"其蔌维何，维笋及蒲"，蒲的嫩芽极细致清脆。青岛的蒲菜好像特别粗壮，以做羹汤最为爽口。再就是附近潍县的大葱，粗壮如甘蔗，细嫩多汁。一日，有客从远道来，止于寒舍，唯索烙饼大葱，他非所欲。乃如命以大葱进，切成段段，如甘蔗状，堆满大大一盘。客食之尽，

231

谓乃平生未有之满足。青岛一带的白菜远销上海，短粗肥壮而质地细嫩。一般人称之为山东白菜。古人所称道的"春韭秋菘"，菘就是这大白菜。白菜各地皆有，种类不一，以山东白菜为最佳。

青岛不产水果，但是山东半岛许多名产以青岛为集散地。例如莱阳梨。此梨产在莱阳的五龙河畔，因沙地肥沃，故品质特佳。外表不好看，皮又粗糙，但其细嫩酥脆甜而多浆，绝无渣滓，美得令人难以相信。大的每个重十台两以上。再如肥城桃，皮破则汁流，真正是所谓水蜜桃，海内无其匹，吃一个抵得半饱。今之人多喜怀乡，动辄曰吾乡之梨如何，吾乡之桃如何，其夸张心理可以理解。但如食之以莱阳梨、肥城桃，两相比较，恐将哑然失笑。其他如烟台之香蕉苹果、玫瑰葡萄，也是青岛市面上常见的上品。

一般山东人的特性是外表倔强豪迈，内心敦厚温和。宦场中人，大部分肉食者鄙，各地皆然，固无足论。观风问俗，宜对庶民着眼。青岛民风淳厚，每于细民中见之。我初到青岛，看到人力车夫从不计较车资，乘客下车一律付与一角，路程远则付二角，无争论者。这是全国所没有的现象。有人说这是德国人留下的无形的制度，无论如何这种作风能维持很久便是难能可贵。青岛市面上绝少讨价还价的恶习。虽然小事一端，代表意义很大。无怪乎有人感叹，齐鲁本是圣人之邦，青岛焉能不绍其余绪？

我家里请了一位厨师老张，他是一位异人。他的手艺不错，蒸馒头、烧牛尾，都很擅长。每晚膳事完毕，沐浴更衣外出，夜深始返。我看他面色苍白消瘦，疑其吸毒涉赌。我每日给他菜钱二元，有时候他只飨我以白菜豆腐之类，勉强可以果腹而已。我问他何以至此，他惨笑不答。过几天忽然大鱼大肉罗列满桌，俨若筵席，我又问其所以，他仍微笑不语。我懂了，一定是昨晚赌场大赢。几番叮问之后，他最后迸出这样的一句："这就是一点良心！"

我赁屋于鱼山路七号，房主王君乃铁路局职员，以其薄薪多年积蓄成此小筑。我于租满前三个月退租离去，仍依约付足全年租赁，王君坚不肯收，争执不已，声达户外。有人叹曰："此君子国也。"

我在青岛居住四年，往事如烟。如今隔了半个世纪，人事全非，山川有异。悬想可以久居之地，乃成为缥缈之乡！噫！

忆《新月》

《新月》杂志是民国十六年出版的，距今已有三十多年，我对它的记忆已有些模糊不清。前些时在友人处居然看到了十几本《新月》，虽然纸张有些焦黄，脊背有些虫蚀，却好像是旧友重逢，觉得非常亲切，不知这几本杂志看到了我如今这老丑的样子是否也有一点伤感。

办杂志是稀松平常的事。哪个喜欢摇摇笔杆的人不想办个杂志？起初是人办杂志，后来是杂志办人，其中甘苦谁都晓得。《新月》不过是近数十年来无数刊物中之一，在三四年的销行之后便停刊了，并没有什么特别值得称述的。不过办这杂志的一伙人，常被人称作"新月派"，好像是一个有组织的团体，好像是有什么共同的主张，其实这不是事实。我有时候也被人称为"新月派"之一员，我觉得啼笑皆非。如果我永久地缄默，不加以辩白，恐怕这一段事实将不会被人知道。这是我写这一段回忆的主要动机。胡适之先生曾不止一次地述说："狮子老虎永远是独来独往的，只有狐狸和狗才成群结队！"办《新月》杂志的一伙人，不屑于变狐变狗。"新月派"这一顶帽子是自命为左派的人所制造的，后来也就常被其他的人所使用。当然，在使用这顶帽子的时候，恶意的时候比较多，以为一顶帽子即可以把人压个半死。其实一个人，如果他真是一个人，帽子是压不倒他的。

民国十六年春，国民革命军北伐到了南京近郊，当时局势很乱。我和余上沅都在东南大学教书，同住在学校对门綦巷四号，我们听到炮声隆隆，看到街上兵荒马乱，成群的散兵游勇在到处拉夫抓车，我们便商量应变的方策，决定携眷到上海再说。于是把衣物书籍装箱存在学校图书馆里，我们闯到下关搭船到了上海。学校一时无法开学，后来开学之后我们也不在被续聘之列，我们只好留在上海。我们到上海，是受了内战之赐。

这时节北方还在所谓"军阀"的统治之下，北平的国立八校经常在闹"索薪"风潮，教员的薪俸积欠经年，在请愿、坐索呼吁之下每个月也只能领到三几成薪水，一般人生活非常狼狈，学校情形亦不正常，有些人开始逃荒，其中一部分逃到上海。徐志摩、丁西林、叶公超、闻一多、饶子离等都在这时候先后到了上海。胡适之先生也是这时候到了上海居住。

同时有一批批的留学生自海外归来。那时候留学生在海外受几年洋罪之后很少有不回来的，很少人在外国久长居留做学术研究，也很少人耽于物质享受而流连忘返。潘光旦、刘英士、张禹九等都在这时候卜居沪滨。

上海是热闹的地方，究竟是个弹丸之地，我和上沅到了上海之后立刻就找到了我们所熟识的朋友们。我起先住旅馆，随后住到潘光旦家里，终于在爱文义路租到了房子。有一天遇到余上沅，他告诉我他也有了住处，可是地点尚未确定，这话说得有些蹊跷，原来是徐志摩、胡适之几位想要在上海办一个杂志并且开一爿书店，约他去代为经营，想物色一幢小小的房屋，楼下作为办事处，楼上由他居住。后来选中了法租界环龙路环龙别墅四号。

两个人办不了一个杂志，于是徐志摩四处访友，约集了潘光旦、闻一多、饶子离、刘英士和我。那时候杂志还没有名称。热心奔走此事的是志摩和上沅，一个负责编辑，一个负责经理。此外我们几个人对于此事并无成见，以潘光旦寓所为中心，我们经常聚首，与其群居终日言不及义，倒不如大家拼拼凑凑来办一个刊物，所以我们同意了参加这个刊物的编辑。上沅传出了消息，杂志定名为"新月"，显然这是志摩的意思，因为在北平原有一个"新月社"，"新月"二字是套自印度泰戈尔的一部诗《新月集》，泰戈尔访华时梁启超出面招待，由志摩任翻译，所以他对"新月"二字特感兴趣，后来就在北平成立了一个"新月社"，像是俱乐部的性质，其中分子包括了一些文人和开明的政客与银行家。我没有参加过北平的新月社，那时候我尚在海外；一多是参加过的，但是他的印象不大好，因为一多是比较的富于"拉丁区"趣味的文人，而新月社的绅士趣味重些。不过我们还是接受了这个名称，因为这名称，至少在上海还是新鲜的，并不带有任何色彩。后来上沅又传出了消息，说是刊物决定由胡适之任社长、徐志摩任编辑，我们在光旦家里集议提出了异议，觉得事情不应该这样由一二人独断独行，应该更民主化，由大家商定，我们把这意见告诉了上沅。志摩是何等明达的人，他立刻接受了我们的意见。《新月》创刊时，编辑工作是由五个人共同负责，胡先生不列名。志摩是一团热心，不大讲究什么办事手续，可是他一团和气，没有人能对他发脾气。胡先生事实上是领袖人物，但是他从不以领袖自居。

《新月》出版了，它给人的印象是很清新。从外貌上看就特别，版型是方方的，蓝面贴黄签，签上横书古宋体"新月"二字。面上浮贴一张白纸条，上面印着要目。方的版型大概是袭取英国十九世纪末的著名文艺杂志 Yellow Book 的形式。这所谓的"黄皮书"是一种季刊，刊于一八九四至一八九七年，内有诗、小说、散文，作者包括 Henry James，Edmund Gosse，Max Beerbohm，Earnest Dawson，W.H.Davis 等，最引人注意的是多幅的 Aubrey Beardsley 的画，古怪夸张而又极富颓废的意味，志摩、一多都很喜欢它。《新月》模仿了黄皮书的形式，却很少人注意到，因为国内很少人看到过这黄皮书。假使左派仁兄们也知道有所谓黄皮书者，恐怕他们绝不会放过这一个可以大肆抨击的题目。

《新月》一伙人，除了共同愿意办一个刊物之外，并没有多少相同的地方；相反的，各有各的思想路数，各有各的研究范围，各有各的生活方式，各有各的职业技能。彼此不需标榜，更没有依赖，办刊物不为谋利，更没有别的用心，只是一时兴之所至。《我们的态度》一文，是志摩的手笔，好像是包括了我们的共同信仰，但是也很笼统，只举出了"健康与尊严"二义。以我个人而论，我当时的文艺思想是趋向于传统稳健的一派，我接受五四运动的革新主张，但是我也颇受哈佛大学教授白璧德的影响，并不同情过度浪漫的倾向。同时我对于当时上海叫器最力的"普罗文学运动"也不以为然。我自己觉得我是处于左右两面之间。我批评普罗文学运动，我也批评了鲁迅，这些文字发表在《新月》上，但是这只是我个人的意见，我并不代表《新月》。我是独力作战，《新月》的朋友并没有一个人挺身出来支持我，《新月》杂志上除了我写的文字之外没有一篇文字接触到普罗文学。

提起普罗文学运动，需略加解释。一切的文学运动都是对于原来的文学传统加以修正的，总是针对当时文学之弊而加以改进。就是介绍外国的文艺思潮，也无非是供作借镜，以为参考之用。而且文学运动总是以文学为主体，文学范围之内的运动。唯普罗文学则异于是，它突如其来，把传统文学的价值观念一笔抹杀，生吞活剥地把一些似是而非的哲学、政治、经济的理论硬塞进去，好像文学除了当作某些人的武器使用之外便无价值可言。这一运动还不是本国土生土长的，更不是自发自止的，乃是奉命开锣奉命收台的，而且是奉的苏俄共产党之命！Max Eastman 有一本书，名《穿制服的艺术家》（*Artists in Uniform*）记述苏俄共党中央如何发号施令、如何策动操纵各地的这一普罗文学运动甚为详尽，可惜此书出版在稍后几年，否则真可以令当时在上海搞普罗文学运动的人们当场出彩。普罗文学运动不出几年的工夫便奉命收场，烟消火灭，这足以说明当初运动火炽的时候是多么言不由衷！我在《新月》上一连发表了几篇文字，如《文学与革命》、《文学是有阶级性的吗》、《所谓文艺政策者》……我的主旨在说明文学的性质在于普遍的永久的人性之描写，并无所谓"阶级性"（见我的《偏见集》，正中书局二十三年版）。这几篇文字触怒了左派的人士，于是对我发起围剿。最先挺身出马的不是别位，正是以写杂感著名的鲁迅。鲁迅的文章实在是写得好，所谓"辣手著文章"庶几近之，但是距"铁肩担道义"则甚远。讲道理他是不能服人的，他避免正面辩论，他采用迂回战术，绕着圈子旁敲侧击，做人身攻击。不过他文章写得好，遂赢得许多人欣赏，老实讲，在左派阵营中还很难再找出第二个像他这样的人才。左派先生们是不大择手段的，像鲁迅的文字还算是比较光明的，像"叶灵凤"其人者便给我捏造故事编为小说（见《现代小说》第二期），还有小报（自称为工人所办的小报）登些不堪入目的猥亵文字来污辱我，较比鲁迅当年的两颗黄色大门牙之被人奚落，其雅俗之分又不可以道理计。最可恼的是居然有人半夜三更打电话到我寓所，说有急事对我谈话，于问清我的身份之后便破口大骂一声而把电话挂断。像这一类的困扰，倒是颇有一点普罗滋味。

普罗文学运动，像其他的许多运动一样，只是空嚷嚷一阵，既未开花，亦未结果，因为根本没有生根。所以我提出"拿货色来"的要求之后，连鲁迅也无可奈何地承认这是无法抵拒的要求。没有货色，嚷嚷什么运动？而货色又绝不是嚷嚷就出得来的。老实讲，文人对于劳苦的大众总是同情的，中外古今并无二致。

"朱门酒肉臭，路有冻死骨"是杜甫的名句，好在里面有深厚的热情，对高官贵人豪商富贾的奢侈生活表示鄙夷讽刺，对饥饿的人民表示同情。但是杜甫上三大礼赋前前后后之卑躬屈节的希求仕进，就不能赢得后人的尊敬。过去的文学家，靠了阿谀当道而青云直上跻身庙堂者比比皆是，而他们的作品之流芳百世者大概都是人世酸辛的写照。我们中国的近代社会，尤其是自从所谓帝国主义势力侵入以后，大多数的人民确是水深火热，真是民不聊生，而在上者又确实肉食者鄙。文学家尽可口诛笔伐扶弱济贫一吐其胸中不平之气，又何必乞灵于苏俄的文艺政策，借助于唯物史观？我在《新月》上批评了普罗文学运动，但是也没有忘记抨击浪漫颓废的倾向。我的一篇《文人有行》便使得许多人觉得不好受，以为我是在指责他。郁达夫便是其中的一个。郁达夫原是属于浪漫颓废一类型，但是很奇怪的是他在《北新》半月刊里连载翻译辛克莱的《拜金艺术》为左派推波助澜！《拜金艺术》是一本肤浅而荒谬的东西，但是写得火辣辣的，颇有刺激性，所以很时髦，合于"左"倾分子的口味与程度。

　　《新月》杂志在文化思想以及争取民主自由方面也出了一点力。最初是胡适之先生写了一篇《知难行亦不易》、一篇《新文化运动与国民党》。这两篇文章，我们现在看来，大致是平实的，至少在态度方面是"善意的批评"，在文字方面也是温和的，可是那时候有一股凌厉的政风，不知什么人撰了"党外无党，党内无派"的口号，只许信仰，不许批评。胡先生说："上帝都可以批评，为什么不可以批评一个人？"所以虽然他的许多朋友如丁燮音、熊克武、但懋辛都力劝他不可发表这些文章，并且进一步要当时做编辑的我来临时把稿径行抽出，胡先生还是坚决要发表。发表之后果然有了反响。我们感到切肤之痛的《新月》被邮局扣留不得外寄，这一措施延长到相当久的时候才撤销。胡先生写信给胡展堂先生抗议，所得的回答是："奉胡委员谕：拟请台端于 × 月 × 日来京到……一谈。特此奉陈，即希查照，此致胡适之先生。胡委员秘书处谨启。"这一封信，我们都看到了，都觉得这封信气派很大，相当吓人。胡先生没有去，可是此后也没有再继续发表这一类的文字，这两篇文章也不见于现行远东版《胡适文存》中。我写了一篇《论思想统一》也是主张思想自由的。这时节罗隆基自海外归来，一连串写了好几篇论人权的文章，鼓吹自由思想与个人主义，使得《新月》有了更浓厚的政治色彩，引起了更大的风波。先是以胡先生为校长的中国公学，平静的校园里起了涟漪，由本校学生组成的党的区分部行文给本校校长指责他应在礼堂里悬挂总理遗像，应在纪念周宣读总理遗嘱。后来中央通令全国大专学校设党义研究室，大学教职员必须研究党义。各大学都遵命成立党义研究室，里面陈列着应该陈列的书刊，有多少人进去研究虽不可考，我们几个人确是受益不少，利用这难得的机会更进一步研读了一些不应该不读的书刊。胡先生对于人权的观念是很简单的，他的出发点只是法治精神与人道主义，并没有任何党派主张或政治意味。我记得最初触起他的有关人权问题的注意者乃是报载华北唐山某一老百姓被地方官吏殴辱的故事，他认为这不是偶发事件，这是全国到处皆然的，他认为这种"一朝权在手，便把令来行"的态度是要不得的。我又记得，胡先生编了一本《宋人话本八种》由亚东出版，里面有一篇《海陵王无道荒淫》，巡捕房认为有伤风化，径予没收，胡先生很不谓然，特去请教在英国学过法律的郑天锡先生，知道"没收"是附带处分，如果被告没有罪刑，便不应该发生附带处分的可能，可见胡先生是非常注意法律程序的。

有关人权问题的文字一共有十几篇，后来印成了一个小册子，名为《人权论集》，由新月书店出版，现已绝版。

说到新月书店，也是很有趣的。我们一伙人如何会经营商店？起初是余上沅负责，由他约请了一位谢先生主持店务，谢先生是书业内行，他包办一切，后来上沅离沪，仍然实际上由谢先生主管，名义上由张禹九当经理，只是遥领，盖盖图章而已。书店设在闹区之望平街，独开间，进去是黑黝黝的一间屋子，可是生意不恶。这书店的成本只有四千元，一百元一股，五十元半股，每人最多不能超过两股，固然收了"节制资本"之效，可是大家谁也不愿多负责了。我只认了半股。虽然我是书店的总编辑，我不清楚书店的盈亏情形，只是在股东会议听取报告。《新月》月刊每期实销多少我也从来不知道。不过我们出了不少书，有些书留下很清晰的印象。

　　胡先生的《白话文学史》是新月书店出的第一本书，也是最畅销的一本书。像他的《中国哲学史》一样，只有上卷。《白话文学史》写到唐朝为止。他的主要目的是在说明白话文学是古已有之的，是中国文学里的传统之一。后来他又出版了他的《四十自述》，其中一部分是《新月》月刊上发表过的，他现身说法提倡传记文学。我们遗憾的是他写到四十为止，以后没有续写下去。但是这个遗憾是可以弥补的。胡先生有一部伟大的日记。他的留学日记是大家所熟悉的，一个人在学生时代能有那样丰富的日记，是很不寻常的，他的头脑之成熟比一般人要早一二十年以上。胡先生于这部留学日记之后，一直从不间断地在记日记。有一天，我和徐志摩到他家里去（上海极司菲尔路），他不在家而楼下适有他客，胡太太吩咐我们到楼上书房里去坐，志摩是闲不住的，进屋便东看西看，一眼看到书架上有一大堆稿子，翻开一看，原来是日记，写在新月稿纸上（这种稿纸其实原是胡先生私人用的稿纸，每页二百五十字，空白特多，甚为合用）写得整整齐齐，记载着每日的活动感想等，还剪贴了不少的报纸资料，不仅是个人的日记，还是社会史料。我们偷看了一部分之后，实在佩服他的精力过人、毅力亦过人。胡先生说："这是我留给我的儿子们的唯一的遗产，要等我死后才能发表。"我们希望能在不太久的将来看见这一部伟大的日记出版。胡先生还有一本《庐山游记》，这小册子被常燕生先生评为"玩物丧志"，胡先生很不服气，他说："我为了一个塔写八十字的考证是为了提供一个研究的方法。"是的，胡先生后来写了几百万字考证《水经注》，据说也是为了提供一个研究方法。

徐志摩的作品在新月出版的有《翡冷翠的一夜》、《巴黎的鳞爪》、《自剖》、《卞昆冈》等。闻一多的《死水》也是新月出版的，这一本诗集曾发生很大的影响。志摩和一多的诗，有人称为新月派，也有人谥为"豆腐干式"，他们是比较注重"形式"，尤其是学绘画的闻一多，他不知道除了形式还有什么美。他们都有意模仿外国诗体，当时是新诗的一大进步。有人常把朱湘也列入新月派，事实上朱湘与新月毫无关系。年轻一辈的陈梦家、方玮德在《新月》月刊上初露头角，后来在《诗刊》里占比较重要的地位，《诗刊》是月刊，志摩主编，记得只出了三四期。

潘光旦在新月出了好几本书，如《小青之分析》、《家庭问题论丛》、《人文生物学论丛》。光旦是社会学的一位杰出人才，治优生学，头脑清楚，有独立的见解，国文根底好。

我在新月出版的书有：《浪漫的与古典的》、《文学的纪律》、

《阿伯拉与哀绿绮思的情书》、《潘彼德》、《织工马南传》、《白壁德与人文主义》等。

此外新月出版的书之我留有印象的，如陈西滢著《西滢闲话》，凌叔华著《花之寺》，陈衡哲著《小雨点》，邢鹏举译《欧卡珊与尼珂莱》，徐志摩、沈性仁译《玛丽玛丽》，余上沅等著《国剧运动》，余上沅译《可敬的克莱登》，伍光建译《造谣学校》、《诡姻缘》，顾仲彝译《威尼斯商人》，刘英士译《欧洲的向外发展》，费鉴照著《现代诗人》，陈西滢译《少年歌德之创造》，陈楚淮著《金丝雀》，赵少侯译《迷眼的沙子》等。沈从文常给新月写小说。我不记得有没有单行本。

到了民国十九年，新月的一伙人差不多都离开上海了。闻一多本来不在上海，十九年夏他到上海来，我们两个应杨今甫邀赴青岛参加正在筹备中的国立青岛大学。胡先生和志摩都到北大去了，上沅也早就到了北平。《新月》杂志在罗隆基编辑之下逐渐变了质，文艺学术的成分少了，政治讨论的成分多了，这是我们始料不及的事。书店在光旦的长兄潘孟翘先生强勉支撑中也不见起色。所以胡先生有一次途经青岛时便对我们说起结束新月的事，我们当然也赞成，后来便由胡先生出面与商务印书馆王云五先生商洽，由商务出一笔钱（是七八千元）给新月书店，有这一笔款弥补亏空新月才关得上门，新月所出的书籍一律转移到商务继续出版，所有存书一律送给商务，新月宣布解散。

这便是新月的原原本本。一伙人萍踪偶聚，合力办一个杂志开一个书店，过三四年劳燕分飞，顿成陈迹，只是回忆的资料而已。有多少成绩，有什么影响，自己也不知道。胡先生最喜欢引佛书上的一句话："功不唐捐。"意思是"努力必不白费"，有耕耘即有收获。这收获究竟在哪里呢？回忆之际，觉得惶惑不已。

新月一伙人现在台湾者，除我之外还有刘英士先生和叶公超先生。

回首旧游

——纪念徐志摩逝世五十周年

　　志摩于一九三一年十一月十九日搭乘中国航空公司济南号飞机由南京北上赴平，飞机是一架马力三百五十匹的小飞机，装载邮件四十余磅，乘客仅志摩一人，飞到离济南五十里的党家庄附近，忽遇漫天大雾，触开山山头，滚落山脚之下起火，志摩因而遇难。到今天恰好是五十周年。

　　志摩家在上海，教书在北京大学，原是胡适之先生的好意安排，要他离开那不愉快的上海的环境，恰巧保君健先生送他一张免费的机票，于是仆仆于平沪之间，而志摩苦矣。死事之惨，文艺界损失之大，使我至今感到无比的震撼。五十年如弹指间，志摩的声音笑貌依然如在目前，然而只是心头的一个影子，其人不可复见。他享年仅三十六岁。天实为之，谓之何哉！

　　志摩遗骸葬于其故乡硖石东山万石窝。硖石是沪杭线上的一个繁庶的小城，我没有去凭吊过。陈从周先生编徐志摩年谱，附志摩的坟墓照片一帧，坟前有石碑，碑文曰："中华民国三十五年仲冬诗人徐志摩之墓张宗祥题。"显然是志摩故后十余年所建。张宗祥是志摩同乡，字声阆，曾任浙省教育厅长。几个字写得不俗。丧乱以来，于浩劫之中墓地是否成为长林丰草，或是一片瓦砾，我就不得而知了。

　　志摩的作品有一部分在台湾有人翻印，割裂缺漏之处甚多，应该有人慎重地为他编印全集。一九五九年我曾和胡适之先生言及，应该由他主持编辑，因为他和志摩交情最深。适之先生因故推托。一九六七年张幼仪女士来，我和蒋复璁先生遂重提此事，蒋先生是志摩表弟，对于此事十分热心，幼仪女士也愿意从旁协助，函告其子徐积锴先生在美国搜集资料。一九六八年全集资料大致齐全。传记文学社刘绍唐先生毅然以刊印全集为己任，并聘历史学者陶英惠先生负校勘之责，而我亦乘机审阅全稿一遍。一九六九年全集出版，一九八〇年再版。总算对于老友尽了一点心力，私心窃慰。梁锡华先生时在英伦，搜求志摩的资料，巨细靡遗，于拙编全集之外复得资料不少，吉光片羽，弥足珍贵，成一巨帙《徐志摩诗文补遗》（时报文化公司出版），又著有《徐志摩新传》一书（联经出版），对于徐志摩的研究厥功甚伟，当代研究徐志摩者当推梁锡华先生为巨擘，亦志摩逝世后五十年来第一新得知己也。

　　研究徐志摩者，于其诗文著作之外往往艳谈其离婚结婚之事。其中不免捕风捉影传闻失实之处。我以为婚姻乃个人私事，不宜过分渲染以为谈助。这倒不是完全"为贤者讳"的意思，而是事未易明理未易察，男女之间的关系谲秘复杂，非局外人所易晓。刘心皇先生写过一本书《徐志摩与陆小曼》，态度很严正，资料也很翔实，但是我仍在该书的短序之中提出一点粗

247

浅的意见：

> 徐志摩值得令我们怀念的应该是他的那一堆作
> 品，而不是他的婚姻变故或风流韵事。……徐志摩的
> 婚姻前前后后颇多曲折，其中有些情节一般人固然毫
> 无所知，他的较近的亲友们即有所闻亦讳莫如深，不
> 欲多所透露。这也是合于我们中国人"隐恶扬善"和
> 不揭发阴私的道德观念的。

所以凡是有关别人的婚姻纠纷，局外人最好是不要遽下论
断，因为参考资料不足之故。而徐志摩的婚变，性质甚不平常，
我们尤宜采取悬疑的态度。

志摩的谈吐风度，在侪辈中可以说是鹤立鸡群。师长辈如
梁启超先生、林长民先生把他当作朋友，忘年之交。和他同辈
的如胡适之先生、陈通伯先生更是相交莫逆。比他晚一辈的很
多人受他的奖掖，乐与之游。什么人都可做他的朋友，没有人
不喜欢他。他办报纸副刊，办月刊，特立独行，缁而不涅，偶
然受到明枪暗箭的侵袭，他也抱定犯而不校的态度，从未陷入
混战的漩涡，只此一端即属难能可贵。尖酸刻薄的人亦奈何他
不得。我曾和他下过围棋，落子飞快，但是隐隐然颇有章法，
下了三五十着我感觉到他的压力，他立即推枰而起，拱手一笑，
略不计较胜负。他就是这样的一个潇洒的人。他饮酒，酒量不洪，
适可而止；他豁拳，出手敏捷，而不咄咄逼人。他偶尔也打麻将，
出牌不假思索，挥洒自如，谈笑自若。他喜欢戏谑，从不出口
伤人。他饮宴应酬，从不冷落任谁一个。他也偶涉花丛，但是

心中无妓。他也进过轮盘赌局，但是从不长久坐定下注。志摩长我六岁，同游之日浅，相交不算深，以我所知，像他这样的一个，当世无双。

今天是他五十周年忌日，回首旧游，不胜感慨。谨缀数言，聊当斗酒只鸡之献。

忆冰心

　　初识冰心的人都觉得她不是一个令人容易亲近的人，冷冷的好像要拒人于千里之外。她的《繁星》、《春水》发表在《晨报副刊》的时候，风靡一时，我的朋友中如时昭瀛先生便是最为倾倒的一个，他逐日剪报，后来精裱成一长卷，在美国和冰心相遇的时候恭恭敬敬地献给了她。我在《创造周报》第十二期（民国十二年七月廿九日）写过一篇《〈繁星〉与〈春水〉》，我的批评是很保守的，我觉得那些小诗里理智多于情感，作者不是一个热情奔放的诗人，只是泰戈尔小诗影响下的一个冷隽的说理者。就在这篇批评发表后不久，于赴美途中在"杰克孙总统号"的甲板上不期而遇。经许地山先生介绍，寒暄一阵之后，我问她："您到美国修习什么？"她说："文学。"她问我："您修习什么？"我说："文学批评。"话就谈不下去了。

　　在海船上摇晃了十几天，许地山、顾一樵、冰心和我都不晕船，我们兴致勃勃地办了一份文学性质的壁报，张贴在客舱入口处，后来我们选了十四篇送给《小说月报》，发表在第十一期（民国十二年十一月十日），作为一个专辑，就用原来壁报的名称"海啸"。其中有冰心的诗三首：《乡愁》、《惆怅》、《纸船》。

民国十三年秋我到了哈佛，冰心在威尔斯莱女子学院，同属于波斯顿地区，相距一个多小时火车的路程。遇有假期，我们几个朋友常去访问冰心，邀她泛舟于脑伦璧迦湖。冰心也常乘星期日之暇到波斯顿来做杏花楼的座上客。我逐渐觉得她不是恃才傲物的人，不过对人有几分矜持，至于她的胸襟之高超，感觉之敏锐，性情之细腻，均非一般人所可企及。

民国十四年三月二十八日波斯顿一带的中国学生在"美国剧院"公演《琵琶记》，剧本是顾一樵改写的，由我译成英文。我饰蔡中郎，冰心饰宰相之女，谢文秋女士饰赵五娘。逢场作戏，不免谑浪。后谢文秋与同学朱世明先生订婚，冰心就调侃我说："朱门一入深似海，从此秋郎是路人。""秋郎"二字来历在此。

冰心喜欢海，她父亲是海军中人，她从小曾在烟台随侍过一段期间，所以和浩瀚的海洋结下不解缘，不过在她的作品里嗅不出梅思斐尔的"海洋热"。她憧憬的不是骇浪滔天的海水，不是浪迹天涯的海员生涯，而是在海滨沙滩上拾贝壳，在静静的海上看冰轮乍涌。我民国十九年到青岛，一住四年，几乎天天与海为邻，几次三番地写信给她，从没有忘记提到海，告诉她我怎样陪同太太带着孩子到海边捉螃蟹，掘沙土，捡水母，听灯塔呜呜叫，看海船冒烟在天边逝去，我的意思是逗她到青岛来。她也很想来过一个暑季，她来信说："我们打算住两个月，而且因为我不能起来的缘故，最好是海涛近接于几席之下。

文藻想和你们逛山散步，泅水，我则可以倚枕倾聆你们的言论。……我近来好多了，医生许我坐火车，大概总是有进步。"但是她终于不果来，倒是文藻因赴邹平开会之便到舍下盘桓了三五天。

冰心健康情形一向不好，说话的声音不能大，甚至是有上气无下气的。她一到了美国不久就呕血，那著名的《寄小读者》大部分是在医院床上写的。以后她一直时发时愈，缠绵病榻。有人以为她患肺病，那是不确的。她给赵清阁的信上说："肺病绝不可能。"给我的信早就说得更明白："为慎重起见，遵协和医嘱重行检验一次，X光线，取血，闹了一天，据说我的肺倒没毛病，是血管太脆。"她呕血是周期性的，有时事前可以预知，她多么想看青岛的海，但是不能来，只好叹息："我无有言说，天实为之！"她的病严重地影响了她的创作生涯，甚至比照管家庭更妨碍她的写作，实在是太可惋惜的事。抗战时她先是在昆明，我写信给她，为了一句戏言，她回信说："你问我除生病之外，所作何事。像我这样不事生产，当然使知友不满之意溢于言外。其实我到呈贡之后，只病过一次，日常生活都在跑山望水，柴米油盐，看孩子中度过……"在抗战期中做一个尽职的主妇真是谈何容易，冰心以病躯肩此重任，是很难为她了。她后来迁至四川的歌乐山居住，我去看她，她一定要我试一试他们睡的那一张弹簧床。我躺上去一试，真软，像棉花团，文藻告诉我他们从北平出来什么也没带，就带了这一张庞大笨重的床，从北平搬到昆明，从昆明搬到歌乐山，没有这样的床她睡不着觉！

歌乐山在重庆附近算是风景很优美的一个地方。冰心的居处在一个小小的山头上，房子也可以说是洋房，不过墙是土砌的，窗户很小很少，里面黑黝黝的，而且很潮湿。倒是门外有几十棵不大不小的松树，秋声萧瑟，瘦影参差，还值得令人留恋。一般人以为冰心养尊处优，以我所知，她在抗战期间并不宽裕。歌乐山的寓处也是借住的。

抗战胜利后，文藻任职我国驻日军事代表团，这一段时间才是她一生享受最多的，日本的园林之胜是她所最为爱好的，日常的生活起居也由当地政府照料得无微不至。下面是她到东京后两年写给我的一封信：

实秋：

　　九月廿六信收到。昭涵到东京，待了五天，我托他把那部日本版杜诗带回给你（我买来已有一年了），到临走时他也忘了，再寻便人罢。你要吴清源和本因坊的棋谱，我已托人收集，当陆续奉寄。清阁在北平（此信给她看看），你们又可以热闹一下。我们这里倒是很热闹，甘地所最恨的鸡尾酒会，这里常有！也累，也最不累，因为你可以完全不用脑筋说话，但这里也常会从万人如海之中飘闪出一两个"惊才绝艳"，因为过往的太多了，各国的全有，淘金似的，会浮上点金沙。除此之外，大多数是职业外交人员，职业军人，浮嚣的新闻记者，言语无味，面目可憎。在东京两年，倒是一种经验，在生命中算是很有趣的一段。文藻照应忙，孩子们照应，身体倒都不错，我也好。宗生不常到你处吧？他说高三功课忙得很，明年他想考清华，谁知道明年又怎么样？北平人心如何？看报仿佛不大好。东京下了一场秋雨，冷得美国人都披上皮大衣，今天又放了晴，天空蓝得像北平，真是想家得很！你们吃炒栗子没有？

　　请嫂夫人　安

冰心

十、十二

　　一九四九年六月我来到台湾，接到冰心、文藻的信，信中说他们很高兴听到我来台的消息，但是一再叮咛要我立刻办理手续前往日本。风雨飘摇之际，这份友情当然可感，但是我没有去。此后就消息断绝。

后记

（一）

绍唐吾兄：

　　在《传记文学》十三卷六期我写过一篇《忆冰心》，当时我根据几个报刊的报道，以为她已不在人世，情不自已，写了那篇哀悼的文字。

　　今年春，凌叔华自伦敦来信，告诉我冰心依然健在，惊喜之余，深悔孟浪。顷得友人自香港剪寄今年五月二十四日香港《新晚报》，载有关冰心的报道，标题是《冰心老当益壮酝酿写新书》，我从文字中提炼出几点事实：

（一）冰心今年七十三岁，还是那么健康，刚强，洋溢着豪逸的神采。

（二）冰心后来从未教过书，只是搞些写作。

（三）冰心申请了好几次要到工农群众中去生活，终于去了，一住十多个月。

（四）目前她好像是"待在"中央民族学院里，任务不详。

（五）她说："很希望写一些书"，最后一句话是"老牛破车，也还要走一段路的"。

此文附有照片一帧。人还是很精神的，只是二十多年不见，显着苍老多了。因为我写过《忆冰心》一文，我觉得我有义务做简单的报告，更正我轻信传闻的失误。

弟梁实秋拜启

一九七二年六月十五日西雅图

（二）

绍唐吾兄：

六月十五日函计达。我最近看到香港《新闻天地》一二六七号载唐向森《洛杉矶航信》，记曾与何炳棣一行同返大陆的杨庆尘教授在美国西海岸的谈话，也谈到谢冰心夫妇，他说："他俩还活在人间，刚由湖北孝感的'五七干校'回到北京。他还谈到梁实秋先生误信他们不在人间的消息所写下悼念亡友的文章。冰心说，他们已看到了这篇文章。这两口子如今都是七十开外的人了。冰心现任职于'作家协会'，专门核阅作品，作成报告交予上级，以决定何者可以出版，何者不可发表之类。至于吴文藻派什么用场，未见道及。这二位都穿着皱巴巴的人民装，也还暖和。曾问二位夫妇这一把年纪去干校，尽干些什么劳动呢？冰心说，多半下田扎绑四季豆。他们在'文化大革命'时期，曾被斗争了三天。"这一段报导益发可以证实冰心夫妇依然健在的消息。我不明白，当初为什么有人捏造死讯，难道这造谣的人没有想到谣言早晚会不攻自破么？现在我知道冰心未死，我很高兴，冰心既然看到了我写的哀悼她的文章，她当然知道我也未死。这年头儿，彼此知道都还活着，实在不易。这篇航信又谈到老舍之死，据冰心的解释，老舍之死"要怪舍予太爱发脾气，一发脾气去跳河自杀死了……"。这句话说得很妙。人是不可发脾气的，脾气人人都有，但是不该发，一发则不免跳河自杀矣。

弟梁实秋顿首
一九七二年七月十一日西雅图

忆沈从文 |

　　一九六八年六月九日《中央日报》方块文章井心先生记载着："以写作手法新颖，自成一格……的作者沈从文，不久以前，在大陆因受不了迫害而死。听说他喝过一次煤油，割过一次静脉，终于带着不屈服的灵魂而死去了。"

　　接着又说："他出身行伍，而以文章闻名；自称小兵，而面目姣好如女子，说话、态度尔雅、温文……""他写得一手娟秀的《灵飞经》……"这几句话描写得确切而生动，使我想起沈从文其人。

　　我现在先发表他一封信，大概是民国十九年间他在上海时候写给我的。信的内容没有什么可注意的，但是几个字写得很挺拔而俏丽。他最初以"休芸芸"的笔名向《晨报副镌》投稿时，用细尖钢笔写的稿子就非常出色，徐志摩因此到处揄扬他。后来他写《阿丽思中国游记》分期刊登《新月》，我才有机会看到他的笔迹，果然是秀劲不凡。

从文虽然笔下洋洋洒洒，却不健谈，见了人总是低着头羞答答的，说话也是细声细气。关于他"出身行伍"的事他从不多谈。他在十九年三月写过一篇《从文自序》，关于此点有清楚的交代，他说："因为生长地方为清时屯戍重镇，绿营制度到近年尚依然存在，故于过去祖父曾入军籍，做过一次镇守使，现在兄弟及父亲皆仍在军籍中做中级军官。因地方极其偏僻，与苗民杂处聚居，教育文化皆极低落，故长于其环境中的我，幼小时显出生命的那一面，是放荡与诡诈。十二岁我曾受过关于军事的基本训练，十五岁时随军外出曾做上士。后到沅州，为一城区屠宰收税员，不久又以书记名义，随某剿匪部队在川、湘、鄂、黔四省边上过放纵野蛮约三年。因身体衰弱，年龄渐长，从各样生活中养成了默想与体会人生趣味的习惯，对于过去生活有所怀疑；渐觉有努力位置自己在一陌生事业上之必要。因这憧憬的要求，糊糊涂涂地到了北京。"这便是他早年从军经过的自白。

由于徐志摩的吹嘘，胡适之先生请他到中国公学教国文，这是一件极不寻常的事，因为一个没有正常适当学历资历的青年而能被人赏识于牝牡骊黄之外，是很不容易的。从文初登讲坛，怯场是意中事，据他自己说，上课之前做了充分准备，以为资料足供一小时使用而有余，不料面对黑压压一片人头，三言两语就把要说的话都说完了，剩下许多时间非得临时编造不可，否则就要冷场，这使他颇为受窘。一位教师不善言辞，不算是太大的短处，若是没有足够的学识便难获得大家的敬服。因此之故，从文虽然不是顶会说话的人，仍不失为成功的受欢迎的教师。记问之学不足以为人师，需要有启发别人的力量才不愧为人师，在这一点上从文有他独到之处，因为他有丰富的人生经验和好学深思的性格。

在中国公学一段时间，他最大的收获大概是他的婚姻问题的解决。英语系的女生张兆和女士是一个聪明用功而且秉性端庄的小姐，她的家世很好，多才多艺的张充和女士便是她的胞姐。从文因授课的关系认识了她，而且一见钟情。凡是沉默寡言笑的人，一旦堕入情网，时常是一往情深，一发而不可收拾。从文尽管颠倒，但是没有得到对方青睐。他有一次急得想要跳楼。他本有流鼻血的毛病，几番挫折之后苍白的面孔愈发苍白了。他会写信，以纸笔代喉舌。张小姐实在被缠不过，而且师生恋爱声张开来也是令人很窘的，于是有一天她带着一大包从文写给她的信去谒见胡校长，请他做主制止这一扰人举动的发展。她指出了信中这样的一句话："我不仅爱你的灵魂，我也要你的肉体。"她认为这是侮辱。胡先生皱着眉头，板着面孔，细心听她陈述，然后绽出一丝笑容，温和地对她说："我劝你嫁给他。"张女士吃一惊，但是禁不住胡先生诚恳的解说，居然急转直下默不作声地去了。胡先生曾自诩善于为人作伐，从文的婚事得谐便是他常常乐道的一例。

在青岛大学从文教国文，大约一年就随杨振声（今甫）先生离开青岛到北平居住。今甫到了夏季就搬到颐和园赁屋消暑，和他做伴的一位干女儿，自称过的是帝王生活，优哉游哉地享受那园中的风光湖色。此时从文给今甫做帮手，编中学国文教科书，所以也常常在颐和园出出进进。书编得很精彩，偏重于趣味，可惜不久抗战军兴，书甫编竣，已不合时代需要，故从未印行。

从文一方面很有修养，一方面也很孤僻，不失为一个特立独行之士。像这样不肯随波逐流的人，如何能不做了时代的牺牲？他的作品有四十几种，可谓多产，文笔略带欧化语气，大约是受了阅读翻译文学作品的影响。

　　此文写过，又不敢相信报纸的消息，故未发表。读聂华苓女士作《沈从文评传》（英文本，一九七二年纽约 Twayne Publishers 出版），果然好像从文尚在人间。人的生死可以随便传来传去，真是人间何世！

旧笺拾零 |

检视行箧，发现旧笺若干，往事如烟，皆成陈迹，人已作古，徒增浩叹。发表几件在这里，以为纪念。

一、郭沫若的一封信

一多、实秋：

信接到。拜伦专号准出（在二卷三号或四号），我在外还可约些朋友，稿齐请即寄来。我现在异常忙碌，年谱手中无书，恐难编出，请你们供给我些材料吧。达夫已北上，在北大法大两校任课，仿吾不日返湘，沪上只能留我一人了，周报事太忙，望你们救我。实秋，一别便又秋尽冬来了，几时我们终得痛饮一场呢？你的病曾就医否？在回马路中笔此。

沫若 十一月十六日

郭沫若的这一封信是民国十二年冬写的。寄到美国科罗拉多温泉。当时，我和一多在该处读书。一多和沫若没有见过面，但是一多在民国十一年曾写一篇长文批评郭译之奥玛·海亚姆的四行诗（《鲁拜集》），指出其中纰误，文发表于《创造季刊》，沫若不以为忤，且表示敬服之意，其雅量有足多者。所以他在十二年冬写这封旨在索稿的信。

我在十二年夏赴美，晤沫若于沪滨。郁达夫陪我到民厚南里去见他。一楼一底的弄堂房子十分简陋，成仿吾和他住在一起。我对沫若说我患甲状腺肿，他就说："我是医生，我来给你看看。"略一检视，他就说这是"巴西多氏症"（Basedow's disease），返身取出一大本医书，指给我看，详述此症症状及疗法，嘱我到了美国立即诊疗。我承他指点，到美后乃就诊于贝克医师诊所，服用碘质，照太阳灯，月余而瘥。他来信询及"病曾就医否"指此。那天在他住房勾留片刻，不觉至午，他坚留午饭，只见一巨钵辣椒炒黄豆芽由其日籍夫人安娜捧置桌上，我们四人聚食，食无兼味。约于晚间到会宾楼饮宴，由泰东书局经理赵南公的公子陪往付账。我于劝饮之下不觉大醉。我在沪停留十余日，为《创造周刊》写了一篇《苦雨凄风》。离沪之日，船泊浦东，沫若抱着他的孩子到船边送行。这就是我和沫若交往的经过，从此以后未再觌面。抗战期间，沫若任政治部第三厅厅长，主管宣传，这时候他已经不复是创造社时代的他，他参加了左翼的阵营。道不同不相为谋，所以在抗战时期同在重庆我竟没有和他有过一面之缘。

二、郑振铎的几封信

郑振铎，字西谛，长我两岁，北平交通部铁路管理学校毕业，为商务印书馆高梦旦先生之快婿，进入商务印书馆任《小说月报》主编。《小说月报》自郑振铎主编后，大事更新，成为新文艺最有力的刊物之一。"文学研究会"适时成立，即以《小说月报》为其机关，网罗南北许多爱好文艺人士参加，如谢冰心、叶圣陶、茅盾、老舍等皆在其列。与郭沫若、郁达夫等领导的"创造社"对峙，形成两大流派。创造派的色彩近于浪漫主义，文学研究会则标榜人道主义，趋向于写实。

郑振铎本人并无明确的文学主张。他对《小说月报》的编辑持续多年，劳绩可佩。他自己的写作发表在《小说月报》的以《文学大纲》为主。《文学大纲》本是英国的作家德林瓦特（John Drinkwater）所著，上下两巨册，图文并茂，但只是通俗性质，介绍古今文学，以西洋文学为主。郑振铎翻译此书，特为加进中国文学，用意甚善，但烦简之间难得恰如其分。再则郑氏对于所谓"俗文学"特为热心，单独就我国俗文学而言，郑氏贡献甚大。

我对于郑氏《文学大纲》之翻译部分，很不满意，因为我发现其中误译之处甚多。默尔而息，不无耿耿，公开指摘，有伤恕道。我就写信给他，率陈所见。在我也许是多事，但无不良动机，在郑氏闻过则喜更表示其虚怀若谷。所以我公开郑氏这几封信如后。

实秋先生：

十一月五日的来信，已经拜读了。我非常感谢你的这种忠实的态度。我的朋友虽多，但大都是很粗心的，很少有时间去校读我的稿子的，只有你常常赐教，这是我永不能忘记你的好意的。我愿意以你为生平的第一个益友！这个称号你愿意领受么？我有一大毛病，就是做事太粗心。常常地在急待付印之时，才着手去做或译稿子，永远不会再读再校一次的，因此常常出现了许多不必出现的错误。所吃的亏，已经不少，然而这个恶习还不能改。今后必痛革此习！实秋，我愿意你常常地赐教，使我常常地自己知错！你愿意如此地办么？自然，我知道你也是很忙的，未必有什么工夫去做这事。我的这个请求，可算是一个"不情之请"！然而为"真理"计，为"友情"——我恳挚地要求你为我的一个最忠诚的益友——计，我希望你答应了吧！我向你认罪，当你的《评〈飞鸟集〉译文》出来时，我曾以为你是故意挑战的一个敌人。但我的性情是愤怒只在一时的，无论什么人的责备，当初听时是很生气的，细想了一下，便心平气和，常常地自责了。我因你的指责，已于《飞鸟集》再版时更改了不少错处。不管你当时做此文的动机如何，然而我已受你的益处不少，至少已对于许多读者，更正了好些错误。实秋，我是如何地感谢你啊！在我们在振华相见时，我已认你是一个益友，现在让我们成了一个最忠实的益友吧！我自觉我是一个不会说谎话的较真实的人。以上的话，也许会使你不高兴，然而我不管，我不愿意说假话。

《文学大纲》原有出单行本之意，因在现在，这一类的书似有出版的必要。不过我自己对我所编的也很不满意，因此，还没有决定单行本究竟出版与否。但如果要出版，必定要请几位朋友仔细地校阅一下，你愿意担任一部分的工作么？我万分地希望能将月报七期以前及其后的《文学大纲》与 Drinkwater 的原文对读一下，而指出一切的错误。关于中国的一部分，本是最不易做的，我居然大胆地做了，自己更是觉得不满意。有暇也请指教一切。又《小说月报》登载这几篇《文学大纲》的，你如没有，我可以寄上一份给你。别的再谈。

弟振铎上
十二月二十三日

实秋先生：

　　《小说月报》拟于今年四月出一英国诗人 Byron 的纪念号。国内对于他有研究的人很少，我很希望你能为我们做一篇文字，甚盼！交稿期在二月底以前。

弟郑振铎上
一、八

实秋先生：

　　来信已经拜读，承你的忠告至为感谢！我将永以你为我的益友，我作文每苦太匆促，所以常有错误，我很愿意有很闲暇的时间，给我去做文字，但终不能有，奈何？这种环境，很想能变动一下。

　　谨拜忠言，乞常赐教。

振铎上

三、五

三、张北海的一首诗和一副联附彭醇士的和诗一首

　　张北海，广东人，长我三岁。早年毕业于北京大学国文系，为黄节门下士。抗战期间任职教育部为督学，各地学校如有任何风潮或纠纷之事，教育部必定派北海前去处理，以他的快刀斩乱麻的手段，往往迅速奏效，为他赢得排难解纷高手的美誉。后改调为国立编译馆编纂，主持总务有年。北海重交谊，疾恶如仇，身材修伟，酒量甚豪，有侠士风。曾在"雅舍"居住一阵，故相知甚稔。胜利后，他返回广东，任西南六省党务整理主委。一九四九年来台，与我又共事于国立编译馆，他酷嗜围棋，虽棋艺不精，但兴趣极浓，能日夜观看棋谱，乐此不疲，熟诸围棋掌故，如数家珍，间亦喜欢吟咏，唯甚少写作，不轻易示人。一九五二年壬辰腊八为余五十一岁生日，腊七为北海生日，乃赋长诗一首赠我。原稿水渍，字迹模糊，特抄录如下：

　　十二月八日实秋五十一生日召饮，前一日适余初度。白曰：昨日之日不可留，抽刀断水弄扁舟。甫曰今夕何夕不可孤，咸阳客舍为欢愉。昨日腊七今腊八，上树寒鸡下水鸭。物情冻死何足论，休牵众眼惊以怯。

266

一梦百年真过半，炊灶依然枕然枕窍洽。佟天有子一畸人，肝胆轮囷龙出匣。春秋志事在攘夷，莎翁译笔其余业。铁肠妙语天下无，忆同雅舍羁三峡，投老相看涨海隅，敢辞一黥沧千劫。人生识字忧患多，臧谷亡羊悲挟策。未应再作秋虫声，且共淋漓倾日榼。愿献菊潭之水千万缸，人间罪障可洗子可呷。

这首诗颇见功力，且豪气未除，不愧为湖海之士。他写完此诗，自己也很得意，以示彭醇士。醇士在北碚时亦曾诗酒联欢，能诗善画，今之高人。乃和诗一首如下：

北海寄示壬辰腊八实秋生日饮酒作歌。余与实秋不见久矣，因思曩岁游燕之乐今不可复得，而当时朋旧零落殆尽。次韵北海并简实秋。

君不闻黄鸡唱曲玲珑悉，白日去我谁能留？有人夜半移壑舟；又不见少年乘马锦裆褕，迟暮摧伤羁旅孤，寒灯拥被无欢愉。忆昔嘉江同饯腊，银壶泻酒盘烝鸭。坐上檀桧声激扬，大弦悲壮小弦怯，主人劝客侧金卮，伐木高歌情款洽。朱锦江李清悚丹青入画屏，卢生冀野宝剑腾珠匣。旧游回首百无伤，文学扫除皈净业。神州重睹虎狼横，残骨未收赖血喋。故人生死隔天涯，夜雨凄凉梦巴峡。哀乐十年随泊换，江河两戒填棋劫。昨闻宵宴设桑张，愧我晨炊举莱芙。高斋持残曲红张，衔袖花笺侑香榼。吁嗟夫，人间万事如风狂！昔日桃与李，今为参与商。何尝携子清，飞观

267

衣白袷，东海倾杯一口呷。

　　北海我兄吟正　烦转实秋兄正之　为叩弟彭醇士

　　一九七四年五月某日，北海说他集宋词句成一联送我，当即取出身边签字笔写出，联曰：

　　一番风月更消魂，无计迟留，燕子飞来飞去。
　　千古英雄成底事，等闲歌舞，花边如梦如薰。
　　　　　　　　　　　　　　——集宋词句